U0657690

作家出版社 & 悬疑世界（上海浩林文化传播有限公司）

命运有无限种可能

# 情人的骨灰

〔德〕英格丽特·诺尔 著

沈锡良 译

作家出版社

# 目录

1　译者前言

5　象灰色

15　青瓷色

29　血红色

44　波斯粉红色

60　黑色星期五

75　红褐色

89　橘黄色

104　灰中灰

118　金色牛犊

132 鲜绿寡妇

147 雪花膏白

162 粉红色的云

180 肉色

203 蓝色奇迹

220 玻璃般透明

243 白热

255 珍珠白

# 译者前言

英格丽特·诺尔（Ingrid Noll），本名英格丽特·古拉茨（Ingrid Gullatz），1935 年 9 月 29 日出生于中国上海。她是当代德语畅销小说最成功的作家之一。

英格丽特·诺尔的父亲是医生，她的童年时代在上海、南京、桂林、重庆等地度过。1949 年回德国定居。高中毕业后在波恩大学攻读德语语言文学和艺术史，后中断学业。1959 年嫁给医生彼得·古拉茨，和他育有三个孩子。和大多数家庭主妇一样，她抚育孩子，料理家务，并在丈夫的诊所帮忙。就这样相夫教子三十年，她只在剩下的不多的时间里从事业余创作。

五十五岁那年，等到孩子长大并离家独立生活以后，她才有充分的闲暇时间从事自己喜欢的文学创作。1991 年出版的第一部长篇小说《公鸡已死》让她一夜成名，并登上畅销书排行榜达三十五周之久。1993 年出版第二部长篇小说《情人的骨灰》，同样好评如潮，并于次年荣获德国"格劳泽德语年度最佳侦探小说奖"。格劳泽奖全称弗里德里希·格劳泽奖，以瑞士著名侦探小说家弗里德里希·格劳泽命名，每年从来自所有德语国家的德语侦探文学作家联合会四百多名会员的作品中评出格劳泽侦探小说大奖一名。英格丽特·诺尔的第三部长篇小说《女药剂师》出版于1994年，曾经占据畅销书排行榜长达七十七周。继《公鸡已死》、《情人的骨灰》和《女药剂师》之后，诺尔又先后出版了《夜风凛冽》(1996)、《罗生门的玫瑰》(1998)、《幸福的寡妇》(2001)、《无赖兄弟》(2003)、《像贵妇人一样》(2006)、《布谷鸟孩子》(2008)、《誓言》(2010)等长篇小说，并有多部短篇小说集问世，均成为畅销书，其中《女药剂师》《情人的骨灰》《夜风凛冽》被拍成电影，《公鸡已死》被拍成电视剧。《女药剂师》中的女主角扮演者卡特雅·里曼（Katja Riemann）荣获1998年德国电影奖最佳女演员奖，《夜风凛冽》中的女主角扮演者弗丽茨·哈贝兰德（Fritzi Haberlandt）荣获2001年巴伐利亚电影奖最佳女新秀奖。英格丽特·诺尔的小说被翻译成英、法、日、俄、西班牙、意大利等二十八种文字，影响遍及全世界。为了表彰英格丽特·诺尔十多年来在侦探小说创作上的杰出成就，她在2005年荣获格劳泽荣誉奖——"个人突出贡献奖"，她被誉为德国的"犯罪小说天后"，是"当代最有成就的德语作家"。

英格丽特·诺尔在迄今为止创作的小说中，从不沿袭传统小说套路，而是以一种清晰、看起来并不复杂的风格叙述日常生活中的故事，透过中规中矩的小市民的表面揭示那种潜伏着的疯狂。《萨尔茨堡新闻报》因此将英格丽特·诺尔称为"德国的派翠西亚·海史密斯"。在英格丽特·诺尔的小说中，尽管女人们往往通过精心安排的谋杀摆脱了男人，但作者本人并不希望自己被理解为男人的敌人。她说："我喜欢男人，最后我自己也有了一个男人。"德国《明镜》周刊称"诺尔属于德国最好的小说家"，《法兰克福汇报》则评论道，英格丽特·诺尔的小说以栩栩如生的人物刻画、环境描写以及大量的黑色幽默著称，那些看似完全正常的女人由于得不到人生的幸福而成了罪犯。

《公鸡已死》的情节十分简单明了，说的是一个保险公司女职员，五十二岁那年爱上了一名中年男子，然后开始了一连串的谋杀，为了抓住最后的机会，不惜采取一切手段，清除所有的障碍，终于得到自己梦中情人的故事。

英格丽特·诺尔尽管初涉小说创作，但其行云流水般的文字与出色的驾驭故事结构能力，令人叹为观止。整部小说谋篇布局、情节设计精心，心理刻画老到。小说自出版至今二十余年，始终畅销不衰，不愧为一部杰出的心理惊悚小说。

《情人的骨灰》被誉为紧紧抓住读者心跳的旷世犯罪奇书，英格丽特·诺尔也凭借该书确立了其德国"犯罪小说天后"的地位。

从表面上看，柯拉和玛雅是两个完全平平常常的十六岁女孩，是可以同甘共苦的人。可是，如果有人想给她们制造麻烦，那他就要倒霉了。不管他是谁，是她们的兄弟、朋友，哪怕是丈夫：谁妨碍了她们，他就会死去——很快，没有痛苦，而且直截了当，完全没有道德和虚假的同情。她们干起杀人的勾当来干脆利索，聪明绝顶，警方根本不知道如何去侦查。

英格丽特·诺尔认为每个人的心中都隐藏着谋杀的因子，在其作品中处处可见如你我一般的平凡人所犯下不可饶恕的罪行。她的故事可谓是叙述一般人遇到生活中的问题时必须采取的自救之道，只是随之而来的结果往往是死亡。那些人物就像你我身边的正常人，他们之所以走向堕落和罪恶，实在是因为环境所迫，因而点出人性并无绝对的善与恶，有的只是求生时做出的抉择。

沈锡良

# 01
## 象灰色

当我在巴士上手拿麦克风，向来自德语地区的游客介绍佛罗伦萨的时候，人们会以为我是一个攻读罗曼语语言文学的大学生，只是想给自己赚些零花钱而已。他们觉得我讨人喜欢。有一对老夫妇看着我的脸说，如果有我这样的女孩做他们的女儿该多好。他们永远不知道，一个人很有可能表里不一。

游客们通常在这里开始他们的托斯卡纳之旅，对末几位数为零的意大利大面额货币里拉无法马上换算清楚，人们可能因此误以为他们会给出很高的小费，可遗憾的是，情况恰恰相反。为了让他们至少还能够想到我的费用问题，我在环城旅行快要结束时，会提醒我那些被保护人谨防被抢被盗事件的发生，并以一位来自莱比锡的退休老妇人的故事为例，让他们引以为戒。她的所有亲戚为了了却她多年来的心愿，在她七十岁生日之际赠送给她一次意大利欢乐游。但就在几天前她被洗劫一空，身无分文。我只好拿上一只空香烟盒让人依次传递，给这位退休老妇人募捐。绝大多数人都会慷慨解囊，因为左邻右座都在眼睁睁地看着呢。

旅行结束，我和汽车司机塞萨尔私吞捐款。从某种程度上说，这算是给他的封口费，让他保持沉默，别到旅游公司那里告发我。

塞萨尔背地里说我有恃无恐。当然，我之所以有这样的坏毛病，源于我的童年时代。我的童年是一个心情忧郁、沉闷失落的时期，仿佛始终有灰色的铅块压在心头。直至认识柯内丽娅之后，我的情况才慢慢好转，装病请假的坏分子这样的字眼也和我无缘了。

小时候我从未得到过自己想要的东西。正因为如此，我都不知道自己究竟想要什么。事到如今我才明白，我想要的原来就是温暖和快乐。我和每个人一样，希望被爱，希望自己有一点儿幽默感和冒险意识。我喜欢风趣、机灵的朋友，他们还不能缺乏一些教养。这一切在我家里是没有的。痛苦是我的基本状态。后来我干脆一股脑儿地将自己缺乏的一切据为己有。或许偶尔地，为了达到目的，我可以不择手段。

我的母亲要么寡言少语，要么恶语相加。无疑这也是我没完没了怒不可遏的一个原因，有时候还得发泄个痛快才行。

年幼时，如果我在午饭期间大胆说起一个幼稚或者冲动的消息，讨厌的哥哥和母亲彼此就会在瞬息之间交换会意的眼神，我无法对他们的眼神视而不见。那种眼神告诉我，他们经常谈论我，谈论我的天真单纯，他们以后还会乐此不疲地做同样的事。然后我就习惯于沉默无言好几周。我的怒火一旦压抑久了，人也会变得诡计多端起来。

我十岁的时候，哥哥卡罗十四岁，我当时拿走了他悄悄买来的香烟，扔进上学路上的垃圾桶里。他认为我又胆小又愚蠢，再说也知道我无所谓他抽不抽烟，因此从没有怀疑过我。他认为是母亲识破了他的诡计，私下里担心他弄垮自己的身体才这么做的。

　　逐渐地，我变成了小偷。人们从没有指控过我，因为被偷者都认为小偷想要他的东西。一个小女孩拿香烟干什么？既然每个人都能立马闻到那种昂贵的香水芳香，那么她阿姨的香水对她又有什么用呢？我当时偷过大门钥匙、证件和老师的眼镜，将它们随便一扔了事。"为艺术而艺术"嘛。直到多年以后，我才会把偷来的物品保存起来。

　　假如父亲没有过早离开我，或许我会变成另外一个人。我可以确切地说，他是离开我而不是离开我们这个家，我有这种感觉。之前我一直是他的公主，事发那年我才七岁。

　　如同文艺复兴时期的一出喜剧一样，我们家有两对情侣：一对是地位高贵的主人——国王和公主，另一对是仆人——母亲和哥哥。国王叫我"玛雅公主"，他有个年历，上面是一幅西班牙宫女图，宫女们在伺候一位公主。虽说我那一头浅棕色稀发完全不同于那位公主的金发，但父亲坚持说，我和她长得很像。我喜欢这幅画。

　　前不久，我买了这幅画的复制品，挂在我的镜子旁边。画作中央站着那位迷人可爱的玛格丽特公主。她那张一本正经的脸蛋，被丝绸般柔软的头发围绕着。和成年妇女一样，她穿着一条硬邦邦的有衬架支撑的女裙，或许被迫保持着伸展四肢的姿态。玛格丽特似乎知道得一清二楚：一切都在围绕她转动。画的左侧，那位画家在以工作的姿势为自己画像，那是一个英俊而自信的男子。和他形成鲜明对比的是，在画的右侧，站着一个女侏儒，忧郁而浮肿的面孔紧绷着。在她旁边，站着一个小孩，或许也是一个侏儒，企图用自己的小脚吓跑那只正在打盹的小狗，可是并没有如愿。在这张美丽绝伦的油画上，小狗表现出宁静和尊严。画上还可以看到其他人物，同样具有历史意义，但我对他们并不感兴趣。背景中的颜色呈灰色、淡绿色、红褐色。在图画的前景中，占据上风的是一只轻巧的象牙，还有一些精致的丁香红圆点。所有的光线似乎都聚焦到了公主身上。

父亲和那幅油画背景里的那名男子一样是画家，很久以前他给自己的公主画过画。他离开我时，创作的所有画作消失得无影无踪。西班牙公主那张画是我在抽屉柜下面找到的，当时已经皱皱巴巴的有破损了，我把它藏在迪尔克世界地图册里，后来被哥哥撕成碎片。

哥哥从未做过王子，而妹妹一直在抢他的风头，想必他为此受尽煎熬，于是想尽办法伺机报复。

绝大多数情况下我必须在饭前将餐具摆好。有一次，我跌跌撞撞地绊倒在一条地毯上，三只杯子、茶托和盘子被打碎了。"就像是瓷器商店里的大象。"母亲说道。"公主变成了母象。"卡罗说。母亲顺势笑了起来，"真是幸灾乐祸，不过说得对。"

此刻我成了母象。我哥哥使用这个名字长达数年之久。母亲虽然在不得已时才使用"玛雅"称呼我，但我进门时偶尔会听到她跟卡罗说："母象要进来了。"

灰姑娘变成王后，丑小鸭变成白天鹅。我的梦想就是成为名人，世界就在我的象脚下。十五岁时我发誓成为一名歌唱家，成为著名女高音歌唱家卡拉斯第二。从那时开始，母亲和卡罗必须始终忍受《卡门》里的同一首咏叹调。我唱起歌来声音高亢，热情活泼。我的嗓音没有天赋，我也并不是特别具有音乐才华，可我的脾气很可能会发作。"她又在唱大象歌了。"母亲总是这么说。

有一个女同学有次听到我哥哥这么称呼过我。第二天，我在班上受到震耳欲聋般吼叫的问候。即便在学校里，我也成了大象这样的厚皮动物。

我长得像一头大象吗？我的身材、体重和正常人相当，我的脚细小，我的鼻子完全不像象鼻，我走起路来既没有不相协调的地方，也没有笨手笨脚的时候。唯有我的耳朵并没有完全符合标准，尽管大小位居平均水准，却是一对招风耳，凸出于滑爽的头发之上。在我长到足够大之前，母亲习惯在我洗完头之后残酷无情地给我梳头，梳子便会停留在耳朵上，然后顺流而下。我长大之后，女理发师给我理发，同样的厄运依然会发生在我身上。碰到这样的情况，一想起我的母亲，我立马会起一身的鸡皮疙瘩，她在做其他事情时也常常令我产生身体的不适感：她的手指尖在我肩胛骨之间游移，双手交叉发出响亮的咔嚓声，擦窗时制造出令人毛骨悚然的尖锐刺耳的声音。

母亲担心我这种大象的品性也会从外形上暴露出来。我需要一件冬大衣，希望自己能够拥有一件火红色大衣。据说家里已经没有余钱购置一件新大衣了。母亲请人用家里祖传下来的一件驼毛披风缝制成一件灰色披肩，事实上穿在身上使我感觉稍稍有些臃肿。我的鞋子也是灰色的，而且选择了一双尺寸大一码的鞋，这样就可以和披肩相配了，还可以留到下一年继续穿。

一个女教师听到有同学叫我"大象"的雅号，看到我悲伤至极、脚步蹒跚地走过来，便安慰我道："玛雅·韦斯特曼，这种玩笑你慢慢就会适应的！另外，你可不要低估大象的力量，做一个强壮女人是值得我们去追求的！"

可我不希望自己成为强壮女人。我恋爱了，在我的脑海里只给爱情留下了位置。当然这已经不是头一次恋爱。就我的记忆所及，这事开始得很早，而我的第一个恋爱对象就是我的父亲。他离开我时，我坚持为他"服丧"一年。

最近，我以前的地理老师携妻子一起乘坐我带团的旅游大巴。那是复活节假期，他把这一假期变成了一次小小的意大利教育之旅。我高中毕业已有三年，彼此再也没有见过面，但我们马上认出了对方，相互热情地问候致意，最后在友好的祝福声中话别。他没料到，有好几个月他成了我幻想的中心。唯有贝克先生和歌剧明星的职业梦想，才使我避免陷入抑郁之中，我的求学时代和我的家庭生活就是如此灰暗而阴森。在这两个未来的梦想中，第一个不现实，另一个更不现实。顺便说一句，我还拥有这位老师的一把梳子，这是我唯——次去他家做客时作为纪念品带走的。

他当时三十岁左右，我早就担心自己是否有恋父情结。一夜之间，我成了地理明星。

地理课上常常要让人思考历史、经济和政治之间的相互关系。可是令贝克先生恼火的是，大部分学生只是在看报纸上的体育消息和电影广告，却恰恰忽视了那些政治和经济版面。每天早上我都要和卡罗发生争执，他毫无顾忌地抢走我的日报。我们在课堂上谈论乍得、尼日尔和苏丹的旱灾对经济造成的影响时，我是班上唯一举手的学生。还没等到贝克先生叫我回答问题，有人吼叫道："怪不得她知道答案，非洲本来就是她的家乡呀！"

"你是在非洲出生的吗？"贝克先生饶有兴趣地问道，他确实事先毫无所知。在同学们的大声嚷嚷中，我就像一只真正的大象，一头冲出教室，不小心撞倒了两只凳子。在健身房前面，我躺倒在一道矮墙上，用光了身上的纸巾。我心里抱有老师会来找我的希望。或许我可以向他说明，我是一个没有成见的女人。可没有人过来。后来一个女同学说："我要为非洲话题向你说声抱歉，谁会知道你长得像印度人种呢。"

尽管有时我真希望母亲到月亮上去，但我从没有偷过她的东西。我们的钱很少。虽说母亲从未提起，可我从哥哥那里知道，父亲尽管偶尔汇些钱来，但并非定期，也无法预计何时会寄钱过来。母亲是为老人做护理工作的，这无疑是最不适合她的工作。她参加过老人护理课程，因为这种培训所需时间很短。其实，凭她的聪明才智和敏捷的反应能力，她可以不费吹灰之力地学会办公室里的所有事务性工作。可她依然用自己强壮的双手和一颗难以接近的心护理那些老年人，仿佛他们就是一根根木头一样。

不仅是因为我们家穷，我才不偷母亲的东西。真正的原因是我怀着不幸而令人煎熬的热情爱她。我年龄越大，看得就越清楚：她是受伤者，而她的伤口是无法愈合的。我们俩各自为失去国王而伤心，却无法给彼此以帮助。其时我当然没有预料到，我同样对父亲的无情有无比失望。不过母亲尽管将我哥哥视为对丈夫的爱情补偿，但她似乎也有点依恋我了。尽管常常口出恶言，拒绝满足我的愿望和需求，但她还是坚决反对我弃学的打算。

"将来有一天你会感到可惜的。"这是她反对我弃学的主要理由。我们班上最漂亮的女孩想离校到一家卫生用品商店当学徒。我因而想到，那该有多棒呀，自己可以挣钱，不用经年累月地在空气浑浊的教室里受尽折磨。可我也不是很清楚，当学徒是否是一种正确的选择。学校是一个宁静的港湾。我没有过多违抗母亲就被说服继续上学了。今天想来，她之所以这么做，不仅是因为她的雄心壮志，也是她的爱心所致。我真要是赚钱的话，母亲的日子就会好过许多。这是我对她做出肯定评价的不多的几件事情之一。

顺便提一下，我到头来还是要感谢她给我的大象衣服。如果说在此之前我竭力避免穿这件驼毛披肩（唯有冰天雪地的冬天才迫使我穿上这件保暖毛衣），那么现在，即便在温暖的春日里，我也不会把它脱下来。

贝克先生说，在操场上举办的时装秀中，尽管所有的夹克衫和大衣都很时髦，但他最喜欢的还是我那套灰色茶壶保暖装。

"你是一个标新立异的人，玛雅。我和你完全一样，我讨厌和大家毫无二致。"

他以为我是自愿选择了那套大象装，但正因为如此，现在我的衣服却由于他的一句话而显得高贵起来。让我感到高兴的是，他认为我们的内心具有共同点。我对他嫣然一笑。

我对爱情的知识仅仅停留在理论上，全部来自书本：俄国作家列夫•托尔斯泰的小说《安娜•卡列尼娜》和法国作家福楼拜的小说《包法利夫人》。我从中看到女人或者沉溺于爱情，或者爱上了一个不该爱上的人。可在我的梦里，我是一个名扬世界的歌唱家，而贝克先生能够和我交好，应该感激我才是。

当我最近发现这个勤勉却带着小市民习气的老师和他老实巴交的妻子坐在我的大巴上时，我只能对我曾经的天真无邪摇摇头。顺便说一句，我完全可以没有任何风险地将手伸进善良的贝克太太的手提包里，因为当她听从我的劝告交出善款之后，她的包始终敞开着没拉上。可塞萨尔在后视镜里看着我，不赞成地摇摇头。


我十六岁认识柯内丽娅的时候，已经成为过去的是贝克先生，而不是这件灰色的披肩。我慢慢喜欢上了它。母亲将那件红大衣送给我作为圣诞礼物，那是我一年前希望得到的，她现在买到了减价货。她大概认识到，到了第二年我会像大象一样到处乱跑，现在要提出一些优雅的要求了。可惜为时已晚。让我母亲十分痛苦的是，我从不穿红大衣，我想穿那件灰色衣服。

在我的大巴上，我不再以灰老鼠的形象，而是以乘务员的身份出现在游客面前，深绿色套装、白色衬衣和红色丝巾，全是意大利味儿的颜色。我的鞋子也是红色的。我必须反反复复地告诉游客我买那双时髦鞋子的鞋店的名字。另外我在手提包里放着一位会说德语的医生和一位牧师的地址，尽管后者迄今才用到过一次。他们起劲地记下了往德国打电话如何拨号、节假日注意事项、商店关门时间和邮资，就连我悄悄提示过的通常的小费标准他们也没有放过。

　　可是，在三小时的行程、参观和连续不断的拍照之后，我善意的劝告早被他们忘得精光，他们又一次惶恐不安地面对尾数很多零的里拉发呆。不过也有一些过分较真的人，拿出计算器来算个明白。我恰恰不会把这些人放在心上，因为他们对捐助缺乏任何兴趣，他们既不会幸灾乐祸，也不会流下热泪。

　　塞萨尔心情不错时，会直接开着大巴送我回家。这个当然是明令禁止的行为。起先他从没有跑过这种额外的路程，但随着时间的流逝，我慢慢消除了他的顾虑。他从不下车到粉红色别墅里喝上一杯浓咖啡，似乎担心罪恶说不定就躲藏在门后面呢。

　　我不用向他解释，我一个人住还是和别人一起住，是否还有亲戚朋友。我动荡不安的过去和他毫不相干。此外我相信，我的过去远远超出了他的想象和假设。

# 02
## 青瓷色

一旦发现大巴上有情侣，塞萨尔总是欣喜若狂，试图以眨眼或是微笑的方式提醒我注意到这种内部风景线。他是一个多愁善感的人。孩子很多的大家庭、满头白发的老奶奶和满脸褶皱的新生儿，都会转移他对道路交通的注意力，引发他发自内心的同情心。

我和他不一样，可遇到情侣时我就会有问题了。那种傻里傻气的相互盲目崇拜、毫无批判的一团和气以及有欠文雅的彼此触摸的行为，有何美感可言？另一方面，每个人都知道，这一阶段不会持续，这令我安慰。不过或许我的敏感在于我的妒忌，对自己的艳遇也不那么感到自豪（这绝不是什么风流韵事）。前不久我看到一个十六岁的小姑娘和她同龄男友像一对老夫妇似的参加教育之旅。真是令人恶心！好在我永远不会成为这样的人。

我到十六岁还一直没有情人，不过总算有了一个女朋友。她成了我生命中最重要的人。

柯内丽娅是作为新同学来到我们班上的。她属于为众人瞩目的人物。不是因为她美丽的外表引人注目（尽管她的容貌无懈可击），而是因为她表现出一种空前绝后的全神贯注和真实可信的面目。

柯内丽娅观察了班级整整一个星期，同样也被全班同学观察了那么久。她大大咧咧地参与课堂上的各种活动，常常喋喋不休地瞎扯一气，有时也有一些异想天开的念头，如果有什么不明白，也会坦然承认，绝不以此为耻。大家全都被她迷住了，开始百般讨好她，希冀博得她的欢心。

可是柯内丽娅拒绝了所有人的示好，丝毫不为所动，毅然决然地投向我的怀抱。我简直高兴得不知所以了。老天赐予我一个女朋友：她有情调，幽默风趣，充满想象力，一头红发，行为举止放荡不羁。柯内丽娅出身于书香门第。父亲是汉语言文学教授，正如我后来发现的那样，是一个文人。几乎在每句话之后，他总会坚决地加一句"不是吗"作为结束，就像一本教科书在说话。家里人叫她"柯拉"。一个中国学生有次甚至轻声叫她"可乐小姐"。

柯拉告诉我，她多多少少是被原来的学校撵走的，因为她曾在剧院舞台后面和艺术老师接吻，他们是在那里商议学校汇演的事。接吻已不是第一次了。但那次倒霉的接吻发生的时候，校长、学校女秘书和一名候任官员碰巧成了目击者。柯内丽娅只是一笑了之。顺便提一下，那个老师后来不得不调到其他学校去了。

柯拉希望自己成为一名画家，向我展示画在包装纸上面的大尺寸作品。她的画作原汁原味，手法纯熟。尽管如此，并不是每一幅画我都喜欢，因为柯内丽娅有点偏爱那些令人恶心的对象。为了给她留下深刻印象，我向她承认我是盗窃狂。她听说后非常高兴，可觉得偷窃后将猎物丢弃无利可图。我以速成的方式向她传授了盗窃术。第一次行动的时候，我当着她的面在百货公司拿了一支猩红色的口红。可她想要拿一条男士领带。我从旋转台上偷了两条领带，有条纹的很朴素的那和，从此以后我们就戴着领带上课。我向母亲说是"柯拉哥哥的"，柯拉在家里谎称是"玛雅哥哥的"。我们就这样穿戴得越来越个性化了。我们不喜欢那些花季少女喜欢穿的那种衣服。穿什么都必须具有非同寻常的感觉。我们拥有背带裤和长腿衬裤，也有屠夫的职业装和丧服。

有一天，博物馆举办中国瓷器展。柯拉的父亲在开幕式上应邀向嘉宾致辞。我们装扮成彬彬有礼的女儿，为嘉宾斟上香槟酒，轮流传递千层饼和熏鲑鱼烤面包。

我有一搭无一搭地听着这位父亲说话，他有着深邃的文化底蕴，同时又喜欢品尝雪利酒。"青瓷色"是一个始终萦绕在我脑海里的单词。那是什么？柯拉耐心十足地指给我看一些正方形和圆形的容器，上面的珐琅是奶白色和充满异国情调的灰绿色，我一下子就喜欢上了它们。

"柯拉，我想要这件青瓷色的盘子！"

我女友点点头，没有任何犹豫，没有任何疑虑。"等大家走了再说。我们到时帮忙收拾东西。"

就这样，你可以在我简陋的房间里找到一件来自中国宋朝的古老瓷器，那珐琅下面雕刻着龙的图案。我母亲没有注意到这件价值连城的孤本，因为它是那么贵重精致而又不显山露水。一只非训练有素的眼睛是很容易忽略掉的。

偷窃这只盘子完全是小菜一碟。博物馆馆长是柯拉父亲的朋友。最后只剩下那些精心挑选的客人在场，于是他打开陈列柜，亲自取出一些迷人的物件来，促使有兴趣的观众注意到细节。

我们开始收拾空香槟酒杯时，大约有十位客人仍然站在馆长和教授身边。我从陈列柜中取出那只盘子时，柯拉替我打掩护。我们在盘子上面放了四只杯子，柯拉拿着那只袖珍托盘从所有在场人员旁边走到隔壁房间，那里是摆放盥洗盆和存放瓶子的地方。很久以前我就在那件大象披肩里面缝制了一只能解开纽扣的口袋，袋子里可以毫不费劲地放上一些好东西。我们把剩下的杯子收起来，在隔壁房间里清洗干净，便告辞回家了。柯拉的父亲心不在焉地向我们挥手致意。博物馆馆长说了一声"花季少年"。教授为这次服务给了我们很多零花钱，他以为我们对展览会不会有丝毫兴趣。

柯拉后来告诉我，丢失盘子的事是在两天后被一名助手发现的。消息传出，一时间舆论哗然。警方和保险公司专家们悄悄展开调查，考虑到应邀客人都是有头有脸的人物，此起事件不应该在媒体上曝光。于是，他们对名单上被邀请的客人进行调查，但恰恰把我和柯拉给忘记了。嫌疑最终落到了那个中国文化专员身上，他知道所有这些中国珍品来自伦敦和柏林的博物馆，有人想必从他捉摸不透的脸上看到了那种战战兢兢。这只青瓷色盘子是一件特别古老的精品，作为专业人员才可能具有这样的眼光，但对一个外行而言，那是太不起眼了。

"你的品味不错，"我女友说，"换了是我，或许会拿那件珐琅瓷花瓶。不过这只是假设，因为我和你一样不可能将这些东西直接放到我的窗台上。"

最后，保险公司向维多利亚和阿尔伯特博物馆支付了一笔可观的赔偿金。中国外交官夫人在我偷盗两天后乘飞机前往北京，人们将这次旅行视为这个中国人犯下罪恶的证明。

可是，这件青瓷色盘子还将给我带来不幸。


话说这一切是从卡罗二十岁生日开始的，那天是星期六。母亲周末在养老院里上班。她本来想和一名女同事换一下时间，好有空给自己的宝贝儿子庆祝生日。不料卡罗表示反对，说自己不是小孩子了，母亲不用为他烘烤蛋糕，只要大家晚上一起喝上一小杯酒就够了。

于是母亲去上班了，卡罗准备趁她不在时举办一个小小的庆祝会。他迫不得已向我透露了他的计划，我当时是这么想的。他想给几个朋友做饭，让我把柯内丽娅邀请过来。我很久以后才知道，他策划这一切都是因为她的缘故。

上午他派我去购物，给了我一份清单和钱款。我突然很喜欢他对我非常友好的新把戏，于是顺从地走出家门，用他的钱买了西班牙红葡萄酒、白面包、乳酪、葡萄和熏鲑鱼，又主动偷了鹅肝酱、鱼子酱和香槟酒。这自然是一个很严重的错误，我是出于狂热和习惯才不由自主做出这种事来的。到了家门口我才明白不该在他眼皮底下打开这些美味佳肴，否则以后就可以说是柯内丽娅从自己家里拿来的东西。

可我打开门，卡罗用充满神秘的脸色示意我朝厨房望去，根本没注意我买了些什么东西回来。他指了指一张椅子。我满怀期待地坐了下来。卡罗从口袋里拿出一只信封，装模作样地递到我的手上。蠢货，我想道，可当然很好奇这封信是从哪儿寄来的。

"父亲的来信。"卡罗说。

此刻我才紧张起来，撕开信封读了起来。

　　我亲爱的儿子，如果我没有记错的话，今天是你的生日——为什么他从没有想起我的生日呢？——别以为我会忘记你们。可我不得不满心羞愧地承认，我没有实现自己人生的抱负。多少年来我始终希望将来有一天能卖出自己的画作。或许只有等到我离开这个世界以后才会如此，而你们就可以成为笑到最后的继承人了。卡琳已经和我分手——卡琳究竟是谁？——我独自一人生活，经济捉襟见肘，身体每况愈下，为糟糕的情况所困扰。我纯粹是出于万不得已才接受了有失自己身份的鲜血使者的职位。我多想送给你一件很有气派的礼物啊，可请你们相信我，有的晚上我连饭都吃不上就上床睡觉了。我写信给你是因为认识到自己来日无多。我希望你和玛雅能够原谅我，并以爱的名义重新想起你们的老爸。


"怎么？"卡罗说道。

"鲜血使者是什么？"我问道。

他耸耸肩。我们俩面面相觑。

"他住在哪儿？"我问，但发现信封上没有写上寄信人地址。我们看了下邮戳：不来梅，好不容易才辨认出来。"我们可怜的父亲。"我轻轻说。

卡罗撅起鼻子。"你应该说：我们可怜的母亲！他先是带上另外一个女人逃之夭夭，几乎从不支付我们的生活费用，而现在又来了一封乞求的信！"

"可是他根本没有明说希望得到什么呀，我们也不知道他究竟住在哪儿。"

卡罗走到母亲的写字台前，拿出他寄钱给她的银行结算清单。"去年四月他汇过一笔小款，这是我无意间知道的，"他说，"事实上我必须找出那张汇款委托，也许他的地址就在那上面写着呢。"

母亲将各类票据整理得井井有条。卡罗是银行学徒，在分类方面训练有素，他马上发现自己所要寻找的东西了。通信地址实际上印在了表格上，上面敲了一个图章。父亲居住在吕贝克，不是不来梅。我们俩第二次面面相觑。和母亲是无法谈论失踪的父亲的，她拒绝以任何方式向我们提供任何消息。

"我们得过去看看他。"我说。

"他可曾看过我们啊？"卡罗问道，"他在此之前给我们写过信吗？在我高中毕业的时候，在我们过圣诞的时候，他可曾打听过我们是否还活着？"

我沉默了。卡罗讨厌他，可他有微薄的收入，比我更能帮助他。我还未曾偷过钱，也许现在是时候了。难道我应该把偷来的食品作为援助救济包寄给父亲吗？我陷入了沉思之中。

卡罗打破沉默把我吓了一跳。"我们先别跟母亲说起这封信的事，以后再说。一小时后客人就过来，现在可以做饭了。"

我将偷来的美味佳肴默不作声地藏在被子下面，把瑞士硬干酪切片，给葡萄去皮，心不在焉地做着卡罗吩咐我做的一切。

他朋友过来的时候，我的思想正开着小差。我真的很高兴认识卡罗那位来自银行的新朋友，他以前经常在我面前提起这位朋友的聪明才智。可我现在难以关注这个德特勒夫了。我的心里只念叨着父亲。确凿无疑的是，我始终担心他的穷困潦倒，否则他或许早就给我寄来礼物了。艺术家往往要在去世之后才享受荣耀，这句话他也说得有道理。他不给我们信息，那是出于羞愧。可是，我曾经是他的公主，为何他偏偏给卡罗而不是给我写信呢？

他不再是画家，而是一个鲜血使者，我打了个寒战想道。这是一个可怕的词，让人想起吸血鬼来，我不知从何着手。

这时候，卡罗的另外两个朋友带着各自的女友过来了，我们坐下来一起吃饭：卡罗坐在柯拉旁边，我坐在德特勒夫旁边。我很想和柯拉说说父亲的来信，可又无法在兴致勃勃的聚会中提起这事。我们喝着红酒，吃着美餐，真的是谈笑风生。最后我如愿将柯拉带到了我的房间。我揭开被子，柯拉看到香槟酒，很有经验地说道："赶紧将它们冷藏起来！"

我从厨房出来，她已将鱼子酱放在我那只青瓷色盘子里。"你怎么啦？"她看到我惊慌失措的样子时问道，还以为警察快来了呢。

我向她简明扼要地介绍了父亲信里的内容。

"我们过去看他，"她说，"明天我们计划一下。"

柯内丽娅似乎并没有觉得我那狂妄自大的哥哥不讨人喜欢，时不时地对他那些我全都知道的二手笑话发出笑声。渐渐地，我怀疑那后面是否隐藏着比她这种行之有效的诡计更多的东西呢。她的诡计就是：爱上一个男人，其目的也是为了稍稍折磨他。她最终会喜欢上他吗？

一切都在跟我作对。我把红色鱼子酱端过来，它在浅绿色瓷器上看起来非常名贵，就像金鱼一样，这时德特勒夫冷不防问道，这是否是一只中国盘子。

"有可能吧。"我回答。

顷刻之间，大家全都不出声了，目不转睛地盯着那只盘子看。

"这个究竟是从哪儿弄来的？"卡罗问道。

"旧货市场。"柯拉果断地说道，大家又开始叽叽喳喳地闲扯起来。

德特勒夫放肆地看着我。"我叔叔是博物馆的保管员。"他意味深长地说。

遗憾的是，我并没有像柯拉那样世故圆滑，顿时脸红耳赤了。"那又怎么样？"我胆怯地问道。

"你知我知，"德特勒夫说，"我们下次再聊中国宋朝的话题。"说完他差不多独自一人吃完了鱼子酱。柯拉把盘子撤走，清洗干净后放到我的衣橱里。她凭借可靠的直觉听见了最要紧的话，然后开始训练有素地和卡罗打情骂俏。我很钦佩她。倘若没有柯拉的话，或许我会奔到我的房间里去，绝不会去关心这次可怕的派对的进展情况。

终于，柯拉把那瓶冷藏的香槟酒拿了过来，让我哥哥打开，将第一杯酒给了我。我一饮而尽，不禁打起嗝来，大家哄堂大笑，我因为绝望马上又喝了第二杯。

十分钟后，我的话多了起来，好想唱歌，可卡罗制止了我。母亲快要回来了，所有的人都想回家去，这时卡罗也站了起来，把柯内丽娅送回家。我感到很委屈，因为我希望柯拉能留下来，我们三个人可以一起收拾。可现在一切活儿都得由我一个人承担了。

德特勒夫在门口说道："再见啦。"他话音里含着威胁。于是我孤单一人，满心恐惧，独自面对着这些脏兮兮的锅碗瓢盆。

母亲回来，立马打开窗户，怀疑是我抽的烟，可她没注意到鱼子酱掉在地毯上，房间里有股剃须后使用的润肤露和走了味的葡萄酒的味道。我假装头疼一走了之。尽管我一直在焦躁不安地等待，但没听到卡罗何时回的家。

星期日，我连早饭都没吃就上柯拉家去了。母亲早就骑车去养老院了，哥哥还在睡觉。我一气之下往那只可可袋里倒了两勺食盐进去，他起床后第一件事大多是从冰箱里拿出可可饮料喝上一杯。

柯拉仍然穿着睡衣（一件古老的带孔眼的亚麻布传家宝），在床上喝不加牛奶的咖啡。她像一个晨起的侯爵夫人一样迎接我。她的父母亲牵着一条狗，正要出去散步，和我热情握手。

"我们家女儿还在休息，"教授说道，"就像一只大懒虫，不是吗？"

柯拉知道我是想和她谈论我父亲的事。"我们需要钱，"她说，"有了钱就可以到他那里去，看看他那边是否一切都好。"

我觉得去他那里是不可能的。"首先我不可能不和母亲说就出门旅行，其次我也不可能去抢银行啊。"

柯拉咧嘴笑笑。"哦，玛雅，车到山前必有路。你们假期准备去哪儿呀？"

我的眼泪禁不住流了下来。因为家里没有钱，我们已经多年没有出门了。小时候我和卡罗偶尔到波恩的舅舅家里去。保罗舅舅接管了外公的文具店，并对其进行了改建，使之变成了一家欣欣向荣的电脑商店。此外，假如没有他定期汇款的话，光靠母亲的工资我们家的日子恐怕是难以为继的。我是不想再到他家去了，那是我唯一感到屈辱的事。表姐是一个十足无聊的人。舅妈尽管每次都给我买一些实惠的衣服，但我对此毫无兴趣可言。

柯拉耐心地听完我的话。"太棒了，"她说，"虽然我有两周时间得和父母亲一起到托斯卡纳去，但这要到假期快结束的时候，在此之前还有很多时间呢。好在我在汉堡有亲戚。你母亲大概会允许我邀请你一起去吧。再说，我姨妈和姨夫都是上班族，我们白天在博物馆或者床上度过，他们是完全无所谓的。"

"吕贝克不远，我可以马上过去。"

"不行，"柯内丽娅说，"这个就有欠考虑了。你和我一起住在汉堡，然后我们一起到你父亲那里去。"

柯拉对我神秘的父亲很好奇。我真想先独自一人去见见他，可我起初还是沉默不说。

"第二个问题就是钱的问题，"柯拉说，"我倒有一个计划。我父亲会支付旅行费，当然也包括你的。但我们需要给饥饿艺术家一点儿赞助。"尽管我不喜欢她的嘲弄，但我什么也没有说，等着她的建议。"最近我在报上看到有一个骗子每天研究讣告，"柯内丽娅叙述道，"有一个老头去世大约两周后，他按响了寡妇家的门铃，说是死者有一大笔账单没有支付。老奶奶想知道是哪一笔账单，他就拿出一张订单表格，轻声而又悄悄地说是死者订购的黄色出版物。老奶奶脸色煞白，二话不说就付了钱，永远不想再记起那件丑闻来。"

"真是卑鄙无耻啊，"我朗声笑道，"不过你不是真的想用这种手段去敲诈人家的钱财吧！再说我们或许可以装扮得更老成一些，但没有人会相信我们是兜售色情出版物的小贩。"

柯拉放声大笑。"这个我可不想做，我的象妹妹。不过这个倒是让我有了一个好主意，你听好了。我父亲文化素养很高，但常常丢三落四，这和他的身份不符。最近他忘记参加一个同事的葬礼了，但不去的话至少也得寄上一张吊唁信。母亲给他提了这个日期，可惜为时已晚，他的黑西装还挂在外面的洗衣房里没洗好呢。嗯，总之，死者家属请他不用送花圈，送上捐款就成。可偏偏是给马术与机动车协会捐款，好像他们不够有钱似的！父亲掏出皮夹子，马上写了几句言不由衷的话，派我去追悼办公室。因为钱就放在信封里，我得将钱交到他本人手里。"

"你是不是把钱留下了？"

"你想到哪儿去了！一个老太给我开门，带我到客厅，甚至还给我倒茶。所有其他家属都到墓地去了。老人去厨房的时候，我就一个人待在那里，写字台上全是装着捐款的信封，可我作为乖女儿并没有打开这些信封。"

我被吸引住了。"那也不能去偷死人的钱呀！"

"这个钱并不属于死者，死者也不用花钱，"柯内丽娅说，"我们可以参加完全陌生的葬礼，当然只是参加有钱人家的葬礼。如果报上写着给大赦国际或者 SOS 儿童村募集资金的话，那么我们就别去插手了。可如果是高尔夫俱乐部或是游艇俱乐部这种地方，那我是不会犹豫的。你难道不认为是你父亲更需要钱吗？"

我点点头，但我对这一想法并没有多少兴趣。偷上一支唇膏，不过是一种消遣而已。在偷瓷器盘子这件事上，我后来才明白自己究竟干了什么。我几乎对我的行为感到有些后悔了。另一方面，我喜欢这件东西，参观博物馆的成千上百个游客和我母亲一样都对它视而不见。其实我已经证明自己是一个懂行的专家，或许也赢得了这件物品道义上的权利。但当时我将偷钱视为犯罪行为，就连像绿林好汉那样行事的念头也让我难以忍受。

就在这时，柯拉一骨碌从床上跳起来。"昨天夜里下雨了。我得去抓蜗牛了。"

我惊讶地跟着她来到院子里。她赤着脚，穿着睡衣，深一脚浅一脚地在潮湿的花坛之间穿行，用一把十字形剪刀将肥胖的蜗牛切断。她着迷地观察从蜗牛身上流出的黏液渗入草地。我感到好恶心。

当我终于回到家时，卡罗挖苦地说，德特勒夫过来找过我了。说完他饶有兴趣地打量我。

"他想干吗？"我没好气地问道，尽管我预料到会发生可怕的事情：敲诈勒索。

"他似乎很激动，"卡罗说，"顺便说一句，柯拉真是一个迷人的女人。如果我追求她时你助我一臂之力，那么作为回报我可以让聪明的德特勒夫喜欢上你。"

"我不想要你的德特勒夫。"说完我"砰"的一声关上门。

假期即将来临，我盼望着自己可以有一段时间看不到讨厌的家人，德特勒夫也无法找到我的踪影。生活为何如此错综复杂呢！

# 03
# 血红色

　　不久前，一个父亲带着自己的小女儿上了我们的大巴。带上这种年龄的孩子参观旅行，本来就是胡闹，我通常也不喜欢看到这种事。绝大多数孩子是在扰乱他人的旅行。他们会感到很无聊，大声插嘴打断我的讲话，不坐在自己的座位上，把巧克力沾到坐垫上，连严肃认真的旅游者也难以将心思集中到听讲和捐款上。好在大多数父母知道这一点，宁愿带着孩子到海边去。可在这个父亲身边的是一个有经验的人，尽管她看上去聚精会神，但不显得少年老成，她不是一个喜欢吃糖的小丫头，而是一个有着王室血统的公主。这使我伤心不已。父女俩堪称优秀的一对，这和我的情况如出一辙，我是西班牙公主，我的父亲是国王。父亲已经多年不在我身边，无疑我是按照自己的心愿把父亲理想化了。但或许这可爱的一对也仅仅是假象而已，他们家里也有一个苦海无边的母亲吧。

　　尽管联想到自己的过去，但我依然愿意为父亲筹措资金，这次行动还要在揭开他的神秘面纱之前实施。

虽然我和柯内丽娅每天研究讣告，但一开始没有任何机会，因为大部分讣告上并没有捐款的内容。有些讣告上虽说公布了账号，但提到的是新教教堂合唱团或者养鸽人协会。从地址和上面的文字判断，这些人很可能是死者家属，他们都认识所有追悼会来宾。我们这么做就会引起不必要的轰动，况且仅仅为了一笔小数目大动干戈显然不划算。至于去偷癌症援助和教育资助协会的资金，我是拒绝的。最后，我们遇到了共济会成员。我们不是很清楚共济会成员究竟是干什么的，但这是一个地地道道的男人协会，柯拉让我相信这不是慈善机构，我们应该到那里去试一下。

那幢别墅位于内卡河畔，地理位置优越，估计那里会有钱。难道追悼会来宾更喜欢使用银行汇款吗？

我在一张吊唁卡上写上了博士的名头，用的是一个无法辨认的花体字。一旦有人问起来，柯拉准备冒充自己是一名法兰克福教授的女儿。我们穿的虽然不是黑衣服，但看起来灰暗、不显眼，没有涂脂抹粉，外表天真而体面。我梳着细辫子，戴着一副卡罗的眼镜。柯拉将她母亲多年前参加狂欢节时戴过的黑色假发裁剪成乖巧的刘海发型，穿着灯心绒裤子和蓝色丝绒套衫，看起来就像是一个十二岁的女孩。"隐蔽，"柯拉说，"这就叫伪装，在动物世界很普遍。"

在哀悼厅里（一个公开的纪念会同时在城区举行），一个中年妇女给我们开门。柯内丽娅像小学生一样装作嗫嚅着背诵《圣经》的引语。这位共济会阿姨听力很差，只是点着头，想拿走我手里的信封，但没有请我们进去的意思。我想装出一副受打击的样子，可柯拉对着这个女士的耳朵大吼（她忘记了刚才的嗫嚅）："我们坐了很长时间的火车，现在口渴了。"我们被带到了厨房。尽管厨房里没有存放那些装着钱的信封，但那里的托盘上摆放着可口的饮料。我在喝汽水的时候，柯拉喊了一声"厕所"后离开了厨房。那个女人问我父母的情况。我撒谎说自己是孤儿，只是一杯接一杯地喝着汽水。终于，我的女友重新进来了，对我眨眼示意，也喝了一口汽水，然后和女人握手以示感谢。我们疾步离开了那栋别墅。

我问："你拿到了？"她于是点点头。

我们来到位于行人区的一家咖啡馆，冲进卫生间，把门闩插上，打开信封。柯内丽娅身上带着所有的吊唁信。我本来希望她能带上一两封信就行，这样事后也不会被人发现。第一封信里放着支票。

"该死。"我说。不过总的说来，正如后来证实的那样，我们这次真是赚了大钱。我们在兴奋之下马上订购了我们最喜欢吃的圆形大蛋糕，然后决定悄悄将剩余的钱原封不动地交给我父亲。可是他肯定要问钱是从哪儿来的。

"我有办法了。"柯拉说，我立即相信了她的话。


我两次成功地摆脱了德特勒夫的纠缠。他是近视眼，不能像我认出他那样很快地认出我来。第一次他站在我们的大楼前，靠在围墙旁，我傍晚刚从西班牙语学习小组（我之所以参加这一小组，是因为该小组是由贝克先生领导的）那里回来。我像兔子逃跑那样突然改变方向，蹲伏在一座陌生的屋前小花园里。他过了很长时间才离开，我终于可以从那里爬出来，这时四肢已经不灵活了。第二次他坐在我们家的厨房里，在我母亲面前装作是在等卡罗回来。这一次我急中生智想到了一个应付他的谎言。"卡罗让我告诉你，你不用等他，他去看电影了。"德特勒夫向我投来深恶痛绝的目光，但当着我母亲的面又不敢反驳，只好离开了。不一会儿，卡罗回家了，母亲顿时感到惊讶万分。可她实在太累了，不想弄清楚究竟是怎么回事，叹了口气，把茶水搁在炉子上烧，抬起她那浮肿的大腿。

第二天，卡罗带来了德特勒夫的一封信。"你瞧，"他说，"母象糟蹋男人的心了！"他没料到的是，他交给我的不是情书，而是一封勒索信。


　　如果你明天下午六点不站在银行后门出口的话，
我就告发你。　　　　　　　　　　　　　　　　德


柯拉建议我到那里去一下。"我们先得听听他究竟想要什么，为什么他到现在还没有告发你。"她说。此外，她主动提出和我一起过去，但我拒绝了她的好意。她不应该认为我是胆小鬼。

卡罗通常五点钟回家。我第二天准时等待我的勒索者的时候，不必害怕同样会见到他。

德特勒夫起先表现得挺友好。他邀请我到咖啡馆去喝上一杯仙山露味美思酒，谈着谈着就言归正传了。如果我能稍稍对

他有所表示，那么一切不会有任何问题，那只瓷器盘子完全可以给后辈做小摆设用。我装作一副不开窍的样子。他必须点名道姓地说出名目才行。我们有一阵子就这样绕着圈子说话，谁也不直接挑明。终于他提出和我睡觉的要求来。我料到会有这样的结果。尽管如此，我在一瞬间还是愤怒得说不出话来。可我无法公开对他吼叫。我站起来。"我会认真考虑你的话。"我说。我渴望马上见到柯拉，她知道如何给我出主意。

十分钟后，我就到她家了。她对我赞许有加。"你处理得太棒了。归根结底，我们只需要熬过五天时间就出门旅行，然后就可以摆脱他了。"

"可五天时间还是太漫长了！明天他又要来问我了！"

"大不了你让他来找我就是，玛雅。对付这种软蛋还不是小事一桩啊。"

"那他到头来就想和你睡觉了。或许他更想和你而不是和我！"

柯内丽娅把我紧紧地抱住。"你别担心，我会让他屈服的。"说完她用拇指和食指捏出一个小矮人来。可尽管她承诺未来五天里绝不会对我撒手不管，我还是心存恐惧。

母亲对我在柯拉家里过夜并没有任何反对。我和一个教授女儿结成朋友让她感到很有面子。我对她撒谎说，柯拉父母亲出去旅行了，我的女友害怕一个人待在家里。让我感到惊讶的是，母亲提议说，柯拉也可以在我们家里睡，不过她意识到教授家里空间更大，环境更舒适，也就打消了原先的念头。

就这样，我们的目的达到了，我们只会共同遇到我们的敌人德特勒夫，当着柯拉的面我会想到说一些轻率无礼和拖延时间的话，这稍稍给了德特勒夫一点希望。

　　放假第一天，我们就出门坐火车去了。柯拉的亲戚似乎对我们的来访没有表现出任何激动。再说他们也很少有时间陪我们。其实我们觉得这样挺好。柯内丽娅不会有任何的不习惯，因为她母亲也不知道一天到晚在哪儿。这个美丽的女人我很少见到，柯拉说她母亲是一个游手好闲的人。她去听心理学讲座，去参加艺术展览会开幕日活动，逛遍所有的时装小店，坐飞机到纽约待上三天。我很佩服她。她汉堡的妹妹和她完全不是一类人，是个不苟言笑的老黄牛，从早到晚在一家牙科集体诊所里校准那些假牙。

　　在汉堡美美地睡了一天之后，我们动身去吕贝克。我还从未如此激动过。父亲长得是否还是我珍藏的那张照片上的那个模样吗？这张照片至少已有九个年头了。他曾经是一个富于创造力的男人，有时兴高采烈，然后又沉浸在沉思默想之中。他在作画的时候是不允许被打搅的。他身材清瘦，外表英俊，留着小胡子。我还能认出他来吗？我不能想象他的声音是什么样子的了。柯内丽娅又会如何评价他呢？这一点也对我至关重要。

　　我们打听了多次才找到那条马路。那是一个半地下室。一条蓝色绝缘带上写着"罗兰德·韦斯特曼"的名字，被贴在其他电铃按钮的下面。我们按门铃，起先很胆怯，继而越来越使劲。我们差不多快要放弃的时候，门打开了。

　　一名男子穿着浴衣愤怒地站在我们面前。他简直就是讽刺国王的一幅漫画。

在难以抑制的莫名的惊恐之后，我说道："我是玛雅！"

我父亲拉了一下红灰相间的天鹅绒大衣，擦了擦自己的眼睛。大衣太小，一根绳子将他臃肿的肚子拴得有些紧了。他目不转睛地凝视我，看上去显然比我还要惊讶："你难道是我的女儿吗？"

我点点头，不禁哭泣起来。这个胖男人拉我到屋里，不知所措的柯拉主动跟了进来。在一间黑乎乎的兼作起居室的敞开式厨房里，我们坐在铁制的花园椅子上，板条座位已有破损。房间里有一股啤酒味、香烟味、酸白菜味和卧室没通风好的味道。从一扇敞开着的门中可以看到有一间灰色储藏室。

父亲持续不断地摇着头，然后看了看那只钟表，它就挂在洗餐具水池上面刮胡须用的镜子旁边。那是下午两点钟。

"这个时间很糟糕。我每天很早上班，刚想睡个午觉。"

"我们无法知道……"

柯拉看着他。"我是玛雅的朋友。"她一字一句说得很清楚，仿佛在跟一个低能儿说话似的。父亲右耳朵里塞了块棉絮，他慢慢将它掏了出来。

"你那时是个漂亮孩子。"他对我说道。

我不知如何回答。难道我现在不漂亮了吗？

柯拉打开窗户。父亲站起来，把储藏室里的百叶窗拉上去，将便壶拿了出去。他出去的时候，我睁着泪汪汪的眼睛朝柯拉眨眨眼。

"你父亲酗酒。"她说。

我的诊断还没有进展到这样的程度。他重新进来的时候，我才仔仔细细打量了他一番。眼里有白色条痕，眼睛下方的泪囊很大，没有小胡子，也没有修过面。稀疏的头发是什么颜色很难确定，只是成绺地翘着。肚子很大，浴衣里面穿了件很脏的汗衫，大腿上套了条橄榄色和鼠灰色图案的法兰绒睡裤。

父亲在我的目光注视下感觉不自在起来。"我去穿一下衣服。"他说完随手拉上门到小卧室里去了。

我和柯拉又一次对视了一下。她从口袋里掏出钱来交给我。"我们就说：中奖了！"她低语道。

父亲重新露面的时候，人精神了许多。他穿了一件深蓝色羊毛内衣，又大又长，足以遮住他的肚子，头发梳理过了，上面用刺鼻的科隆香水喷过了。不过他的黑色裤子上沾满了猫的毛发。

"我的孩子，这真是意外的惊喜啊！"他说，"我们这就去一家饭店，可惜这里总有一股霉臭味。对一个患有风湿性关节炎的老人来说，这已经够糟的了，而对年轻女士而言则是无法忍受的。"

我把钱交给他。"我们彩票中奖了！"我说。

"这个我是不可能接受的，"他嚷道，然后数了下金额，"我绝不会问自己的女儿借钱。"

"我送给你的。"我说。

父亲将钱塞进衣袋里。我真想被人拥抱，不过不是被患有风湿病的老人，而是国王和艺术家。

在饭店里他为自己要了啤酒和白酒，我要的是咖啡，柯内丽娅要的是巧克力。他要我说说卡罗和我自己的情况。几杯白酒下肚之后，父亲变得更和气、更自然，也更幽默了。

"鲜血使者是什么？"我问道。

他解释说，自己每天清晨开着一辆厂车出发，拜访无以数计的诊所。人们交给他一只装着各种不同血样的袋子，他再将袋子送到一家中央实验室。"鲜血沾在我的手上。"他开玩笑说。中午时分他回到家，小睡一会儿，然后起来作画。他遇到的最大不幸发生在去年，他被吊销驾驶证长达六个月之久，导致没有了工作。谢天谢地他后来又被雇用了。"可是我欠了债，孩子们……靠社会救济金没法活。"

我当然想了解他的艺术创作的情况。他答应回家后让我看他的画作。可三小时后，我们离开饭店，他直接把我们送到车站。他说自己得去上班，我们可以过几天再去看他，很遗憾的是，他家里没有电话，不过下午晚些时候过去比较方便。


很长一段时间我无法和柯拉交谈，只是坐在她旁边，眼睛呆呆地望向火车车窗外。她也一句话都不说。不知什么时候我突然发觉，自己曾在她高贵的家里想象会发生一件骇人听闻的事，真为自己感到羞愧不已。

后来几天我们是在慵懒中度过的，我们睡懒觉，去游泳，或者到城里去吃冰淇淋，和其他年轻人交朋友，直至柯拉的姨妈等我们吃晚饭，我们才回去。然后我们硬是把钱浪费在电影院里，接着在弹子游戏机和投币游戏机中消磨余下的时光，尽管我们年龄太大，已经不太适合玩这些东西了。没多久我们就认识了两个正在放暑假的年轻男孩。我们邀请他们到柯拉姨妈家里共进十二点钟早餐。柯内丽娅马上选择了那个更讨人喜欢的男孩，领他到厨房，害得我只好和他那位看上去很拘谨的朋友无聊地待在餐厅里。可我真的为柯拉的快乐感到高兴，享受着在汉堡没有人称呼我"母象"的日子。我和父亲在心里进行着持续不断的交谈。"你还记得我是玛雅公主，你是西班牙国王吗？你为何如此穷困潦倒呢？卡琳是谁？你的画作看起来怎样？"我就在那些虚构的对话中问着这些问题。但我预感到，下一次见面时我只想问那些画作的事。

柯拉不再那么强烈地渴望吕贝克了，但又不想对我不闻不问。我向她保证说，她尽可以待在汉堡好了，可她觉得这样太无聊。于是我们给姨妈留了张便条，说我们不回来吃饭，第二次看我父亲去了。


父亲似乎早已等着我们前去拜访了。他本人和他身处的环境明显被收拾过了。他利用不多的存货做了一顿还算像模像样的饭菜，只是盛饭菜的盘子很脏，影响了我的食欲。我真想用热水把它们清洗干净，又怕这样会伤他的心。

在我的请求下，他给我们看他的几幅画作。这些画作都是小开本，和我记忆中的大相径庭。柯拉马上以专家的眼光发现，他只用三种颜色作画。

"你说得对极了，"父亲第一次专注地看着柯拉，"我是将坏事变成好事。你们一定知道有这样一个童话：白如雪，黑如炭，红如血……当我没有钱购买颜料的时候，我就决定自己只能顺应那些我能拥有的东西。黑色犹如死亡，白色犹如光明，红色犹如罪恶。"我们就像在学校里一样侧耳倾听。他继续说道："纳粹分子和他们的黑白红旗帜，或许凭借黑色的卐字和白色的圆分布在血红色的海洋里就可以击中追随者敏感的神经。同样的图案如果采用不同的颜色，我们不妨说是蓝色、黄色、绿色，他们就永远不可能成功。我们可以从中得出结论：你们如果穿黑白红衣服，可以找到许多爱慕者。"

柯拉说："我不希望身边有法西斯主义的追随者。"

我感到忐忑不安起来。这种鲜艳的红色难道是和他作为鲜血使者的职业有关吗？过了很久，我始终在思考，既然他揭露他们是极右分子，那为何偏偏又要选择那些颜色呢？难道这些颜色真能传播意识形态吗？它们在大自然中存在，是否和大地、海洋和青草一样无辜呢？

父亲的画作都类似，黑色昆虫——甲壳虫、蚂蚁、飞蛾，总是在红色水果上爬来爬去。背景是白色，大多是一块大餐桌台布，上面是精心画成的皱褶和阴影。

"约束之下方显大师本色。"他说。

我想起他以前的画作来。"当时你画过天空和海洋，从来没画过石榴和臭虫。"

"是吗？有可能吧。其实你说得对。"他在衣橱里面翻找着，很激动，因为没找到自己想找的东西，却不断地将新的黑白红画作取出来。其中有一幅存放着的画作，连他本人都大吃一惊。一个和耶稣基督长得很像的白色尸体躺在一根烧黑的横梁上，鲜血从他的伤口汩汩流出。他长着一张卡罗的脸。我们都看得呆住了。

"想必是我在喝醉酒的时候画的吧。"父亲说。

和平时一样，柯拉说出了我敢想不敢说的一句话。"韦斯特曼先生，卡罗最近看过您吗？"

父亲迷惘地看看她，摇了摇头。

"你从哪儿知道卡罗今天长什么模样？"我问道，"当时他还是一个小孩。"

"那个不是卡罗。"

"究竟是谁？"柯拉问。

"哦，我的孩子！他谁也不是。是我自己臆想的产物。你母亲知道你过来看我吗，玛雅？"

"不知道。"

"她说过我什么吗？"

"什么也没有说。"

他相信了我的话。我们告辞了，相约不久之后再过来看他。


第二天，柯拉和她那位大学生朋友到城里约会去了，而我呢，就在汉堡的大小商店里瞎逛。我本来不想偷什么。母亲给我的零花钱，已经足够我们开销的了，我可以用来支付有轨电车票、冰淇淋和其他的小东西。我个人的日用必需品很少，我从未有过要为自己购买奢侈品的念头。唯有精品才可能诱惑我。可是为我可怜的父亲……

我既不偷钱，也不偷食品，而是偷颜料。那些奇特的名称令我着迷：卡普特红、天蓝色和茜素红颜料。

因为时值夏天，我不能穿上大象大衣，所以我手里拿着装满了面包的大塑料袋，把我收集的颜料管组合放在袋子的最下面。画笔想必是黄鼠狼的毛做成的吧。

晚上我们去看音乐剧。柯拉的姨夫捎来了音乐剧的门票。他希望我们能够早日回家去。

柯拉觉得我们应该尽早将这些美丽的颜料送到吕贝克去。自从看到那幅死人的画作之后，因为和她的审美观一拍即合，她对我父亲的评价甚高。


父亲很为我的礼物感动。"可是我应该画些什么呢？"他像孩子似的叫道。

"画我们，"我说，"我和柯内丽娅的双人画像。"

"我已经好久好久没画过人像了。"

不过柯拉也对他纠缠不休，因为我的想法打动了她的心。父亲激动起来。那些新颜料诱惑着他。他开始画了好几幅人物速写，真是栩栩如生，令人叹为观止。"我要把你们画成喜多川歌麿[1]的两个美女。"他没有提及西班牙公主的话题。

他深深地陶醉在自己的创作激情中，在我们当了三次模特儿之后，他终于完成了这幅画作。作品完全摆脱了他原先那些甲壳虫画作的框框，它是五光十色的。

我和柯拉在画里面看起来更老成，更富于知性，但也显示出儿童般残酷无情的一面，仿佛是我们拔掉了他那些昆虫的翅膀。

---

1 喜多川歌麿（1753～1806）：日本浮世绘最著名的大师之一。善画美人画。

父亲很兴奋，第一次拥抱我，也拥抱柯拉（我觉得不是很合适），说这幅画作是他第二次职业生涯的开始。我对他第一次职业生涯的情况一无所知。

告别时，父亲想把这幅画送给我。可我如何在母亲面前隐藏这幅画呢？她肯定马上知道谁画的画。我试图解释这一点。

"那就告诉她真相吧。"他说。

"她不谈论你的情况，我和卡罗不想伤害她。你离开我们这件事，或许是她心中永远的痛……"

说这些话时，我感到很尴尬，因为一直以来，我没有和他如此直接地说过话。

他独自发呆。"一个冷酷无情的女人，"他说，"好像我自愿进班房似的。"

我和柯拉吓得一骨碌跳起来。他说什么？

柯内丽娅彬彬有礼地问道："您为何进班房呢，韦斯特曼先生？"

换了是我，我是不敢问的。

"我的老天……"父亲拿起白酒瓶，直接对着瓶口喝了起来，"等你们大了，我再和你们说。"

十六岁的人了，什么话都无所谓，就是不愿听到这句话。

"不管怎样，这是一起不幸的事件，我为此付出了代价。要是你母亲站在我一边的话，我回到你们身边应该有好多年了。"他还说了一句我不是很明白的话，说其他女人很少有如此铁石心肠的。

又是柯内丽娅缠住不放。"您是第二次结婚了吗？"她这句话是想问我父母有没有离婚。

"不，不，"他说，"卡琳是护士，一个能干的女人，没有任何偏见。我就是这么想的。现在我老了，需要帮助，她却走了。"

"父亲，"我重新鼓起勇气问道，"你还记得我是玛雅公主吗？"

"为何是公主呢？"他问道，拿一根火柴在耳朵里捅着，"我们家里可没有这样的事。顺便说一句，卡琳不比你母亲小，甚至还大她一岁呢。"

我对愚蠢的卡琳不感兴趣。"父亲，我说的是委拉斯开兹[1]。"我恳求地说。

"委拉斯开兹？如果我没有记错的话，他画过西班牙宫廷的画作，包括西班牙公主。你怎么会想起这个人来了？我不是模仿大师的人。"

由此可以证明，他早已将他的小女儿忘记得一干二净了。

柯拉将那幅画作收起来。"玛雅不想要的话，我把它带走。"她说。

父亲只是点点头。他似乎没有想到把画保存起来作为留念。我们告辞了。我们想第二天就回家去。很多事情我没有得到解释，也无从知道真相，旧的秘密没消除，现在又来新的秘密了。我失望而委屈地和他握手话别。

"那就再见了。"他说。

---

1 委拉斯开兹（Diego Rodriguez de Silvay Velázquez，1599～1660）：文艺复兴后期西班牙最伟大的画家，宫廷画师，画风写实，作品有《腓力四世像》、《布雷达守军投降》等。

## 04
# 波斯粉红色

　　一个人可以讨厌自己的父母，一个人也可以把自己的父母理想化。柯拉的父母和我的父母如此迥异，因为他们缺乏任何卑鄙下流的行径和日复一日内耗的迹象，我甚至觉得他们成了现代伴侣的典范。我父亲是酒鬼，我母亲是抑郁症患者。母亲是因为他而变成抑郁症患者，还是父亲因为她而变成酒鬼的呢？至少他们在这种灾难性的发展过程中彼此帮衬、互相支持。

　　佛罗伦萨的春天，雨往往下得很猛。从大巴上一眼望去，难以看到这座城市的美丽，肮脏不堪的雨水顺着车窗流下来。这种雨水可以和我肮脏的灵魂的泪水相比，这种比较尽管或许并无独特之处，但我总是一再想到这一点。

　　我们就是在如此阴郁的日子里想到从汉堡回海德堡的家的。我们在火车上坐好座位，朝柯拉如释重负的亲戚点头，我当时就有种得了流感的感觉。顺便提一下，我很健康，可我内心的疲惫和容易哭泣很像疾病的前兆。我们谈论我父亲，也就是说，柯拉在谈论我父亲。我很少有力气发挥自己的理论了。

"你会给卡罗解释我们这次神秘的行动吗？"她问，"当然别说我们中奖的事。"

我很害怕。"这个关他屁事呀。"可与此同时，假如我知道得比他多，然后用一个长篇报告吊他的胃口，让他老是刺探我的秘密，我觉得这一点很有诱惑力，"我得好好想一想。"我说完，紧贴在柯拉身旁睡去了。

经过一夜激动不安的睡眠之后，我终于醒了过来。我做了一个无法言说的梦，让我难以镇静下来。它和父亲的画作有关。我马上得和柯拉分开，就要毫无防备地任凭勒索者摆布了。没有了我这位朋友，我感到自己好似一个失去了母亲的孩子。

柯内丽娅从行李架上找到一份报纸。我困倦得不行，几乎还没有睁开眼睛，她已经开口说道："我得给你读一段很有趣的故事。你可听好了。"


  在某县城举行的一次年轻人庆祝活动上发生一起惨案，十六岁的马库斯·史因身负重伤被送往医院抢救。该男子饮酒过度后，用其父亲的毒气弹手枪对准自己的太阳穴开枪。他原以为这种枪不会有任何危险。根据朋友的陈述，他本想用它来吓唬班上一名拒绝他求爱的女同学。兴高采烈的聚会终以可怕的结局收场。因为毒气弹的冲击波，年轻人遭受严重的脑损伤。他在失去知觉的情况下被送往大学神经病医院，三天之后才从昏迷中苏醒过来。

柯拉满怀期待地看着我。

"啊，"我说，"这个我倒是不知道。我原本一直以为，这种吓唬人的武器只是用来吓吓人，不会造成伤害。"

"应该是这样，可那个笨蛋马库斯直接将子弹瞄准自己的脑袋，这就是区别所在。"

"这也可以啊。"我激动地说。

"玛雅，我父亲床头柜的抽屉里也有一把毒气弹手枪。"

我睁大眼睛注视着她。她准备干什么？

"要是这个德特勒夫无法摆脱的话，恐怕有这种可能性吧。"

"你想干掉他吗？"

"完全可以弄成是他自杀啊，就和这篇文章里描写的一模一样。谁也不知道我们刚刚看过什么报纸。"

"柯拉，这么做就太过分了。我们必须采取其他方式。我觉得我们得将反制他的东西抓在手心里：就是反过来敲诈他。"

柯拉拔去我羊毛套衫上起的小毛球。"我可以搞定，我父母周末不在家。周二我们去度假，在此之前我们必须把你救出来。"

"周末你父母不在，你这话是什么意思？"

"嗯，报上的那个派对让我有了一个主意。我们邀请德特勒夫，也把卡罗叫上，也许还有几个人。然后我们把这个混蛋灌醉，我会缠住他不放。我引诱他到我父母的卧室里。他脱个精光，把衣服搁在洗澡间里，因为我希望是这样。洗澡间有两道门，你把衣服拿出去藏起来，当他赤身裸体的时候，我就偷偷离开他。"

"哎呀，柯拉，这是干什么！这根本不会给他留下深刻印象的。他会滚到双人床上，穿上你父亲的睡衣，一觉睡到大天亮。最主要的是，如果你不先脱光，他是不会把衣服脱光的。"

"我也脱掉一点……"

柯内丽娅远远胜过我，这个我早已预料到了。可是究竟有多远呢，这个我从没有问过，因为我知道自己不会和她谈论这样的话题。我竭力克制自己。

"柯拉，你第一次和男人做那种事究竟是在什么时候呀？"

"前天。"

我不相信她的话，无情地盯着她。"难道是和那个大学生吗？"

她点点头说："说得对。"

"那么，那怎么样？"

"你千万别错过了！"

我当时还不知道柯拉的想法，她认为男人都是老鼠，女人呢，就和小猫一样，先和老鼠玩两下，然后才会下手把它们吃个痛快。

我们沉默良久，从窗口望向德国北部的平原地带。然后我们重新回到我们的勒索者身边，决定用一次派对来尝试一下。不用子弹，不过打算用某种方式出出他的丑，或者吓唬他一下。恫吓不能以逃之夭夭回答，进攻是最好的防守。

"那如果所有的一切都无济于事呢？"我问道，"你可以得远远的，到意大利去晒太阳、吃冰淇淋，可我不得不看着他出没在我家房子周围。"

"胡扯。你是大象，你要去蹂躏他。"

这使我想到一个主意。

卡罗接到邀请似乎很高兴，也许他还以为柯拉是因为他才举办这次聚会的。就在派对的前一天，我骑车来到养老院。我并不是经常到那儿去的。我找到院办公室。一个不认识我的母亲的同事，好奇地上下打量我。

"你是韦斯特曼太太的女儿吧！可你长得一点儿也不像大象。"

我问可以在哪儿找到母亲，说我把家里的大门钥匙弄丢了。这个女护理员去找她。我独自一人走进那个小房间，赶紧打开药柜，寻找安眠药。照例这些柜子是应该上锁的，我认真地想过这个问题。虽然大家肯定无法相信那些糊里糊涂的老人，可这里的锁上到处插着钥匙。柜子里除了泻药之外，最多的就是镇静剂和安眠药。

母亲穿着白罩裙进来，对我的来访感到有些惊讶，我同样跟她谎称自己的钥匙弄丢了。她骂骂咧咧地给了我她自己的那把大门钥匙。"你小时候从没有发生过这种丢三落四的事。"

一名大夫站在门口咧嘴笑道："大象回归。"

柯拉家的地下室里饮料很多，可以让柯拉随意处置。我们决定烧一顿难以消化的饭菜，这可以让参与人员变笨变累。我们准备用白色大芸豆、肥猪肚、西红柿、蒜头、辣椒和西班牙红肠，在八月中旬配制一道冬季菜肴。在尽情享受美味佳肴之后，大家最想做的就是好好地睡上一大觉。

　　卡罗将聚会的事告诉了德特勒夫，德特勒夫此刻一定在为即将来临的狂欢欢呼雀跃呢。班上的女同学格蕾塔想把男友带过来，此外柯拉邀请了一个表兄，这位表兄同样会带上女友。柯内丽娅的哥哥我并不认识，他还在美国上大学，要到圣诞节的时候才会回来。我们想，总共八个人，是可以开个派对庆祝一下了。

　　我们在房间里无拘无束地分享着从教授的地下室酒吧里拿来的葡萄酒、啤酒和许多白酒。德特勒夫什么酒都想品尝一番，我们给他殷勤地倒酒。他喜气洋洋地注视我，柯拉喜气洋洋地注视他。卡罗感到有点儿困惑，因为他将柯内丽娅视为他的盘中餐。最后，我们端上了难以消化的晚餐。我和柯拉吹牛说，这个饭菜是按照正宗的秘鲁菜谱做成的，让我们这个勒索者赶紧大快朵颐。第一片安眠药已经进到他的肚子里去了，因为它被捏碎了放在一调羹豆泥里，由柯拉直接喂到他嘴里去的。她和他在左侧调情，我在右侧尽力。

　　不知什么时候，卡罗扯住我的袖子，将我拉到厨房。

　　"听着，大象！我不知道你有何打算，"他对我尖叫道，"可是你完全可以拍你女伴的马屁，让她把德特勒夫让给你。"

　　"为什么？"

　　"天哪，你就别装出一副傻乎乎的样子了！如果你们俩对同一个人进行骚扰，而我只能干瞪眼，那可一点儿也不好玩！"

　　"那你就回家好了！我和柯拉现在可是同心同德的！"

　　他伤心地拧我的胳膊，抱怨竟然会有如此愚蠢不堪的事：

"你们两个既没心也没德！"

在服用了两片安眠药、吃了很多饭菜以及喝了很多白酒之后，柯拉和德特勒夫离开了，带他看她家的房子。卡罗很生气地回家了，其他几对在各忙各的事。

我蹑手蹑脚地走进浴室。我将其他几片安眠药溶解到香槟酒里，倒进一只做过标记的杯子里。我从浴室门中看到德特勒夫穿着短裤坐在柯拉父母的那张床上。柯拉拿走了我倒好酒的杯子，把酒灌入他的喉咙。他眼光呆滞地看了看周围。我进去，我们俩慢慢地将衣服脱掉，只剩下三角裤和胸罩。德特勒夫看到这番情景嘟囔着说：“我的热血就是火山熔岩。”刚说完便倒头睡去了。

我们把他锁在房间里，对其他客人解释说，卡罗和德特勒夫醉态百出，我们把他们俩轰走了。格蕾塔和她男友很是害怕，同样准备回家去了。那个表兄和他女友在柯拉哥哥那张孤零零的床上住下了。不过就在我们收拾东西的时候，终于听到大楼门关上的声音。我们最后和德特勒夫独自在一起了。我们飞快地奔进柯拉父母的卧室。他张着嘴巴躺在那里，平静地发出鼾声。

他平时衣冠楚楚。和卡罗一样，他在银行里学会了这一点：要想在经济界混出个人模狗样来，千万不能穿得邋邋遢遢。因此如果仅仅从外表看，我们实在没有多少讨厌他的理由。尽管，和他的名字一样，他有点乏味，留着一头小猪仔的毛发，长着一张无聊的小毛孩的面孔，可他手上的那枚印章戒指和显示他自高自大的那块手表等细节，是在向我们的创造力挑战。

"我们现在对他什么都可以做。"柯拉低声说。

"你说什么？"我稍稍大声地说，因为很明显，他的睡眠和麻醉相似。

"比如剪下他的……"柯拉说，此刻她的声音也放大了。

我吓了一大跳。"那如果他流血致死呢？"

"胡扯，剪下他的毛。"

我们搜寻似的朝四下里瞅瞅。平时我也很少有机会去看大人的卧室。我母亲睡在客厅一个由三个小沙发组成的长沙发上。在我或者柯拉的亲戚家里，我偶尔看到过双人床、床头柜和衣橱，但没有任何色情的感觉。而在这里，一切都完全不同。这间浴室里，铺着东方的瓷砖，令人想起位于土耳其伊斯坦布尔的那座蓝色清真寺来。可更加令我着迷的，还是床上用品。我只知道有白色的、方格纹的或者通常那种带花纹的床上用品。可这里的床上用品全都是用纯丝绸做的，颜色是那种奇特的粉红色，让我觉得这种色彩在黄铜挂灯的黯淡灯光上仿如罪恶本身一般。

"那是一种什么样的稀奇古怪的颜色……"

柯拉点点头。"波斯粉红，我母亲最喜欢的颜色。"

德特勒夫的小猪仔头发和这种色调极不般配。他的嘴张滚圆，这个储蓄银行学徒看起来像一头猪，完全可以把省下来的钱塞进那张瓷器餐具一样的嘴里。柯拉拿来了她母亲的指甲油，当然是波斯粉红的。"你帮我给他翻个身让他趴着。"她说，然后开始在他的背上涂上粉红的指甲油。

这时，我已经搜查了一遍他的运动衫，从他身上掏出了那只皮夹子。我抬起头来，看到柯拉在德特勒夫背上写了两个字**"我是"**。"后面是什么？"我问道。

"**一头猪**。"柯拉说。

"我觉得这个没有新意。"

"行，**我是性变态**。"说完柯拉用画笔涂抹起来。

"不，"我说，"最好写上：**我是性无能**。"

"他无法独自一个人清除上面的笔迹，他必须请第二个人帮忙。更有趣的是，他可能没有发觉这一点，自己毫无所知地去游泳了。"

等到笔迹干了，我们重新给他翻过身来。

"柯拉，你瞧，他的皮夹子里有两封不同女人的情书。"

"你把信给我，我马上拿回来。父亲有一台复印机，此外还有一架宝丽来相机。"

就在柯拉拍照的当儿，我花了几分钟时间打量一个裸体男子。我听到楼梯间柯拉的声音，赶紧将德特勒夫的身子重新掩上。

"在给他拍照之前，我们还要给他涂上粉红色的指甲油，"柯拉说。我们俩就像修甲妹和修脚妹那样，分别把他的手指甲和脚趾甲涂成波斯粉红。这是一项还能让我们感到心满意足的工作。最后，我们还顺理成章地在他的手表表面和印章戒指上涂上颜色。

"还有什么？"

柯拉从教授的写字台上拿出各种不同的图章。她读着图章上面的字，有"图书寄送"、"印刷品"、"信件"、"机密"等。

我们选择了"**已处理**"的图章，随即在德特勒夫长着少量胸毛的胸部盖上章。

"好好拍个照，"柯拉说，"很可惜，不可能同时拍到一个人的正面和背面：'**已处理**'和'**性无能**'。"

"对了，我们刚才在忙乎的时候，"我说，"也可以给这个银行储蓄所的猪送上一只耳环呀。"柯拉用一枚织针掠过他的耳垂，我手里准备好了一块肥皂和一包纸巾。德特勒夫嘴里发出愤怒的声音，可他并没有抗拒。我们将一根银线穿过他的耳朵，把一只塑料做的小黑人娃娃固定起来，那个小黑人娃娃是从口香糖自动售货机上弄来的。

然后我们拍了好多好多照片。从各个不同角度拍下德特勒夫，偶尔镜头里也有我和柯拉。不管怎么说，我们并没有给自己脱下身上的衣服，而仅仅是从波斯粉红色的鸭绒被里露出我们的脑袋来。

除了那两封信的原件之外，我们在他的皮夹子里还分别放上了一份复印件，让他知道我们已经复印了好多份，此外也放上了几张拍得很好的照片。

柯拉在为我朗读情书时，我将那些金色纽扣从德特勒夫深蓝色夹克衫上卸下来，然后在移动一公分的位置上小心翼翼地重新缝上。就在不慌不忙地缝补的中间，我在思考一个问题。"你不觉得这是纳粹方式吗？"我问我那位活泼开朗的女友。

柯拉已经平静下来了。"从表面看根本什么也看不出来，仅仅是那些粉红色的指甲和这个小黑人。这个他可以用打赌来解释。你别再在衬衫上弄了。我们这就睡觉去。"

为了谨慎起见，我们打开了卧室里的电灯，在德特勒夫的床前放了一只垃圾桶。

　　"明天早上，在他醒来之前，我们是否应该躺在他身边呀？"我问道，"这样他可能会想到，我们整个晚上和他干过了，也就谁也不欠谁了。"

　　"那他背上的'**性无能**'就不合适了，我也懒得再把它弄掉了。反正我也不知道指甲油清除剂在哪儿。"

　　于是我们去睡觉了，我母亲允许我在享有盛誉的教授家里过夜。我们一直睡到第二天下午两点，是被连续不断的电话铃声吵醒的。

　　柯拉呻吟道："一定是我的父母打来的。"然后过去接了电话。可打来电话的是卡罗。卡罗在德特勒夫的家里没有找到他，所以打听他的下落。

　　"我不知道，"柯拉说，"他醉得不省人事，可还想着要去妓院，不过拜托别问我他去了哪家。"卡罗感到很震惊，满意地挂了电话。

　　我们飞速奔向那张粉红色的双人床。我们的小猪仔已经用过那只垃圾桶了。柯拉打开窗户。德特勒夫看上去一副病恹恹的样子，我几乎对他有些同情了。我们稍稍推了他一下，他吃力地睁开眼睛。

　　"你得走了，"柯内丽娅一脸严肃地说道，"你难道希望我母亲在她的床上碰上你吗？"

　　德特勒夫想瞧一下手表，但看到了粉红色表盘，呻吟了一声。

"现在是周一早上，"我撒谎道，"如果你赶紧走的话，你在八点钟还可以到达你的银行柜台，不过你的酒气通过磨砂玻璃都闻得到。"

我们离开了房间，没隔多久就听见他发出歇斯底里的咒骂声，使用了一下卫生间，然后手忙脚乱地走出了大楼。他再也没有敲诈我们的欲望了。他和卡罗的关系也疏远了，我那可怜的哥哥永远无法知道究竟是因为什么。


我在悄悄地做着美梦，希望柯拉的父母能够邀请我到托斯卡纳去度假。他们在艾尔萨谷口租借同一个度假屋已有多年，我也知道那里有四张床铺。柯拉的哥哥以前一直在那里举办派对。可我不想提出我的要求（教授已经为我支付了去汉堡的费用），因为我觉得好像我总是扮演着一个穷亲戚的角色。

虽然柯拉经常向我提到那幢度假别墅（当然是带游泳池的那种），但她也没有想让我获得她父母的邀请。

现在她已经走了，皮肤被太阳晒得黑黝黝的，和肤色同样黝黑的"黄蜂"牌摩托车手调情来提高她的意大利语，品尝西红柿和罗勒，喝着基安蒂葡萄酒。而我呢？

"你们俩难道是女同性恋吗？"那次派对之后，卡罗恶狠狠地问道。我把装满了烟蒂的烟灰缸倒进他那件白色银行家衬衫里。可我也在思考他的话。我们俩并非同性恋，可我不得不承认，自从我和柯拉成了越来越亲密无间的朋友之后，我跟地理老师的关系开始疏远了。我忧心忡忡地问自己，眼下我没有爱上过任何一个男人，这难道是不正常的吗？柯拉是我的唯一，我在她身边感觉自己很舒服，不会受到这个世界任何恶势力的侵扰。没有她，我不是一个完整的人。这种强烈的依赖关系好不好呢？

柯拉在意大利度假的两周时间里，我的心灵备受煎熬。我整天很卖力地干活，收拾我的房间，打扫厨房，以减轻母亲的负担，每当上午她去养老院而卡罗到银行上班的时候，我就在那些旧纸堆里翻寻。我希望从随便哪些文件中找到父亲的信件或是具有纪念意义的物品来。看来母亲将他所有的东西都给销毁干净了。唯有家庭相册里的一些照片，她出于礼貌并没有清除。或许因为留有空白尤其让人产生好奇之心，或许因为她也不善于撒谎我们还有一个生身父亲吧。

然而，我还是在艾兴多夫的一本诗集中找到了好几张照片，那是一名年轻男子的照片，长得和我哥特别相似。很奇怪的是，这本诗集并非放在书橱里，而是放在母亲的个人证件和书信中。那个人会是谁？为何要在我们面前有意隐瞒他呢？在一张照片上，他和母亲手挽着手，母亲当时也就二十上下吧。我在照片的背后可以辨认出"埃尔斯贝特和卡尔"的字样来，紫色墨水已经褪色。难道他是卡罗的父亲吗？我在脑海里反复琢磨着。卡罗长得既不像我的母亲，也不像我那逃之夭夭的父亲。他留着黑发，皮肤淡黄色，长着一双蓝眼睛，具有运动员的体格（他那辆赛车很能说明问题），肌肉发达。如果撇开他身上那些随着时间的流逝越发明显的脓疱，他完全是一个英俊偶傥的小伙子。黑白照片上的那名男子看起来同样有一头乌发，我猜他和母亲之间有一段梦幻般的浪漫史吧。

我长得像谁呢？以前，作为一个真正的公主，我总是希望自己长得像国王。现在我不再相信这一点了。我那稀薄的棕色头发，包括我那对招风耳，可能像他，但我那多愁善感的面部特征是从母亲那里遗传的。我既不希望做像她那样的人，也不希望长得像她，我宁愿做一个来历不明的孩子。

一天下午，我购完物回家——母亲常常在桌子上放着一张购物清单让我去购物——看到卡罗站在厨房的水槽前，无拘无束地在给自己刮腿毛。"你的腿毛还很密吗？你希望做个人妖吗？"我问道。

"专业选手都是这么干的。你以为我只是出于消遣才每天训练的吗？明天我参加赛车比赛。"

"你难道觉得没有体毛你就会跑得更快吗？"

"也许稍稍快一些，但我们这么做是为了避免受伤。一旦毛发沾到伤口上就惨了。另外，这么做也可以让按摩师更轻松一些。"

我感到很讶异。难道是我小瞧卡罗了吗？"你什么时候开始有按摩师了？"

"只要成为专业选手，就会有了。你给我行动起来吧，母象，要么你把过道里的那面镜子拿过来，要么你给我剃掉背面的腿毛。"尽管我并不是不乐意给卡罗剃掉腿毛，但我还是急忙跑过去拿来那面镜子。

"那是你的福气。顺便提一下，我早就想问你了，柯拉房间里的那张画像是谁画的？"

"你怎么到过柯拉的房间？"

"劳驾你回想一下，你们那次儿童派对上没有一头母猪关心过我。所以我只好独自一个人左看看右瞧瞧。对了，谁给你们画的像啊？"

我在大多数情况下无法像柯拉那样随口撒谎。"这又无所谓。"我不够聪明地说。他并没有无所谓，他扭转我的胳膊。

"柯拉的一个姨夫。"我说。

"别在我面前说假话了。我也是后来才明白过来，这一定是父亲画的。画下方有他的标志，我感觉很熟悉，可一开始没有想到这一点。"他迈着湿漉漉的大腿跑到他那张永远自成一体的写字台前，翻找出一幅有点邋遢的小开本风景速写。那个标志，一个曲里拐弯的"罗·韦"字样表示"罗兰德·韦斯特曼"。我低垂着头。

"那就别再胡扯了，你们一定去看过他，如果你不能马上给我说出真相，我就告诉母亲去。"

为何我无法忍受这样的想法呢？因为我感觉暴露这样的秘密会使母亲心碎。"父亲"的话题是一个禁忌，仅仅碰一下就会引发灾难。父亲离开我们时，我和卡罗还很小，我们起先还问过母亲他去了哪儿的话。可这时，她神色紧张，吓得半死，眼里噙满泪水，双手颤抖，这一切要比她抿紧嘴巴和无助地摇头更能暴露出她心中的秘密。

"我们去过吕贝克了。"我终于承认了。卡罗当然很好奇，于是我犹豫不决地向他介绍父亲作为鲜血使者的工作、他的极端穷困潦倒和他毫无尊严可言的居住环境。对他酗酒的行为我所感到的震惊、他那不修边幅的外表以及他以自我为中心的观点，我没有向卡罗提及，同样对我们为他筹措钱款也只字不表。

卡罗非常愤慨，不再刮腿上的黑色毛发。我的叙述激起了他对父亲的仇恨。他简直难以理解，我们竟然到他那里去过多次，为的是让他为我们画像。

"柯拉觉得父亲这个人怎么样？"他问道，因为她的看法对他至关重要。

"她和父亲相处得挺融洽，"我说。

柯内丽娅是唯一马上发现我失望的人，我可以满怀信任地向她倾吐衷肠。卡罗从没有喜欢过我，虽然他已向我承诺过，但我其实还是不敢肯定，他是否真的不会向母亲透露这一切：为了让她伤心，为了让自己有利可图，为了向她表明我是一个敢于打破禁忌的堕落的女儿。

## 05
## 黑色星期五

　　有时候，我会向有兴趣的游客提供一次购物的机会。总有那么一些人，非常喜欢到正宗的商店里买东西。不言而喻，如果我带着有钱的游客到鞋店、时装店或是古玩商店老板那里去的话，我是可以拿到小费的。最近，我为我的客人砍价，那名店员也装出我们彼此在拼命讨价还价的样子。他和我一样喜欢这种游戏。我一般会去碧提宫广场周围小巷子里的那三家不同的古玩商店，并做好轮流交替。我在每一家商店都会偷窃一次，但我避免第二次下手。我偷过法国王后玛丽·安托瓦内特的一把扇子，那是用一只雕刻好并涂上色的象牙做成的；我偷过一只贝壳形状的金色鼻烟盒，盒子上面涂上了珐琅质；我还偷过一只旅行用针线盒，是用乌檀木和玳瑁壳一起做成的，针线盒里除了小巧玲珑的剪刀、缝针、小玻璃瓶和一只酒杯之外，还包括一件特意为遭受骚扰女子准备的袖珍武器—— 一件虽然微小，却像刀那样锋利的三刃匕首。我常常惊叹竟有如此巧夺天工的针线盒，但我没有把它塞进我的手提包里，而是放到了一个苏黎世女游客的时髦皮背包里。在此之前，我压一只塑料袋套在外面，她大概以为我"购买"了一只普通的木盒吧。

顺便说一句，柯拉对我的宝贝没有什么大的兴趣。她心里想的是其他有利可图的东西：博物馆里的大型油画，意大利画家丁托列托的作品或许更对她胃口吧。但我们俩这方面缺少手到擒来的专门技术。

属于我那间神秘的收藏家小陈列室的，不仅有艺术品，还有对我而言具有私人价值或是美学价值的纪念品，比如一块已变成凹形的意大利招牌。在我们看望了父亲，战胜了德特勒夫之后，我在那个假期快结束的时候得到了它。

柯拉戴着一只来自意大利的蓝色宽边女草帽回来了。她给我带来了礼物。一块偷来的铁牌子 ATTENTI AL CANE[1]，我可以将它挂在我的房门上。她为自己带来了 DIVIETO DI CACCIA，那是托斯卡纳森林里一块"禁止狩猎"的标牌。此外我还得到了一本自制日记本和一具她在干草坪上发现的蝙蝠骷髅。柯拉有着一双画家的眼睛，以一种不同于我的目光看待这个腐朽的物体，可我对那些像金线银线般细小的肋骨感到有些恶心。

我们无精打采地开始了最后两个学年的学习。并不是我们不喜欢学习，但人生由许多东西组成，我们认为这些东西要比莎士比亚的悲剧《麦克白》和概率计算这些东西重要得多。贝克先生不再给我们上课了。我现在仅仅将他视为一个普通人，

---

1 意大利语：小心狗。

而不再认为他是一个天才教育家了。虽然我仍然拥有"母象"的称呼，但我已对此无所谓了，不会再引起我的沮丧。有人认为我高傲自大，这倒是有点真实的成分在里面。虽然我有大象的肤色，但我还是觉得我是无产者中的公主。

"正直的人最后才考虑到自己。"我们的德语老师引用席勒的名剧《威廉·退尔》中的一句话。"老实的女人只考虑自己。"我把它作为中心思想写进这本新日记中。遗憾的是，我并没有始终按照这一准则行事。

柯拉频繁更换男友，卡罗依然一如既往地盼望博得她的芳心。有时她在他面前表现得很是可爱迷人，于是他满怀着希望，然后她亲热地和另外一个人牵着小手，趾高气扬地从他身旁走过。她在男人面前不知道忠诚，但她总是信赖我、照顾我、体贴我，对我友爱，但首先是对我坦诚。

她越发美丽动人了。她有着蓬乱而齐肩的红头发。她的身材变得更加苗条了，她的踝骨想必和我那只蝙蝠的骨骼相似。柯拉长得有点像意大利文艺复兴时期油画里的女子，额头凹陷，外表独特。因此她受到众人爱慕也就不足为奇了。

而我呢？我十六岁的时候就发现自己不漂亮，尽管事后我不得不说，我的不漂亮不存在任何理由。可是辉煌和妩媚与我无缘，至今依然没有改变。

正如和其他不幸发生的时间一样，那天发生不幸的时候也是九月里的一个黑色星期五。太阳仍然温暖地照耀着，在我们看来日子是金色的。因为对周末去游泳的安排早就迫不及待了，我和柯拉情绪高昂地走出学校。和往常一样，柯拉的母亲出门旅行了。柯拉的父亲到学校去了，因为新学期开始前还有一些公务需要处理。早在前一天，我就和母亲说过，放学后直接到柯拉家，要到晚上才回家。我们吃了点玉米片、牛奶和香蕉做的快餐，柯拉借给我一套比基尼泳衣，接着我们乘坐公共汽车到挤满了泳客的森林浴场。柯拉在意大利为自己的脸上添上了许多雀斑，从远处看，她的皮肤呈深褐色，而我站在她旁边呢，脸色看上去稍带苍白，她的脸反倒变成更加好看的褐色了。

当然我们永远没有独自躺在我们自己的毛巾上。柯拉是一只诱鸟，那些雄鸭、孔雀和公鸡们纷纷落入她的圈套。

五点钟，卡罗出现了。已经剃过腿毛的毛发，又陆续长出了新毛。他在跳板上已经表现过多次，或许因为柯拉没有出来看他表演而郁郁寡欢呢。可当他拿着三个冰淇淋出现在我们营地时，她突然变了个模样，只和他开玩笑，害得那两个大献殷勤围绕在她左右的替补队员，现在只好寻找其他目标了。我吃完冰淇淋就去游泳了，在游泳上面花了很多时间。接着，我和格蕾塔聊了很久。格蕾塔坐在一个很远的草地角落里看书。只要柯拉想要大出风头的时候，我从来不会感觉自己很舒服，一旦她和我哥哥调情说爱，我尤其觉得不爽。

是离开的时候了。我和柯拉收拾好自己的东西，将垃圾带到废纸篓里。卡罗很意外地在停车场里吹牛。我马上预料到他借了辆小汽车。

柯内丽娅装作很好奇的样子。实际上停在停车场里的，不是一辆很新的赛车，它属于前校友那个不靠谱的哥哥。卡罗为我们打开车门。我明白，如果我独自一人在这里的话，他一定会在我鼻子底下"砰"的一声关上车门，早就对我不闻不问了。你看，我们现在要比乘坐空气污油的公共汽车更快到家了。

柯拉自然是坐在前面的副驾驶座上。卡罗车技很恐怖。他的驾车经验基本上仅限于十八岁时跟教练学开车的那段时间。可是他自以为了不起，穿着一件没有系上纽扣的红色丝绸衬衫，戴着一副太阳眼镜。他的嘴角懒洋洋地叼着一支香烟，座位向后靠得很远。他像个花花公子一样坐在柯拉旁边，向她做一些如何开足马力的低级解释，这时候我真想在他的脑袋瓜上捧一下。他自说自话地将车开到了柯拉家，说是想再看一看我和柯拉的双人画像。

"这幅画美得迷人。"他发出尖细的声音说。

我实在难以忍受和他以及柯拉一起鉴定我父亲的画，于是进厨房喝矿泉水去了。十分钟后我重新进入房间，他们俩紧挨着坐在柯拉的床上沉默不语。这个情景在母亲和卡罗在一起时我经常见到。

"我现在得回家了，"我冷淡地说，"你走吗，卡罗？"

"你就好好走路回去吧，原始森林里的灰色庞然大物，"他说道，"我不走。"

柯拉一句话不说，也不看我，径直从卡罗的烟盒里抽出一支烟来。

我"砰"的一声关上大楼门走了。我差不多刚到家，怒气并没有消散，还在气头上时，忽然想起我的书包落在柯拉家里了，我急需一本歌德传记写我的书评。

后来，我常常问自己，这本书是否那么急用，因为我的书评快要写完了。为什么我不打个电话，请柯拉把书包带给我呢？出于某种感觉，我大概找到了一个回去的理由。我不希望我哥哥和我最好的女友一起躺在一张床上，而且是躺在我父亲的那张画下面，想到这种亲密的举动就让我抓狂。

当我重新站在施瓦布家大门口时，我才想到我这么过来是不恰当的。柯拉一定以为我妒忌了，想要监视她。我哥哥怎么想，我倒无所谓。那辆借来的小汽车还在邻居家的车库出口前。

我应该按门铃吗？我在门口不知所措地等了一会儿。然后我溜进了花园，因为我知道后面的阳台门经常为那条狗敞开着。在这种情况下，我可以从这个暖房悄悄地溜进过道，我的书包就放在那里。我真的只想要那只书包吗？难道我是想偷听、搅局，让卡罗生气吗？或许是一种不祥的预感把我驱赶过来了。

我到了阳台门，听到楼上传来令人惊恐的响声。一种被抑制的或者说一种被扼杀的吼叫，一种家具的嘎嘎作响声和噼里啪啦声。我穿着体操鞋，没跨几大步就到了楼上。柯拉挂着"禁止狩猎"牌子的房门敞开着。卡罗喘着粗气坐在她的肚子上，一只手捂住她的嘴巴，另一只手紧抓住她的胳膊。他突然松开双手，想要扯开她的衬衣。柯拉尖锐刺耳地叫喊着。我为何不揪住他的头发，在这种肉搏战中伸出援手帮助我的女友呢？也许只要我一出现，卡罗就会放开她。

我毫不犹豫地奔进那间波斯粉红色的卧室，从床头柜中拿起那把毒气弹手枪。仅仅一瞬间之后，我举起手枪站在柯拉的床前，说道："举起手来！"

我哥哥稍稍将头转向我，但根本没有听从我的命令，反而怒吼道："滚开！"

"搞死他，玛雅！"柯拉在和卡罗撕扯之中命令道，她吓得都说不出话来了。

我将那把毒气弹手枪对准卡罗的太阳穴，说了这几个不可思议的字："我数到三！"

"把你的玩具扔开。"卡罗恼羞成怒地尖叫道，松开柯拉的双手，想夺走我手里的武器。可由于他转身太过猛烈，手枪滑落下来，恰好落到他齐胸的高度时，不小心走火了。

是我扣动扳机了吗？想必就是这种情况吧，可我真的想不起来自己有没有动过。我们后来获悉，他那个心肌是被强烈的冲击波撕裂的。躺在柯内丽娅身上的是一个没有生命的人，但这一点我们不是马上明白的。我们一起把他推下去，颤抖着身子看着彼此。我们无法哭泣，也无法言语。几分钟之后，我们把卡罗翻成仰卧姿势，才大吃一惊地醒悟过来，我们面对的是一个死人。

柯拉摸了一下他的脉搏。"我想，我们得叫一辆救护车过来。"她说，因为她无法说出真相。

"吕贝克的那幅画！"那幅黑白红的油画和此刻的场景看上去一模一样。我哥哥虽然没有流血的伤口，但那件红色丝绸衬衫、那块白色亚麻桌布和那一头黑发，与我父亲那幅富有想象力的画作具有同样的颜色。那里没有掺杂其他颜色。

在这一可怕的瞬间，柯拉做出了唯一一件正确的事：她给自己的父亲打电话。幸运的是，他马上接了电话，我永远不会忘记他在接下来的时间里为我所做的一切。

虽然柯拉吞吞吐吐说出来的信息吓得他不知所措，但他还是保持镇静，吩咐我们在客厅里等他，他马上赶回家。和教授同时赶来的，还有一个医生朋友和一辆鸣着警笛的红十字会救护车。此外，柯拉的父亲也已经吩咐他的女秘书通知他的家庭律师。

教授向那些急救员承诺通知警方之后，他们一无所获地驾车离开了。律师向大家描述事件的经过，并始终参与随后和警方、心理学家及一名女刑警的几次对话。

简而言之，接下来的几周令人难熬地过去了，但是我并没有受到对青少年罪犯实施的劳动教养的惩罚。该起事件最终以正当防卫情况下发生意外事故结案，只有我知道，它同样可以被视为故意谋杀。四年来我一直想把我哥哥杀死。

对我而言，比警方调查更为糟糕的，是必须面对母亲。就是在这一点上，施瓦布先生也站在我一边，从那时起，他始终关心我的一切。他请警方将那辆借用的赛车开回车主那里去，他给妻子发电报，并且在和我一起到我母亲那里去的时候，将柯拉带到他的女秘书那里。他禁止刑警把该起案件的情况告诉我母亲。她看着我，脸色煞白。我的额头上写着骨肉相残。

我没法说什么。教授尽管不认识我母亲，但他真的是一个善于避开人与人之间冲突的人，他这种处理问题的行事方式令人钦佩。他将她拉到沙发上坐下，握住她那只瘦骨嶙峋的手，委婉地告诉她部分真相。她永远不会知道，她的儿子想要强奸我女友，教授也避免说出我使用过那把手枪。

可我母亲睁大眼睛注视他，突然用手指指向我。"是她干的好事！"

"不，韦斯特曼太太，"教授说道，"这是一起可怕的不幸事件，不是吗，仿佛是一部希腊悲剧。三个毫无所知的年轻人，彼此扭打在一起，他们不可能知道，一把毒气弹手枪从很近的地方开枪，竟然会有致命的危险。即便在专家们看来，这种造成死亡的案件也算特例。韦斯特曼太太，这是我们所有人的不幸，尤其对您而言，这是难以置信和悲剧性的，但请您别再责怪玛雅了。"

母亲目瞪口呆地凝视我。"这是一起事故，"她慢条斯理地说，"罗兰德也这么说过。玛雅可以像她父亲一样坐牢去了。"

在一段相当漫长的时间过后，教授准备和我们告辞，也许他觉得现在必须关心一下差点儿被强奸的女儿了。我一直陪他走到大楼门口时，他抄下了我波恩舅舅的电话号码，他大概想将接下来的责任移交给我舅舅吧。我的父亲没有电话。

此刻，我和母亲独自相处了，我开始感到害怕起来。她仍然不和我说话，也不哭泣，神色迷惘地直发愣，这种表情使我丧失了以语言或者肢体接触给予她安慰的勇气。其实，我本人比以往我一生中的任何时候，都亟需他人的抚慰。我忽然想从窗口跳下去，让我在深深的绝望中一了百了吧。想象两个人的葬礼毕竟也给了我类似安慰的东西，因为一想到父母亲在遇到不幸时相聚在一起，站在我们的墓前痛哭流涕，我自己不禁潸然泪下。

"让我一个人安静会儿。"那天晚上，母亲不知什么时候喃喃自语道。她毕竟开口说话了，我也稍稍释然了，于是走进我的房间，好在那里继续啜泣。

电话铃响起，母亲没有去接。她依然一动不动地坐在那儿。是她波恩的哥哥打来的。原来教授给他打过电话，所以他想和母亲说说话。"保罗舅舅。"我说，将听筒递给她。可她还是不接，舅舅答应第二天到我们家来。

又来了一个电话，是柯拉打来的。她表现得镇静自若，但当着我发呆的母亲的面，我不敢和她说很长时间的话。平时我总是将电话拉到我房间里，可这一次不再是女同学之间的悄悄话，而是事关哥哥谋杀的话题。柯拉似乎很理解这种情况。"我明天上午过来。"她许诺道。

想必我在这个不眠之夜睡着了，因为当我大约凌晨三点吓得从睡梦中跳起来时，我看到客厅里的灯光关掉了，母亲已经上床睡觉了。我泪眼蒙眬地重新睡去了。

柯拉第二天上午过来时，母亲还在睡觉，我不敢打开卡罗房间的门，因为她似乎就躺在那个房间里。那是星期六，母亲不上班，我们也不用上学。

中午时分，保罗舅舅从波恩赶来了。我们一起进入卡罗的房间。她显然服用了过量的安眠药。此时此刻，我几乎感觉自己也是一个杀害母亲的人，因为我并没有更早地有勇气来到她的床边。不过时间还不算太晚。母亲还活着，胃被抽空。但在医院住了几天之后，她并没有被送回家，而是被转入一家精神病医院。她坚决拒绝我去看她。

我舅舅待了几天，想把我带到波恩去。我竭力反对。他虽然可以每天看望母亲，但看样子，两个人都不知道一切究竟应该怎样继续。母亲得了严重的抑郁症，大夫们解释说要考虑比较长的时间住院治疗才行。

最后，保罗舅舅同意让我先住在教授家里，继续准备高中毕业考试。柯拉的母亲马上从美国飞回来了，建议我"暂时就这样"待下来。看来因为在家里待的时间太少，没有尽到教育责任，这个总是难得在家的女人正受到良心的谴责和折磨。

在一开始可怕的几周过去之后，我和柯拉根据教授的安排做了一次精神疗法方面的治疗，他为自己女儿安排的是一次对话疗法，为我安排的是一次心理分析。柯拉的母亲开车和我们一起去看展览会，一起去听音乐会、看戏，每天中午用意大利饭菜招待我们。


卡罗的葬礼好几周之后才举行。一方面是因为那些病理学家们显然没有时间马上处理这起案件，另一方面，人们也希望我母亲在精神方面能够稳定到足以参加葬礼的地步。但情况并非如此，因为负责治疗的大夫认为此举很危险，连她本人也表达过不会亲临安放骨灰仪式现场的愿望。

可是我父亲来了。我在教授面前感到难为情的是，这个穿着借来的黑色西装的寒酸潦倒的人竟然是我的父亲。可他不觉得自己有什么丢脸的，因为他根本就没有说话，仅仅用心不在焉的神情挥挥手而已。保罗舅舅和他肯定已经通过电话，但两个人却谁也不理谁。当天晚上，我和父亲独自待在我们家里。我之前把我所有的东西都带到柯拉家里去了，唯有那青瓷色的盘子不能放在那位汉学家家里。我必须感到高兴才是，他那次来我家并没有进我房间看一看。

父亲应该是睡在卡罗的床上，我则是最后一次睡在自己的床上。我们坐在厨房里吃着炒蛋和面包，我父亲喝着啤酒和白酒。我喝茶。葬礼结束后，柯拉离开了我，泪眼汪汪地和她父母一起上了车。由于我已经开始了治疗，所以知道还有一些问题需要加以澄清，于是鼓起了自己全部的勇气。

"为何你蹲监牢了呢，你又为何能够预料到卡罗会死呢？"

父亲掏出一块很脏的手绢，他真的哭了。我真希望我那发呆的母亲能够流出这样的眼泪来。

"你有权了解真相。"他像个流动剧团的演员一样开始说道，可马上又重新停顿了下来。

我给他斟上白酒。"我在听着。"

他擤着鼻涕重新说了起来："你母亲有两个兄弟，保罗和卡尔。可能你回想不起卡尔来了吧。"

那张照片！我想道。那么说，母亲没有情人，很遗憾那个人只是她的兄弟。

我那啜泣的父亲继续说道："埃尔斯贝特喜欢卡尔，胜过喜欢我和保罗。卡罗（Carlo）就是根据卡尔（Karl）的名字命名的，我好不容易才将 C 和 O 插了进去。我和卡尔从一开始就彼此讨厌。他在大学里攻读化学专业，在他们家里被视为平步青云者。我当时中断了大学学业，做邮递员，画画。埃尔斯贝特很看好我的艺术，不断地鼓励我。卡尔认为我的画作不行。"

"那幅黑白红油画上的死者，难道根本就不是卡罗，而是卡尔吗？"

"正是如此。我在醉酒情况下打死了卡尔，所以进了班房。若干年后我想必是画过这幅画。"

"为什么你要这么做呢？"

"一时冲动，因为妒忌和愤怒。我用一只啤酒瓶砸他的头，他当即身亡。"

"他对你发动攻击了吗？"

"只是言语上的，但可能是比较严重的情况。他希望我和你母亲离婚，说她有这样一个不中用的丈夫太可惜了。"

我在茶里面搅了好久，父亲用一只叉子扒掉指甲上的污垢。

"你母亲永远不会原谅我。"

"也不会原谅我。"我痛苦地说。我注视着他，想道：我父亲是杀人犯，我是杀人犯。一个英俊的国王，一个漂亮的公主。我母亲是牺牲品，因为她最爱的人都被我们杀死了。和我们的家庭剧相反，那些希腊悲剧简直堪称儿童童话了。

父亲快要喝醉的时候，承认从没有爱过自己的儿子，因为他和母亲的哥哥长得像极了。可他同时也意识到自己有失公允，或许正因为如此他才更多地想到卡罗，而不是想到我。他要我谈谈我的哥哥，我好不容易保持的镇静就此终结了。我在哭泣，他也在哭泣，我们既无法相互安慰，又无法扑到彼此的怀抱里。

在多次打嗝儿之后，父亲在厨房的桌子上睡着了，我躺在我的小房间里，我觉得我那间卧室就像是一座监狱，我已在那里生活了多年。

父亲并没有尝试为我的生活承担责任，或者在一些规划方面给予指导。我告诉他，自己希望住在女友家里，保罗舅舅愿意支付我的生活费用。他点点头，或许他正为此感到惭愧吧。他对我说，他连支付火车票的费用都感到困难。看样子他觉得买两瓶白酒还更容易些。

"嗯，那就再见了。"告辞时我父亲更多的话又说不出口了。可我无法忘记他那忧伤的眼睛，在随后的日子里我想到他时不只是带着轻蔑，而更是带着一颗怜悯之心。

我和柯拉发过誓，绝不向任何人说起我们在火车上看过的报纸上的那篇文章。包括对我们的心理治疗师，从职业的角度看他们具有保守秘密的义务，我们尤其在这一点上不愿意向他们透露哪怕半点风声。所有的人，从警方到我们的父母亲，从老师到同学，都以为我仅仅将这件武器视为恐吓性的工具，相信它是毫无危险的。包括卡罗那种丑陋的角色也向大众隐瞒了，不过就这一情况而言，刑警、柯拉的父母亲、律师和心理学专家都知道有企图强奸这回事。给新闻媒体、学校和我母亲的版本是：在一次无关紧要的玩闹和游戏中，我不小心扣动了毒气弹手枪的扳机。除我母亲之外，所有的人都对我给予同情和谅解，或许每个人，只要稍稍有一点观察能力，都可以发现，对自己的哥哥的死亡负有责任，那一定是一件很可怕的事。我只是和柯拉说起过，我感觉自己是一个杀人犯，而她是唯一能够劝我放弃罪责的人。

"一个人实施谋杀，最起码要有作案动机，你是想要帮我！谋杀必须在阴险或者残酷的情况下进行，这两者你都不符合！还有一种动机是'可能从事或者掩盖另一个犯罪行为'。但你也不是这种情况。"

　　我对一切看得清清楚楚，可我知道，我心里最深处隐藏着一个谋杀的愿望。也许很多人都有，却没有造成灾难。

　　但在我的情况中，有一个从道义上讲很难作为罪证的东西：我很高兴自己能够居住在柯拉家里，从母亲和哥哥身边解脱了出来。在此之前我的运气从没有这么好过。

# 06
# 红褐色

　　有少数人喜欢独自出门旅行。恰恰正因为如此，他们才比那些成群结队的人更有趣。他们之中有荒原狼那种类型的人，大多是男士和受到秘传的人。他们很少坐在旅游大巴上，甚至可以说，他们更像是有着艺术怪癖的特立独行者，将某些钟楼或者其他地处偏僻的猎获物尽收囊中。那些独自旅行的女人大多不是那么怪诞，而只是想让旅行过得更美妙。但所有的人，无论是男人，还是女人，当他们孤身一人去度假，坐在桌旁进餐时身边没有朋友或者家人，那么他们都摆脱不了某种伤感的东西。"冬之旅。"我不由自主地想到了舒伯特创作的声乐套曲的名字。

　　在许许多多不同类型的成双结对的人中，偶尔也会遇到兄弟姐妹一起旅行的。我常常满腹狐疑地看到兄妹俩彼此紧挨着亲热地坐在一起。我哥哥卡罗应该感谢我，他永远不会再出门旅行、骑车、和女朋友睡觉或者拥有一辆小汽车了。而我也应该感谢这件事使我有了一个新家。

卡罗去世后，我一直想，如果柯拉的父母对我用"你"字称呼，如果我能用"乌尔里希"和"艾维琳"的名字称呼他们，那我将会是多么高兴啊。可是他们从来没有想到过这个问题，我继续称呼他们为"施瓦布先生、施瓦布太太"。偏偏我还得叫他"教授和博士"的头衔，可是这种称呼就连柯拉的父亲自己都不让他的学生叫的。

保罗舅舅为我支付生活费，并不是满怀热情，只是要尽到自己的义务而已。我知道这点金额足够我以前的开销，但在这个家里要想过奢侈的生活，那就太少了。饭菜的品质更好，衣物更换更频繁，有一个家庭女佣人打扫房间；有人为我支付参加文化活动的门票，为我购置衣服和内衣、书籍和化妆品。我很快适应了一种更高层次的生活标准，可与此同时，因为我无权得到优待，我的内心又感到不舒服。尽管这是一种友好而自然的付出，而并不是那种大发慈悲（这是我新家的特点），但柯拉作为女儿有权得到的东西，我绝不可能有权拥有。我偶尔梦见，有人把我撵走，或者柯拉对我感到厌烦，然后告诉她父母说我不配和她继续交往下去了。这些恐惧并非建立在事实的基础上。柯拉的父母待我如同己出，从物质的角度看几无区别。可是出于我下意识的不安全感，担心因为自己一桩错误行为而引人注目，我不再偷窃，在学校里认真听讲，成绩优秀。也许对柯拉而言，我有点儿无聊，她不如以前那样和我玩得开心了。另一方面，她也明白，自那个黑色星期五之后，我的傲慢自负已经不见。她也必须对那次精神创伤费尽思量。

教授一家每月至少去吃一次粤菜。这对我来说是一次享受，柯拉的父亲和服务员用中文聊天，邻桌的客人们便会好奇而满怀钦佩地转过身来看我们。我和柯拉也会对那个接待我们，穿着开衩丝绸连衣裙的女士说一声"你好！"

施瓦布太太有着和女儿一样的红头发，可看上去却又是另外一副模样。她喜欢穿色彩柔和、调配得当的颜色，戴着珍珠项链，脚上穿着一双高雅的意大利皮鞋。我多么希望成为这种父母的女儿呀！如果有陌生的观察者认为我是他们的女儿的话，那么这一点也会令我欢欣鼓舞的。

柯拉的母亲全身心地关心我们，喜欢在流行的话题上给我们出谋划策，绝不坚持自己贵妇人那样的风格。柯拉对她母亲喜欢的一切予以拒绝，以至于这位感到失望的顾问对我的穿着打扮越来越有兴趣。我们三个人出去购物，柯内丽娅带着一大包乱哄哄的衣服回家，廉价的衣服很快就穿坏了。相反，我倒是被打扮得富有情调，也更加可爱，因为我懂得尊重品质。可遗憾的是，常常会发生这样的事，柯拉没有把自己的衣服挂在衣架上，于是开学前赶紧拿起我的衣服就穿，似乎我的东西就是她的东西，根本不是什么问题。她母亲看到柯内丽娅穿着我那件米色亚麻布夹克衫，满意地微笑着，有时候我就会产生一种恶意的想法，她归根结底也只是拐弯抹角地通过我来为自己的女儿购置新衣服。

我能在这个家里待上多久呢？

我想象母亲回来了，目光呆滞，一直发愣，我们不得不一起重新回到我们那个绝望透顶的家。有时我会长达数小时地待在那里，吸进那里的尘土，然后打开门窗，想要撬开卡罗那张锁起来的写字台。我的治疗医师建议我，如果我有需要，就给母亲写信，将这件心事付诸实施。我有过三次这种需要，然后就向辛酸的感觉屈服了，因为母亲从来不回应。我间或从保罗舅舅那里获悉，她的身体状况一直很差，不可能指望她马上出院。我当然希望母亲将来有一天能够成为一个正常人（幸运的是，她大概永远不会成为正常人了），不过我觉得她的抑郁症可能会一直持续到我高中毕业为止。

柯拉开始考验她的治疗医生。"我从哪儿知道那家伙行不行呢？"她问，然后向他讲述一个她杜撰的梦。我事后听说了这件事，那真是一次有趣的治疗。

和她搅在一起的那个"小伙子"，是一个态度和气的微胖男子，他曾经以审慎的目光注视过柯拉的绿眼睛，没有发觉她在撒谎。我的治疗医生要严厉得多，我不可以开小差，一开始也不敢诓骗他。

柯拉说："我不知道你竟然是胆小鬼。"

为了取悦她，我想出了林中小鸟的那个梦。我是一只小鸟，每当夜晚来临，我就会像一只猫头鹰，飞到有灯火的窗口，观察人类的生活。


我的治疗大夫马上意识到，这事牵涉到弗洛伊德最原始的场景，我在童年早期亲历过父母亲在床上的镜头。我必须一再放松自己，自由联想到那些棘手的有污渍的画面。一切进行得很出色，这个游戏让我感到很有趣，可我向他隐瞒了我真正的白日梦。在那些白日梦里，我想到过我和柯拉的哥哥喜结良缘，可以为我把我的替补父母合法地记载下来。

正因为如此，我在认识他之前，就真的喜欢上了他。他叫弗里德里希，名字非常老套，在大学攻读物理学专业。柯拉偶尔会夸耀他，说他是聪明绝顶的人，是爱因斯坦第二。

圣诞夜前一周，施瓦布一家前往法兰克福机场迎接儿子的归来，当然没有我，因为估计行李很多，汽车里的座位就会显得很紧张了。（弗里德里希随身仅带了一只旅行手提包。）他希望大家叫他"弗雷德"，第一次聚餐时告诉我们，他已经订婚。他的美国未婚妻叫安妮，照片上她戴着一只银牙箍，人长得很丰满。我生出一种雄心壮志，让弗雷德忘记他的美国之梦。可他似乎几近没有注意到我。另外，他喜欢和柯拉坐在一起，他们在谈论自己的童年。我感觉自己成了多余的人。弗里德里希比柯拉大几岁，并不是一个不苟言笑的人。在我看来，这位爱因斯坦在爱情领域并没有发明出炸药来。否则的话，他肯定会想起我穿着内衣内裤遇见他并非偶然。三周后，弗里德里希重新启程时，我仅仅做到让他记住我的名字而已。他和自己的父母相约，明年夏天携安妮一起去托斯卡纳，让我们都能够认识一下他未来的太太。我开始担心我的度假场所了。众所周知，那边共有四张床铺，不算上我，加上"牙箍"就已经是五个人了。

顺便说一句，没有母亲和卡罗的第一个圣诞节，我过得比较无忧无虑。我收到的礼物很少，庆祝这个节日没有任何感伤，也并不是特别充满基督教传统。偶尔我和弗里德里希和柯拉玩到天明，我们发出真诚的笑声。在玩纸牌时我觉得作弊是天经地义的，柯拉也持有和我一样的看法。弗里德里希很惊讶自己从来没有赢过。有时候他给我们作枯燥乏味的物理学报告。他要是我哥哥的话，我早就将教授的那只盛放雪利酒的玻璃瓶倒在他这个学者的头上了。

　　夏天日渐来临，柯拉的母亲和她的"女儿们"上街买东西去了。在此期间，我获悉，虽然教授赚钱很丰厚，但他的妻子也不穷。她将获得一笔遗产，自她结婚以来，又一直从父亲那里得到大量的资助，那是她的"鞋袜费"。她就用这笔钱支付我们所有的服装费。

　　"我们必须想到意大利。"她说，于是我重新希望这一次能获得邀请。柯拉挑选了一套由粉红色、红色、紫罗兰色、橘红色组合而成的上装和裤子，这种颜色的衣服配上她的红头发和即将出现的雀斑，看上去就很可怕了。她母亲选择了一套精心设计的衣服，那上面的颜色由凉爽的海绿色和薰衣草色混搭而成。

　　"玛雅，你应该穿自然色。"她向我提出建议。我得到了一件米色棉毛套衫、一件本白色亚麻布短连衣裙和一件棕土色运动短裤。"你还缺少一些赤陶色或是红褐色。"她说。

　　"那是一种什么样的颜色？"我问道。

　　"你等一下，"柯拉说，"如果我们坐在锡耶纳夏日的田野上吃冰淇淋的话，你就永远不会忘记这种色彩了。那是一种暖色调的微红带黄色的棕色。夕阳下田野四周的房屋在这些颜色之中发出强烈的红光，你真希望永远待在那里不走……"

我得到了一条锡耶纳色彩的七分裤，信心十足地期待着在托斯卡纳的夏日穿上它。

在放长假之前不久，我第一次收到母亲的来信（我父亲从来没有来过音信）。她写得非常客观冷静，说她现在身体好多了，但她永远不会再回家去了，因为我们家里有太多的回忆让她喘不过气来。又说如果家里没有人住的话，也别再指望保罗舅舅会继续支付房租。在这所疗养院里有人给她提供了一份护工的工作，同时她可以继续得到心理疗法方面的照料，她已经试用性地做了六个星期。他们为她提供了带厨具的一居室房子。保罗舅舅会马上过来，将旧房子里的东西清空。她需要的家具会送到她那里去，舅舅想把余下的东西放到仓库里。我必须将我自己的东西拿走。（那里只有那只青瓷色的盘子。）她在信的结尾写道：你曾给她带来不幸的母亲。

信里没有一句话谈及我的未来。教授虽然将我接纳到他家里，但这是假定我母亲三个月后身体恢复正常的情况下。我感到抬不起头来了。

我拿着信站在施瓦布先生的写字台前时（我决定第一个告诉他），他从他的译稿中抬起头来，友好而微笑地说道："马上就到了避暑消夏的时候，不是吗？"他说，"到那时，对你和你的内心而言，生活看起来又很美好了，整天谈情说爱，吃冰淇淋，不是吗？"

我把母亲的信放在他皮革书桌的桌面上。他承认并没有打算让我作为常客居住在他家里。"可是如果我们家里可以庆祝两个人高中毕业，那对我们大家来说，将会是一件很快乐的事。"他和蔼可亲地结束道，手里拿着一本体积庞大而不匀称的词典。我被仁慈地赶走了。

柯拉拥抱我。"没有你，我会失去生活的乐趣，可以这么说，当弗里德里希到美国去的时候，我作为独生子女生活是很可怕的。"

柯拉的母亲也觉得这样不错，我可以有整整一年的时间待在这个家里。"你如果到波恩舅舅家里去的话，就不得不中断治疗，那将会很糟糕的。"

假如我能长期坚持治疗的话，那该多好呀，可很遗憾，那是另外一回事。

一天晚上，我和柯拉穿着长睡衣看他们以前在托斯卡纳度假时的照片，便小心谨慎地问道："那里有四张床铺，可是加上你哥哥和安妮我们就是六个人——难道我们俩应该睡在帐篷里吗？"

"胡说八道。"柯拉说，"我们家没有帐篷。那栋楼共有三套度假房。我母亲已经为圣诞节度假写过信了，为弗雷德和安妮租下了那套小居室房子。"

"可我担心你们会不带我过去！"

"真的吗？"柯拉惊讶地问道，"那你干吗自己不问呀？"

可是恰恰这个问题我感到很为难。我还在担心能不能在这里待上一年时间的问题。我连柯拉都不敢问，未来究竟会怎样。

可她倒在谈及自己的未来了："也许我会到佛罗伦萨去读大学，美术或者建筑学。不过为此我必须通过语言考试这一关。我虽然会说意大利语，但这还不够。最好是高中毕业后我搬到意大利去，可以集中精力准备语言考试。那么你有什么打算？你也一起到那个柠檬花开的国度吗？"

尽管我可以考虑自己获得一笔奖学金，但是我永远不会有钱搬家到佛罗伦萨去。"我也要上大学，"我说，"德语语言文学和戏剧学，然后我想做戏剧顾问。"

"可能的话我就放弃建筑学，当个舞台布景设计师，我们以后一起到剧院去，一言为定啦？"

我点点头，虽然我清楚地知道，那些梦想是多么不现实。


七月初，我果真来到了意大利。艾尔萨谷口是一座小城，从那儿可以到格莱恰诺村去。

那栋楼位于一座山丘上，每侧都有五棵高耸的橡树。柯拉曾经找到蝙蝠骷髅的那块地，被金灿灿的种植谷物的田地所覆盖。每当清晨和夜晚，便会听到野母鸡几乎就像家养的母鸡一样发出咯咯的叫声。西边有一块长势良好的庄稼地，地平线被一棵棵单独生长的树分割开了。教授说，在渐渐落山的夕阳下，这一块农田看起来就像作家哥戈特弗里德·凯勒笔下那块傍晚的田地。

打第一眼起，我就喜欢上了这里的风景和他们那些房子。我们那栋古老的房子具有传统的托斯卡纳地区风格，由各种各样的大块石头构筑而成，那些大石头用灰浆组合成一个个美丽的拼图图案。我和柯拉的绝大多数时间是在游泳池里度过的。三只燕子在水面上嬉戏,俯冲时一直碰到了水表面,啄一口氯化过的水。天一黑下来,它们就变成了蝙蝠。

我和柯拉一起居住的那间房间,整个白天都是黑乎乎的,这是为了让房间保持凉爽。房间的天花板很高,橡树做的梁构成了房屋的支承结构,微红色的厚砖置于其上。我们俩若是并排躺在床上,就可以盯着砖石上面的图案看很久,直看得人疲惫不堪。

三天后,我的皮肤已经呈现出那种古铜色了,害得所有的人都在妒忌我拥有那样的肤色,而柯拉和她母亲不得不忍受那种斑点。教授始终坐在阴影下看书。那对美国未婚夫妇还没有过来。

柯拉的母亲总是不得不驾车将我们送到汽车站,一直盼望我们拥有驾照的那一天。在锡耶纳,柯拉指给我看一些富有刺激性的名胜古迹,比如在圣多梅尼科的圣卡塔琳娜的脑袋,但绝大多数时间我们就坐在那个田园广场上说话。我们的零花钱不够我们一个接一个地吃冰淇淋,因为这儿的价格要比其他地方贵三倍。我们懒洋洋地坐在随便哪一级台阶上,伸展棕色的大腿,吃着夹着托斯卡纳火腿的面包,感到心满意足。我们喂养鸽子,和邻近的小伙子们搭讪,我们和他们结结巴巴地用三种语言说话,很快就有人请我们吃很贵的冰淇淋了。那些人要么是时髦的意大利年轻人,要么就是游客。这些旅行者背着笨重的旅行背包,脚蹬体操鞋,上身穿着汗津津的 T 恤衫,下身穿着牛仔短裤。

自从被允许独自一人乘坐大巴去锡耶纳以来，柯拉的暑假一直就是这么度过的。自然我们必须在一个约定的时间回到艾尔萨谷口，因为柯拉的父母在那儿等着和我们一起用餐。

早在假期一开始，在弗雷德和安妮还没到来之前，我们认识了两个读医科的德国大学生，他们俩开着一辆破旧的大众牌汽车想要到西西里岛去。我立刻爱上了叫约纳斯的那个。柯拉很例外地没喜欢上两人中的任何一个。我在今年夏天勾引她哥哥的计划，顷刻间忘记得精光。

约纳斯有一双黑眼睛，我觉得他英俊，富有男子气。他目不转睛地看着我，他是第一个没有首先被柯拉吸引的人。

我穿着那条给我带来幸运的锡耶纳色彩的海盗裤和一件紧身小衬衫，皮肤土黄和棕色相间，头发呈金棕色，感觉自己美丽得令人怦然心动。一名年轻男子只是盯着我的眼睛看——难道还有更大的幸福吗？我们差不多没有注意到，柯拉和另外一个名叫卡斯滕的大学生转向那座斑马线大教堂，做她的导游去了。

两天后，我就和约纳斯在大众车里共度春宵了。他在没有人陪伴的情况下（不过他带上了自己采摘的鲜花）出现在我们的度假屋里，接我出去散步。从那时开始，我的脑海里不再有任何其他东西。柯拉说："你堕入情网了！"

可怜的卡斯滕失望地搭乘便车去西西里岛了，而我可以在这辆载人货运两用车里日复一日地享受感情奔放的生活。柯拉的父母亲并没有干涉我们的私生活。

弗雷德和安妮·奥克利终于抵达时，柯拉尤其感到不满意。"他真的是挑选了最后一只猫头鹰，我本来相信他的审美能力会更胜一筹呢。这个米老鼠的声音真令人讨厌！"

安妮被我们所有人迷住了，觉得欧洲很美，傻傻地咯咯笑着，用一种很可怕的语言说话，这和我们学校里学的英语没有多大关系。为了让弗雷德满意，她可是尽心尽职了。我恰好在一个幸福的海洋里游泳，因此没有关心到弗雷德和安妮。可是，恰恰是我的漠不关心，以及与此同时新娘所表露出来的朝气蓬勃，似乎拨动了弗里德里希的某根心弦，因为他常常抚摸安妮的嘴巴，对我说的最简单的笑话报以漫长的大笑。

柯拉观察到这一场景。"如果你的心思不能从约纳斯转到弗里德里希身上，那我们俩就是傻女人。那不是很现实嘛。"

我不解地看着她。从什么时候开始爱情成了现实的了？

"忘记它吧。"柯拉说，"这时候简直没法和你说话。"

我们坐在灰色的石阶上，把我们的脚趾甲涂成粉红色。从这儿外面的石阶可以走到楼上的房间去。柯拉的母亲和我们坐在一起。"这些小手指又是怎么回事？"她说，然后不同意地将她女儿那只美丽的手举到高处，"如果你们长达几小时地泡在游泳池中，那这些肮脏的指甲是从哪儿来的？"

我也尴尬地看着我的双手。其实我们涂脚趾甲油是为了用粉红色油漆转移那些来自街头的尘土，可涂过油漆的指甲我们觉得太有女人味了。柯拉的母亲向我们指出法国女人的做法：法国人修指甲，当然是修短指甲，锉成椭圆形，指甲下面有一个白色假指甲贴片。在她锉我的其中一只指甲用来演示的时候，她顺便问道："要不要把我的避孕药借给你呀？我带了两盒呢。"

我满脸通红，可是说不出话来。柯拉一方面对母亲方面的关照表示妒忌，可另一方面她始终站在对立的一面，对着母亲责骂道："约纳斯毕竟是医科大学生，他知道得比你多，不是吗，玛雅？"

我点点头。约纳斯得时刻留神他的承诺，可是他不喜欢谈性，他喜欢做。我照理应该"借用"那个避孕药才是，可和柯拉保持团结一致是我首先要做的事。

后来，我一直在考虑这个问题，为何会偏偏爱上约纳斯呢。也许一切看起来迥异，我也没有任何选择。当时我已经成熟，就像瓜熟蒂落一样。我摆脱了我那个家，我在自己选择的临时家庭里感觉挺好，我发觉自己穿着精致的连衣裙、有着一副棕色皮肤时很漂亮，我很快乐，一生中第一次享受着一次意大利假期，尽管这对我的同班同学而言已经不再是什么特别的事。刚开始几天坐在我们身旁的那些年轻男子，被柯拉深深地吸引住了。现在，终于有一个人过来了，只是目不转睛地看着我——或许哪怕他是比约纳斯更不中用的对象，我也会在爱情中溶化的。

我了解他什么呢？他看上去一表人才，和我一样充满着年轻人假期的快乐，人晒得黑黑的，留着蓬乱的胡须。我喜欢我们温暖地肌肤相亲，在皮肤上面真正闻到了太阳的味道。约纳斯比我更严肃，更少言寡语，他是一个虔诚的人，我避免和他说起我从前干过的那些恶行。虽然我曾经暗示过，我哥哥因为去年一次悲剧性的事故而去世，但约纳斯只是同情地拥抱我，用一块很乡气的格子图案的手绢擦干净我的鼻子，他没有问到具体的细节问题。

他不问，我自然也不说。我们如此强烈地沉浸在我们肉体的愉悦中，以至于彼此毫不犹豫地将所有的共同点惊叹为奇迹，将一切的隔膜视为充满兴趣和刺激。

我是在很久之后才逐渐认识约纳斯的。

# 07
# 橘黄色

最近，我所在的旅游公司打电话给我，说是我的一位女同事突然生病，问我是否敢作一次"长途旅行"。这种所谓的长途旅行要比我的旅行长一倍（我的是六个小时），日程表上安排了菲耶索莱，这是意大利托斯卡纳大区佛罗伦萨省的一个市镇，当然也包括参观佛罗伦萨乌菲齐美术馆，用心观赏意大利文艺复兴时期的画家波提切利的名画《春》。我也注意到，这幅伟大的木版画创作于一四七八年。左边是罗马神话中的墨丘利神在守卫着，右边是西风神追赶着仙女，上面是小爱神射出他的爱情金箭。而在那幅画的前面站着那位委托者劳伦斯医生，他在细细打量那三个穿着透明的美丽女神。柯拉不喜欢这幅画，尽管她在某些瞬间和那个花神福罗拉长得有点相似。她最讨厌迷人妖媚的东西，因此她总是竭尽全力用伪装隐藏自己迷人妖媚的一面。

这样的长途旅行我现在已经经历过好几回了。二十人团组的一群人参观了名胜古迹，然后便热衷于购物。手工制作的纸张、稻草做成的物品、竹篮制品、佛罗伦萨花边以及嵌着珊瑚和珍珠的金首饰。

看到一个十七八岁的姑娘只要手指指一下，她的父母亲马上给她买下所有的东西，我真是怒气冲冲。因为老人们对亲爱的孩子愿意和他们一起到意大利旅行的仁慈表示感到欣喜若狂，所以才把最毫无意义的纪念品买到手，一旦女儿提出任何要求，赶紧跑到著名的古琦店和芬迪店替她埋单。

我的第一次国外之旅，是在陌生的父母亲陪同下进行的。即便我一再称赞柯拉的父母，但他们仍然不是我自己的父母。或许这也正是我当时满怀激情紧抓住约纳斯不放的原因吧。

假期结束时，我们经历了一回令人伤心的告别场面。安妮和弗雷德到巴黎去了，因为这个美国女人不看到埃菲尔铁塔就不想回家。弗里德里希早已失去了对这些国家和对双手沾满汗水的安妮的热情，认为我更有吸引力。或许他当时已经想过以逃跑的方式甩开他的未婚妻吧。

我难以忍受和约纳斯分手。在人家家人面前哭泣，像猴子一样拥抱我的爱人，并且最后就像古印度寡妇为了守节准备焚身殉夫那样，自己毫无主意地钻进教授家的那辆汽车里，我都感到有点儿难为情了。

教授对我充满激情的告别有些不耐烦地提醒了一下："结束了，不是吗？"柯拉和她母亲彼此交换了一下很少见的同情的目光。

约纳斯在弗赖堡读大学，周末可以在两小时之内站在我们的家门口，接我出去幽会。他遵守这一承诺。他本人住在一个天主教的大学生宿舍，尽管并没有一律禁止女性出入，但教会还是不喜欢看到这一点。我问过他多次，为何他不寻找其他房间。那是出于经济方面的考虑。由于教会的关系，约纳斯的房租大大减少了。他的哥哥加入了一个宗教团体。他的父母在黑森林地区有一个农民住宅，对家里的所有七个孩子严格而虔诚地加以教育。因此才会发生这样的事：我从未去看过他，可他每周末到我们这里做客。唯有我们做爱安排在他车里进行（甚至当天越来越冷的时候）。多少次每逢星期日用餐时，约纳斯作为寄生虫和我们同吃同喝。慷慨大度的柯拉父母亲一开始兴致勃勃地观察着又一名家庭成员，这种兴趣后来渐渐减弱了。约纳斯更多的是在和颜悦色地倾听，而不是饶有兴趣地闲聊。

高中毕业前五个月的时候，我可怕地怀疑自己怀孕了。我先是告诉了柯拉。

她一如既往地知道给我怎样的建议。"千万别和我父母说，否则就会掀起轩然大波了。"她说，"我们到药房拿一张验孕试纸就行。如果是阳性，你马上打电话给约纳斯。作为医科大学生他肯定精通这方面的知识。"

约纳斯在读大学第二个学期，可我无限信任他和他那温暖的声音，那种声音曾给我带来慰藉。测试结果是阳性，我给他打电话。"我怀孕了。"我向他报告。

他沉默无言。

我努力想象他的面孔。在漫长的沉默之后，我说道："你一定知道怎么把孩子打掉。就我所知，我必须首先要去咨询一下。"

他继续保持沉默，我感到害怕起来。他不是一个人吗？"玛雅，"他终于开口了，声音轻得几乎听不见，"这种话你永远不可以说。"

这是什么意思？我们必须好好谈谈！我显得神经质起来。"那就赶紧说吧！"

"我得考虑一下。"约纳斯说起话来如此慢条斯理，让人明显感觉到，他是在故意拖延时间，"堕胎是谋杀，是罪过。"

我终于明白过来，他强烈的信仰带来了另外一个问题。可是，假如说信仰可以移山倒海的话，那么他能够阻止一个人大肚子吗？我满心羞愧、恐惧万分地看到自己抱着一个大哭大叫的婴儿坐在柯拉房间里，没有金钱，没有男人，没有工作，全靠别人的父母大发慈悲。约纳斯还能忍受自己可以偶尔和我们坐在同一个桌旁吃饭，但不会考虑一直和一个婴儿待在一起。

"约纳斯，"我威胁道，"如果你马上说这是谋杀和罪过的话，那你就好好想想你在这出剧中的角色吧……"我禁不住哭了起来。

"真倒霉，我们的神父还在度假。"约纳斯说，"我要到下周才能和他说上话。"

此刻，我的怒火一下子涌上心头。一旦发起火来，我可是不管三七二十一的了。"跟神父有什么关系，"我大吼道，"现在找一个妇科大夫更重要！可我也可以独自找到一个妇科大夫！"我挂了电话。

那次对话之后，柯拉冲了进来，她无疑听到我说什么话了。她看到我那张哭得红肿的脸，紧紧地拥抱我。"我们不需要这个人，没有他我们照样可以把所有的事情搞定。你就想想德特勒夫吧。"

我无法笑出声来。我们与德特勒夫之间发生的愚蠢行为，和肚子里的孩子无关。


第二天，我坐在一位妇科女大夫的候诊室里。柯拉握着我的手，直至大夫叫到我为止。这个妇科医生证实我怀孕了，我开始号啕大哭。

"你才十八岁。"她同情地说道，审慎地看着我。

"我现在不想要孩子，或许等我三十岁的时候……"

她表示理解。我向她说明我暂时寄住在一个女同学家里，我自己的母亲得了抑郁症，我的父亲是一个酒鬼！

终于她提出愿意尽力帮助我，她给一个家庭问题咨询所约了个时间，写给我一家黑森州堕胎医院的地址。我稍稍舒了口气，和柯拉一起回了家。

那辆大众汽车停在大门口。约纳斯从车里冲出来，拥抱我，一副神魂颠倒的模样。我们还没有踏进过道，他就大声叫道："我们要结婚了！"


据说，一旦有人给一个女人爱的表白和向她求婚，那这应该是女人一生中的一个高潮吧。当时我就处在这样一个情感混乱之中，以至于没有感觉到任何快乐。当时因为约纳斯没有能够迅速做出反应，惹得我很生气。我当然没有考虑到，他只比我大三岁，同样缺乏爱情和经验。因为我的搅和，我把他给吓坏了。

约纳斯是一个性子很慢的男人。在仅仅认识他几天之后，我就很讨厌他那种吃饭的习惯了。他可以用整整一个小时啃一片面包，在我不烦躁的时候我真想直接喂他吃。可这难道是糟糕的习惯吗？恰恰相反，彻底和精确是他的强项，这些我肯定没有。对他的求婚，我没有做出约纳斯期待的那种反应，给他以一个感激的拥抱。我很固执，冷冷地说："我不需要你的怜悯。"柯拉偷偷溜掉了。

我和约纳斯独处时，他开始谴责自己，说是我怀孕完全是他的罪过。作为基督徒，他会尽力为未来的生活承担起责任。

"你有什么打算？"我问道，"我们俩都没有钱，也没有工作。"

"你高中一毕业，我们就结婚。你可以带着孩子住在我父母家里，直至我完成大学学业。"

我看到自己穿着特有的连衣裙收割草料，吃力地将猪饲料扛到猪圈里，怀里总是抱着一个不停哭闹的孩子。"我宁愿到美国去。"逃避这些现实，或许到弗里德里希那里去，这是解决问题的办法。

可是约纳斯认识到，他不可能将我交到他父母那里就万事大吉了。他向我勾画了一幅画面：一个廉价但舒适的小家，一对相亲相爱的夫妇，虽然生活简朴，但因为有自己的孩子，因而感到心满意足。"一个幸福的小家。"他说。

听到"家"这个字，我马上忘记了我的愤怒和固执。这不是解决一切问题的办法吗？建立一个新的家庭，它和那种继承得来的自己不用工作的家庭和那种我无权得到的陌生家庭不同。有一个家庭，那里有自己的孩子、一个丈夫、一所房子，在那里一切都属于我，我可以规定电灯装在哪个位置，什么时候吃饭。我突然觉得，自从父亲离开我之后，我这个自己的家就是我希望拥有的一个乐园。

当约纳斯必须离开的时候——他第二天要参加大学里举行的中期考试，我已经愿意将孩子生下来，做一个家庭妇女，成为一个好的伴侣。柯拉听到汽车发动的声音，马上走过来了。

"别自寻烦恼了。"她警告道。

若是听从她的话，我将会拥有另外一种人生。可是，在爱情问题上又有谁会听从他人善意的劝告呢？

我并没有到家庭问题咨询所去。我告诉我的治疗大夫，最近一段时间没空治疗，因为准备高中毕业考试对我更为重要。柯拉也要求不再继续她的谈话疗法，这种对新鲜事物的刺激对她早已成为过去。

在这段日子里，我学习真的很用功，作了几次很出色的专题报告，并且论证了下列理论是荒谬的：怀孕女人因为太忙于自己的肚子，以至于她们的脑袋瓜里空无一物。

我的计划是，如果超过了那个可能堕胎的期限，那么就先将消息通知我身边的人：我自己的父母亲，柯拉的父母亲，老师和同学。这样的话，他们一定会大吃一惊。

施瓦布太太不是那种每天早上起来煮可可的母亲。当我和柯拉大多不吃早餐就离开家门时，她还和打鼾的丈夫躺在那张波斯红的床上呢。可这并不是说，她在睡觉或者她是聋子。相反，她的耳朵可尖了，她可以透过多道墙听到我早上在干呕，敏锐地得出了结论。或许尽管感到担忧，但知道不是自己的女儿，她可以因此释然了吧。

她起先试图向柯拉打听。但我这位朋友并没有马上告诉父母真相。也许她觉得摆脱自己生身父母的纠缠特别困难，因为和我完全不同的是，她很少对他们有什么批评意见。

"你去问她本人。"柯内丽娅对她母亲说道。她母亲后来真的（有点尴尬地）提出了那个关键问题："玛雅，你怀孕了吗？"

我们俩顿时脸色绯红。要想让教授和他太太面对这个事实，该有多难吧。我才十八岁，他们为我承担责任，有责任向我父母说明我的行为。当然他们建议我赶紧堕胎。不错，他们试图强迫我接受这一点。换作是自己女儿的话，他们同样也会这么去做。可是我顽固至极。恰恰就在现在，我在为我的孩子而战，我这么想，并且津津有味地感觉到那种权力，我用我的问题威吓我的替补父母。他们无疑不该受到这样的对待。我对错误的人进行报复，对因为他们不是我真正的父亲我所感到的屈辱而惩罚他们。我自己对这个无意之中怀孕的孩子产生的本能的排斥，迅速消除了。

施瓦布一家不得不以放弃告终。柯拉是第一个响应的。她接受了我的顽固不化。终于，在我怀孕三个月的时候，我给父母和保罗舅舅写信，和我的老师说起了这事。我不用再参加体育课（但必须参加社区的孕期体操），我的同班女同学经常问起我的身体状况，男同学却是有点讶异地看着我。柯拉去学驾车了，我在编织橘黄色的婴儿衫：这种颜色无论男孩女孩都能适用，也能和期待中的黑眼睛匹配。

在此期间，约纳斯经过了深思熟虑，和他的教父做过谈话，尽管这个时间拖延得要比我理解的长。他"暂时"放弃了医学专业的大学学业，开始在一家制药公司进行短期培训。半年之内他就可以担任医药顾问的职位了。早在培训期间，他就拿到了工资，这个工资还可以逐渐提升。医药代表的薪水很丰厚。我们可以在曼海姆附近，可能的话就在农村地区寻找一处价格低廉的小房子。

约纳斯的父母没有任何明显的情绪波动，接受了他的自白。在这七个全都受到严格而虔诚的教育的孩子那里，人们似乎习惯了某些出轨事件。他的家人邀请我去那里看看，我们的婚礼也会在那里举行。否则又能到哪儿去呢？

一个春天般的周六，约纳斯带着我到他父母的农庄去了。他比我还要兴奋。

因为约纳斯是一个沉默寡言的人，所以家庭里的其他成员看起来也都像是聋哑人。家里有咖啡，也有精美的碎末蛋糕，有人总是默不作声地将新烤制的一块块蛋糕放在盘子里。我难以听懂他们的方言。他们接纳我时既没有激动，也不带有任何成见。我担心这些虔信宗教的农民可能视我为失身少女，但我的这种担心是荒唐可笑的。约纳斯父母大度地容忍了这件事。他母亲问我是否愿意成为天主教徒，我摇摇头。

"这我能理解。"她说，"不过对孩子是必须的。"

我点点头。我不反对。

本来我就对这些人没什么好反对的。他们都没有问题，没有任何虚情假意，也没有任何错综复杂的盘问。但这不是我的世界。我对餐前祷告很陌生。

我想起圣诞节期间有一次在教授家里吃饭。从美国回来的弗里德里希也在场。我的心都快要沸腾了，我们在饭桌上唱着四声部的歌曲《你好，先生！》，当时我感到心旷神怡，因为这种开心的事在我的家里是不可能发生的。我想建立一个有着欢声笑语的崭新的家庭。

告别的时候，一直坐在咖啡桌旁做手工编织的约纳斯奶奶问我，我希望孩子的衣服是什么颜色。她说她要开始做衣服了。"橘黄色吧。"我提出要求，大家全都看着我。可是这个未来的曾祖母在接下来的时间里严格按照我的要求去执行。约纳斯告诉我，村里人喜欢将婴儿衣服的颜色作为新事物接受。先说这一点吧：孩子出生的时候，会有新生儿黄疸，而橘黄色衣服不会让他的状况更糟糕。


柯拉有了驾照之后，我们偶尔开着她母亲的车去上学。我的内心被一种从未有过的谨小慎微镇住了，实际上那是一种恐惧感，我一刻不停地提醒柯拉开车要更慢些。

"你真让我受不了。"她抱怨道，"一个怀孕的母象要比自己的母亲更难伺候。"

柯拉说出这样的话来，也不会让我怒火中烧。事实上我逐渐变成了一头臃肿的动物，只能缓慢地走动。

下车的时候出了意外。我的烦躁不安感染了她，柯拉的汽车钥匙不小心掉了，消失在污水沟里。上课的时间到了，可我们依然不知所措地站在污水孔前。

"如果你蹲下来用力打开盖子的话，"柯拉说，"那你明天肯定流产了。"

她挑战般地注视着我。我对她的建议没有做出任何反应。我感觉到婴儿手舞足蹈活得好好的，于是我保持沉默。柯拉终于失去了较量的力气，对她的要求我没有理会，这是不多的几次中的一次。几分钟之后，我们默默无言地走进教学大楼，后来叫大楼管理员撬开那只下水道盖子，找到了那把车钥匙。

可是，一方面我渴望建立一个新的家庭开始一种新的生活，另一方面又希望摆脱身上的这个闯入者，这种矛盾的心情日渐强烈。恰恰是现在，和心理治疗大夫的谈话有多么重要啊。

另外，我也开始对关心我的约纳斯产生怀疑。我们彼此感觉到的肉体快乐，曾经是我们最重要的纽带。这种吸引力已经渐渐失去了力量。除了一些实际问题如住房、家具和给孩子取名之外，我和约纳斯无法心平气和地说话。他不苟言笑，很少看书，对音乐一窍不通。他的兴趣仅仅停留在自然科学领域。柯拉的哥哥虽然在大学里学的是物理学，但喜欢儿童般天真的趣味，约纳斯和他相反，是一个毫无幽默感的人。难道责任在我吗？因为在和柯拉交往时，我总是习惯于做一个幼稚可笑的人，以至于像约纳斯这么一板一眼的人让我们反感了吗？有时候我将所有的恐惧推到自己身上。在我面前还有高中毕业的书面考试、口试，两周后就是在一个陌生的农舍举行婚礼，不太长的时间之后就是孩子分娩。日程似乎已经排得满满当当的了。

唯一让我们尴尬的是数学考试，这是高中毕业考试中必须书面完成的部分。柯拉运用了一次可靠的作弊法。我们把题目抄下来，我去上厕所，去之前先将这些纸藏进我宽大的孕妇衣服里，然后将它们扔进某一只废纸篓里。十二年级一个爱慕柯拉的男同学，将我们的考试题目偷偷带出教学楼，两名大学生就在那里等着他。在一家咖啡馆里，他们马不停蹄地计算结果，然后必须在约定的时间里将那些纸重新放回同样的废纸篓里。

　　那名负责监考的老师准许一个即将分娩的女学生多次上厕所。我重新出现在教室里时，肚子上藏着做好的计算题，声称自己有点不舒服，在老师敏锐警惕的眼睛面前请柯内丽娅给我喝一口她汽水瓶里的汽水。趁她弯腰拿汽水的时候，我将特意为柯拉准备好的那张答题纸掉落到地上，并为此以一次不祥的呻吟将目光转移到我那怀孕的肚子上。

　　"我几乎相信，这是一次阵痛。"我说，于是谁也不会再去注意柯拉了。等我身体状况"好转"的时候，我开始抄写大学生做好的计算题，没有哪个老师敢于仔细看我的手指。我和柯拉在高中毕业考试中交出了我们整个学业生涯中最优秀的考分。所有其他考试我们在没有外来人员的帮助下通过了。

　　我邀请父亲、母亲和那位长期资助我的保罗舅舅参加婚礼。母亲书面回绝了邀请，但暗示说，我们的孩子出生后，她会过来看望我和约纳斯。保罗舅舅同样回绝了，而且不是直接地出于缺乏兴致，而是因为他这段时间正好在非洲进行摄影团体旅行。父亲根本没有给我回音，但婚礼那天他突然过来了。

　　"可惜我没有礼物。我本人就是一个意外的礼物。"他边说边站在我面前，身上穿着那件在卡罗的葬礼上穿过的借来的呈现出淡绿色的黑西装。

教授一家很体面地代表女方这一边，因为半个杻和他的六个兄弟姐妹都算在男方约纳斯的账上。证婚人是卡斯滕和柯拉。

我的公公婆婆花了很大的心血。那是一个夏日，天气宜人，我们仿佛在图画册里一样，坐在苹果树下一块大草坪上庆祝。彼得•勃鲁盖尔[1]笔下的那种农民婚宴已经在那里摆好，包括松脆的烤猪肉、新鲜的面包和啤酒。我父亲很快就喝醉了，不是因为他不能多喝，而是因为他穿着那套不合身的西装很容易出汗，而且除了啤酒之外，还一杯接一杯地将白酒一饮而尽。他老是想和他的女婿说话，同样想给他倒白酒。但就这一点而言，约纳斯意志很坚定，他从小就习惯农村的庆典活动，善于应付各种各样酗酒的人。约纳斯把他的白酒杯拿走。可父亲还想继续喝下去。就在他走路摇摇晃晃、说话语无伦次的时候，他被约纳斯和他几个身强力壮的哥哥推进一个小房间，不让他出去了。

教授扮演着父亲的角色，做了简短的致辞。或许正如人们想象的那样，施瓦布太太给我穿上了美轮美奂的衣服。最打动我的是，她送给我一只装着家用银餐具的餐具盒。有一个奶奶辈的姓名符号 M.D. 挺适合我，她说，因为我不再叫玛雅•韦斯特曼，而是叫玛雅•德林（Maja Döring）。柯拉送给我一辆很漂亮的童车。后来她才告诉我，她看到这辆车停在一家超市

---

1 彼得勃•鲁盖尔（Pieter Bruegel，约 1525～1569）：十六世纪荷兰最伟大的画家。一生以农村生活作为艺术创作题材，被称为"农民的勃鲁盖尔"。代表作品有《洗礼者约翰布道》、《农民婚礼》、《农民舞蹈》等。

门口，就把它推回家去了。很多客人送的礼物非常实用，其中包括五只电熨斗、两台烤面包机，还有好几只很难看的花瓶。有一部分人送的是现金。

到了深夜，人们才发觉，父亲不在他的房间里。于是，男男女女老老少少都去找他，最后在地下室里找到了他，他的头上有个流血的伤口。他是在找酒的时候从楼梯上摔下去的。他的伤口必须缝合起来才行。

此外，在婚庆过程中，教授喝的雪利酒也比平时多了。他始终为我分忧解难，但从没有和我亲近过，这一次却将手臂搭在我肩膀上，我们一起到黑乎乎的菜园里溜达。他放弃了那种爱好和平的冷漠态度，变得很有亲和力，这是很少见的。

"我们会很孤单的；柯内丽娅在佛罗伦萨，你在黑森林，没有你们的笑声和你们的阴谋活动，会很无聊的。"他说的"阴谋活动"是什么意思？可他继续说道："我希望你能经常过来看看我们。"

我的眼里噙满泪水。现在应该是感谢他为我所做的一切的时候了。可在这样的时刻，我不具备讨人喜欢的演说才能。"在你们家度过的两年是我一生中最美的时光。"我说，"我觉得这村里的人很陌生。"

"玛雅，你的话里充满偏见。这里既不是完整无损的世界，也不是绝对没有文化的地方。约纳斯的父母尽管有七个孩子，但并不是讨厌的人，这一点你没有发觉吗？还有，你听见了吗？那些农民不是在谈论玉米的收成，而是在闲聊计算机的话题。你品尝过一个农妇做的色拉了吗？这个女人的能力完全不输给一个大厨，不是吗？"

这一切我都没有观察到。"那您觉得约纳斯怎么样？"我愚蠢地问道，我大概预料到他将如何评价他。

"一个好小伙子，玛雅。"他说，然后把我带走，因为在一个白菜地的角落里有两个客人在撒尿。

和柯拉一家人告别，是一件很痛苦的事。他们想在旅店里过夜，睡到第二天上午回家去。我筋疲力尽地和约纳斯躺在他小妹的房间里，这时候客人们还在外面继续庆祝，声音越来越大。直至天明，他们才渐渐散去。勤劳的兄弟姐妹们开始收拾东西。

吃早点时，阵痛开始了，比预产期提前了六周。这倒免得我在搬家之前住在农舍里了，因为我被送往医院打阻止阵痛的吊针，一直到预产期前十四天，我生下了我那淡黄色的儿子。

# 08
## 灰中灰

　　柯拉的心理治疗大夫曾经使用过"富裕堕落症"[1]一词。她早就想不起这个词来了，可它始终萦绕在我脑海里挥之不去。我自己还是孩子的时候，偶尔会看一些报纸上有关教育学和心理学方面的文章。有些父母在子女教育上费尽心力，经常向教育顾问们请教如何将一切做得尽善尽美，可尽管如此他们的孩子还是成为神经不正常的样板。然后我们就会听到这些父母又如何殴打自己的孩子，实际上是将所有的一切推往相反的方向。可也有可能发生这样的情况，即这些孩子将成为坚强乃至幸福的人。这就和那些百岁老人很相似，他们一辈子抽烟酗酒，大快朵颐。我想如果我间或做些小偷小摸的勾当，纯粹为了自己快乐率性而为，这不会对我的孩子有什么坏处。当然前提条件始终是我不被逮住。一个孩子需要一个心满意足的母亲，而不是一个因为不负责任而锒铛入狱的母亲。

---

1 系指父母亲更多地给予孩子物质上的溺爱，而缺乏精神和心灵上的关爱。

婚姻把我变成了与心满意足的妻子和母亲截然不同的人。我和约纳斯缺乏一个至为重要的共同点：相似的兴趣爱好。我理所当然地以十八岁的狂妄自大想道，他是乡巴佬，我必须改造他。

一切开始于为孩子取名的一场恶斗，因为没有达成一致意见，起初几天时间我们只是亲切地叫他"卡那利"。最后我们接受了一个妥协方案：约纳斯可以给他取名为"巴托罗毛斯"，简称"巴特尔"，因为按照传统，农民家庭继承人的长子必须叫"巴特尔·德林"。虽然约纳斯的一个哥哥也同样叫这个名字，但他作为修会僧侣无法将"巴托罗毛斯"的名字传下去。作为补偿，我可以选择第二名字算作平时的称呼。我赞成"贝拉"这个名字，这是我最喜欢的一个作曲家的名字，所以男孩就叫"贝拉·巴特尔"。这样的组合让某些人发笑。约纳斯感到束手无策。

我们的家具差不多都很难看。它们借用了农家阁楼的材料，应该属于被淘汰的范畴了。可是，我们在这一点上并没有异议，因为我们几乎没有钱，因此不得不凑合着用。那里有唯一的一件贵重物品，就是那只青瓷色盘子，在藏匿两年之后终于被放到我们那张已刮出刮痕的塑料桌上。约纳斯觉得这只盘子不堪入目，毫无恶意地说道，这是他准备用下个月工资买一只斯堪的纳维亚玻璃盘替代的第一件物品。

我们住在原属乡村的一套二居室房子里，那些每天往返的工人现在就居住在那个乡村里。当地人先把一栋包括两套住房的房子造好，再把单独辟出的一套小住房出租给别人。所有的房屋都很相似。干净整洁、面积狭小，带一个像模像样的屋前花园。每隔十四天，会有一块"卫生周"的牌子挂在我们的大门上。

约纳斯工作很辛苦。过了很久我才明白，他每天花在工作上的时间要比他的同事更长。他的同事们往往嘴里说着恭维的话，手里拿着广告礼物，聪明地赢得大夫女助手们的好感，然后插在两个已挂上号的病人中间悄悄地溜到大夫那里。而约纳斯呢，却是长达几小时地坐在候诊室里，直至轮到他为止。他总是很晚回家。

一开始做家庭主妇和母亲的时候，我感觉自己难以胜任。我毕竟还是一个十七八岁的女孩。只要贝拉一得感冒，我就担心他会死在我的手里。幸运的是，他不久就没有了黄疸，眼睛和细发变成了深棕色。我被他吸引住了，觉得他真是迷人，有些时候感觉自己无比幸福。可日子由许多灰色的时刻组成，我很孤单，闷闷不乐地打扫卫生，晾晒婴儿衣服，其间还绝望地盯着手表看约纳斯是否终于要回来了。

当他终于回到家的时候，我几乎哭泣着跌倒在他面前。他穿着一套华美的西装，系领带，穿熨烫过的衬衫，因为他的职业要求他穿又昂贵又传统的服装。我希望被安慰和被拥抱，希望放声大笑，需要诉说。约纳斯和我稍作拥抱后就把我推到一边，脱下他的精致衣服，小心翼翼地将它们挂起来，看一下还在睡觉的巴特尔，然后就想吃饭了。不言而喻，他是累了。他整天肯定是在和陌生人说话，从天性看，他是讨厌这种生活的。到了家里他需要的是安静，看会儿报纸，喝点儿啤酒。倘若我们俩能够交换一下角色，那一切就简单多了。和其他人建立关系，我从来不会感到吃力，而约纳斯一定很高兴以自己平静而灵巧的方式去照顾好儿子。现在我们俩都不满意，却又不想承认这一点。

柯拉住在佛罗伦萨。她经常给我写信。我每周都能收到她厚厚的来信，信是用大写字母写的，她的信给我农村孤寂的生活带来了一丝慰藉。我也给她写信，可是我能给她说些什么呢？

一天，母亲说要过来看看。哥哥去世后，我和她没见过面。我顿时陷入相当混乱的境地。恐惧和期待中的快乐交织在一起，害得我一夜没睡好觉。


她穿着那件士兵式样的大衣，看起来精神很不好，我差点儿没认出她来。我抱着贝拉站在她对面，不吭一声。我仿佛觉得她在满心欢喜地打量她的外孙，于是将孩子递到她手上。或许贝拉是我们建立新的关系的唯一机会。

"一个多么英俊的男孩。"她说，"你生了个儿子，真应该表示感谢。他长得多像卡罗。"

这些话就像晴天霹雳一样击中了我，或许本该击中我吧。贝拉长得和卡罗没有一丁点儿相似的地方。我已经消除了原先对母亲怀有的敌意。卡罗去世后，我感觉自己对她的不幸和她严重的抑郁症负有责任。可我如何表示自己同样必须忍受她彻头彻尾拒绝的滋味呢？

我指给她看我们的房子，向她介绍婚礼的情况（没有提到我的父亲），提起我分娩的情景，甚至还说起高中毕业考试的事。

她在仔细倾听我的话吗？

约纳斯回来，我如释重负。我希望有第三者在场可以帮助我。只是有可能她从一开始就拒绝将他视为和我有性关系并且使我怀孕的人。但情况并非如此，两人谈话基本上很正常，我则在一边准备晚餐，用褴褓把贝拉裹起来。母亲早早地躺在沙发上想睡觉。她服用了镇静药。

第二天，我正好赶出去购物，她和贝拉单独待在家里。突然，有一种感觉让我并没有从面包房走到卫生用品商店，而是奔回家去。我在我们大街的拐角处碰见母亲拿着童车、婴儿、行李和大衣。她看上去疯了一样。

"你从我手里夺走了卡罗，所以我要抢走你的儿子。"当我拼命松开她瘦骨嶙峋的双手时，她不再反抗了。她跟着我回到家里。

"母亲，"我说，汗水从额头上冒出来，"你有病，不能够待在我们家里。我无法承担责任。请你赶紧回去吧。"

她摇摇头。"我不回去，我无法回去。我早就打算自杀了。"

"你不是在接受治疗吗？"我说，整段时间我一直将婴儿紧紧抱在怀里，"有人会帮助你。抑郁症是可以治愈的。"

"谁也不能够治好我的病。不管我健康还是生病，我的人生毫无意义。想到死亡是我唯一的安慰。"

或许是我的错，我不该愤怒地说出这句话来："那你就自杀吧！自杀不是犯罪。"

"你老实告诉我，你是否过得挺好。"

"我的老天，母亲，你对我孩子动手之前，应该想想你的仇恨从哪儿来。"

她沉默无语，细细思量。然后她说道："我的仇恨之所以那么大，是因为我对我的爱感到失望。只是我可以警告你：爱人的人，总是一败涂地。"

约纳斯一回来，一把把她拉开了，因为我在第一时间告诉了他，我们一分钟都不能让孩子独自待着。

三天后我们获知她服用植物防护剂自杀。

接下来的几个星期里，我有时感觉自己都快要疯了。我一再受到阵发性抑郁症的折磨——啼哭痉挛症，那是厌食症的初期阶段。我很清楚，这一切都会对孩子的成长产生不良影响，想到这一点，我的状况变得更糟了。那次婚礼之后，我没有再见过父亲，母亲的死讯我通知过他，也给他写过信，说是她不希望他出席葬礼。我放弃了我的遗产：父母那些丑陋不堪的家具。唯有卡罗的写字台我叫人给送过来了。可是我在写字台里面没有找到期待中的富有启发性的内容，基本上仅仅发现了一些男性杂志、写给柯拉却永远不会再寄出去的信件、我父亲的几幅速写以及一串十字架念珠。

一天，我在镜子里打量自己：脸色苍白，身子单薄，皮肤很差，黑眼圈很重。约纳斯爱上我的那阵子，我在托斯卡纳时的模样是多么迥异，我们的爱情生活是多么丰富多彩啊！就这一点而言，我也对自己很不满意，问自己为何真的要每天服用避孕药呢。就在这样的一个时刻，我们家电话铃响起。是柯拉的母亲打来的。大概是她女儿向她告急了吧，她对我非常担心。

她说她丈夫最近碰到过约纳斯，他穿着笔挺的西装，不再留着当时在托斯卡纳时见过的大胡子了。"玛雅，如果约纳斯到我们这个地区和大夫们接洽业务的话，他可以把你带过来，让你在我们家这边下车。那辆童车可以放到车里去吗？"

从那时开始，我每周一次到施瓦布家里待上一天时间。上午我推着童车在城里闲逛，贝拉总是受到路人和熟人的赞赏，下午我和柯拉的父母坐在一起，晚上约纳斯再把我接回去。

这样的拜访帮了我的忙。不过帮我更大忙的，是我重新开始偷窃了。那次开始的起因是，我在一个卫生用品市场上购买了爽身粉和婴儿油，又正好看到了我以前使用过的昂贵化妆品。我的皮肤很粗糙，就是因为我一直在使用那些廉价的肥皂。带上童车去偷窃并不难。一切都消失在贝拉的被子下面。我在我们村里从没有偷窃过，但我从城里始终能带回来一些精美的纪念品：香水和袜子，音乐磁带和艺术书籍，一件丝绸衬衣和一只电加热器。

柯拉的母亲偶尔会陪我出去购物，这样我就没有偷窃的机会了。但在这种时候，她一般会从我想买的衣服里面给我买上一件，因此我可以在约纳斯面前说，我带来的其他小礼物也是她送的。

我特别喜欢为我的孩子偷一些漂亮衣裳。我无法忍受贝拉穿得难看。虽说我并不讨厌曾祖母自己编织的那些小衣——他们偏爱农村传统的东西——但约纳斯妹妹送给我的糖果颜色的百货商店商品，还是被我挑出来了。我想看到我的孩子披绸着锦。约纳斯觉得这很荒唐。

"你想让他变成王子吗？"他讥讽地问道。不错，我是希望这样。毕竟贝拉是一位公主的儿子。我因为自己不再是西班牙公主，所以希望给予自己补偿。

令人惊讶的是，教授虽然对自己处在婴儿年龄段的孩子几近从没有感过兴趣，可现在却迷上了我的儿子。如果他有时间，他就整整一个小时地坐在茶几边上，非要自己将孩子抱在怀里不可。

"有了贝拉·巴特尔，真是幸福，不是吗？一开始我觉得这是灾难，你十八岁就……可是我仔细想过，再过三年贝拉就可以上幼儿园了，你依然还很年轻，可以去上大学。我认识过很多女人，起先通过了考试，获得了职位，最后只是为了要生孩子，才不情愿地中断了自己的职业生涯。她们的日程表上永远没有时间，就像我现在得了胆结石一样，总得抽个时间去动手术才行，可永远没有合适的时间。"

柯拉的母亲问我柯拉的情况，因为柯拉很少会想到写张明信片去问候父母一下。她很担心自己的女儿。柯拉不久前给我写过一封信，说是爱上了一个比她父亲还大的男子。我没有说出任何细节。


一天晚上，我听到约纳斯回家的声音，便兴高采烈地去打开门，却看到在他后面有一个人蜷缩着身体。父亲站在我面前，衣衫褴褛，像城市盲流人员。他说自己"在逃避中"。逃避什么？债务，他说，他的房租和电费没有付，那些店也不给他赊账了。

"那你鲜血使者的工作怎么样了？"我问。

"我已经没有驾照了……"

"可你不是还能领取失业救济金吗？"

他没有关心过这个问题。在酒精产生的错误作用之下，他认为自己是个无家可归者，于是从吕贝克搭便车到我们这里来了。

我让他先去洗个澡，说在他没洗完澡之前我们不给他饭吃。约纳斯一句话也不说。约纳斯的狭长西装当然不适合我父亲穿。他洗完澡穿了一件太过紧身的毛巾浴衣坐在桌旁，看上去要比我第一次到吕贝克去看他时还要潦倒。

我一刻不停地考虑如何才能摆脱他。我们家里只有给客人用的长沙发，我们有一个婴儿，家里的钱不多。父亲在浴缸上留下了一个黑边。

我和约纳斯躺在床上，父亲在客厅里打鼾，我低声说："你明天得把他赶走！"

"为什么是我？而且你不能把一个又贫穷又有病的人赶到大街上去呀。"

我说话声音越来越大，因为我很激动。"为什么贫穷？为什么有病？他又懒惰又酗酒才是真的。"

"一个人作为基督徒，有义务尊重自己的父母。"

这时我都要气晕过去了。"我受不了他！"我开始号啕大哭，贝拉被吵醒了，也跟着大哭大叫起来。

父亲没有敲门就出现在门口。"你们是因为我在吵架吗？明天我就走。"

时间一天天过去，我每天都在赶父亲走，他呢，每天都在忍气吞声地许诺第二天就离开。我给他买的车票不见了。我们的孩子他几乎没正眼瞧过一眼。每当小孩一哭，他的脸就会难看起来，仿佛觉得是故意扰乱他的安宁似的。

父亲某一天偷酒时被逮住，他干这个完全是外行，那一次一向温和的约纳斯勃然大怒。我饶有兴趣地观察到，丈夫对偷盗行为表现出极端的厌恶。父亲在一个最不易被发觉的地方，找到了我每天为约纳斯买的那瓶啤酒。我知道治疗一个酒鬼不能以一种违背他意愿的方式突然禁止他喝酒，因此总是给他买上一瓶廉价的红酒。可每天一升酒他还是觉得太少了。

尽管年纪很轻，但我紧张不安，好想痛哭一场，要是能拿起酒杯一醉方休该多好。那一天，正好是懒洋洋的时刻，贝拉和父亲刚好去午睡了，柯拉从意大利打电话过来了。"我们可以好好地闲聊一会儿，我不用花钱。"她说。我的心情顿时高涨起来。柯拉告诉我，她的新男友一周前买了一栋房子，很大很美，她也会住进去。"从二楼可以望得到绿茵茵的山丘！我进行了一次很好的交换，我那陈旧的房子是一间小破屋，再说我必须乘坐巴士半小时才能到佛罗伦萨去。现在就像在家里一样，我拥有了一切！"

"加上一个新爸爸。"我说。

"这真的不错呢！年轻人既没有钱，也没有房，也没有浴用盐[1]。"

我好羡慕柯拉。她建议我立即到意大利去。"那么贝拉呢？"

"当然和贝拉一起来。约纳斯白天在外面挨家挨户兜售，你

---

1 浴用盐，可以消除肌肤黑色素，让肌肤恢复青春活力。

不可能把孩子放心地托付给你父亲。"

那天晚上，我们一家人吵架了，各吵各的，孩子不知疲倦地吼叫着。我决定第二天离开这个家。

约纳斯早上一离开家门，我收拾小孩用的家什，准备了好几只婴儿食品所需的瓶子，将那只中国盘子放到地下室安全的地方，给约纳斯留了张不冷不热的便条，给自己订了一辆出租车。父亲像头死猪一直睡到中午，这一点我可以放心。

一个人带着婴儿、童车和两只行李箱，没有他人支持一把，那是不可能进行上下车以及转车这样的出门旅行的。我在匆忙之中没有找到火车联运线路，不得不通过多次换车才能接近我的目的地。如果我像一个吉卜赛女人那样带着一个婴儿出现，柯拉那个有钱的老男友会说什么呢？嗯，柯拉一定会临机应变的。

在我的车厢里坐着一个芭蕾舞演员，他准备去疗养，对贝拉很感兴趣。趁他上厕所，我偷了他皮夹子里的钱，万一我要在旅馆里过夜就没有后顾之忧了。这个看来是明智之举，因为当我深更半夜抵达佛罗伦萨时，在我提到过的那个房子里没人给我开门。

于是，我就和贝拉·巴特尔一起躺在一家廉价的旅社里的双人床上。旅途劳顿，贝拉马上睡着了，我却听到四周传来陌生的声响，万千思绪开始在心头澎湃。约纳斯一定会担惊受怕，可他肯定也将我视为逃兵了。我夺走了他的巴特尔，将我那酗酒的父亲留在那儿。尽管我给他留了言，答应马上回家去，但约纳斯没有柯拉的地址，无法和我们马上联系上。

那天夜里，我更多的是在哭泣而不是睡觉，对面房子上的灯箱广告已经烂熟于心，唯一给我带来安慰的是在静静安睡的贝拉。无家可归和异乡的感觉因为他在我身边而得到缓解了。教授出于好玩将我儿子称为"和平诸侯"，因为贝拉放松的睡眠会让观察者本人变得心平气和。我一再发现，有的人，不管是男人还是女人，对婴儿有着天生的喜好，他们会被我的孩子神秘地吸引住，沉浸在幸福的喜悦之中。有些人就是自然界的朋友，他们在观察幼猫、觅食的乌鸦和吃草的狍子时，会有类似心满意足和心醉神迷的情感。我很高兴能够拥有这么一个自己本来不情愿生下的孩子，即便从表面看，这一切把我模糊不清的未来计划搞得晕头转向。

明天我就可以让柯拉看到他了。她只是在贝拉得黄疸的时候看过他一次。虽然逃避是我这次旅行的主要动机，但对我来说更重要的是能够看看我的这位女友。

柯拉的男友比她父亲大两岁，我设想他是一个意大利教授的形象：头发不多但乌黑，也许蓄着大胡子，有点小肚子，聪明善良，风度翩翩，富有修养。假如你有着这种固定的想象的话，那肯定要失望了。柯拉的男友不是意大利人，而是德国籍巴西人。他其中一侧的金色头发很长，好让它们巧妙地搭配到稀疏的中间部分。没有留小胡子，有一双蓝眼睛，充满双倍的活力和动力。可第二天给我开门的不是他，而是一个意大利女仆。

我问柯拉在吗，女人离开了，没有让我进门。虽然已近中午时分，但柯拉还是穿着睡衣奔了出来，我们相拥在一起。好在她男友到乌戈利诺打高尔夫球去了，我们可以好好说上一会儿话。女佣给我们送上了一杯意大利浓缩咖啡，贝拉对着她笑时，她比先前更友好了。柯拉抱着他，正如我希望的那样很激动。

在她男朋友回来之前，我想了解一些情况。我们坐在阳光充足的阳台上，喝着加橘子汁的金巴利开胃酒，将大腿搭在磨盘台面上。蜥蜴在四处出没。

她男友名叫亨宁·科恩迈尔，五十出头。他还是小伙子的时候被汉堡公司外派到巴西里约热内卢工作。多年后，他成立了自己的建筑公司。现在他已经很有钱，足以不用去上班，可以享受自己的人生了。

"他结婚了吗？他有孩子吗？"

"他和一个大他十岁的巴西女子结过婚。他们没有孩子。她在离异不久就去世了。"

"那然后呢？"

"我的天，亨宁肯定不会错过好机会的，可这并没有妨碍到我。你会喜欢他的。"

"你们怎么认识的？"

"你要笑话我了，我当时正缺钱用。"

"柯拉，你的父亲已经给你足够多的钱了，你真的不用去做鸡呀。"

"你听着，我用于生活的钱够了，可要想买辆车就不行了。你真的以为在你教会我去偷之后，我还得到外面去做鸡吗？"

我受宠若惊地大笑起来。"你偷他的皮夹子了？"

"不管你相信不相信，我在偷窃的时候被他逮住了。你知道吗，巴西的扒手一定非常厉害，我们和他们相比，简直是小巫见大巫了。我们其实还未曾在活人身上尝试过……"

我很喜欢这个故事。我觉得人们在偷窃的时候相恋很浪漫。柯拉如今俨然成了他的老情人。她赤着脚，穿着睡衣，怀里抱着贝拉在石头地板上跳舞，唱着意大利国家足球队队歌《蓝色的心》，然后拿小咖啡匙喂我的孩子吃东西。

"对了，亨宁马上就回来了。我们把真相稍稍改头换面一下，就说你父亲拿着刀威胁你和孩子。亨宁喜欢感觉自己就是救星。"

我躺在太阳底下，心里美滋滋的，感觉忧郁的日子终于一去不复返了。

# 09
## 金色牛犊

　　迄今为止，偷盗之神墨丘利始终在庇护着我。可能正如罗马神话中的诸神们在这个国家里习惯做的那样，墨丘利接受了塞萨尔的外形。尽管从年龄看，我那个巴士司机不可能是我的父亲，但他完全具有父亲的特征。或许更确切地说，他比我真正的生身父亲，还要接近于童年时代陪伴我的那个理想父亲的幻影吧。我认为自己作为孩子对父亲的失踪负有责任。我不够可爱、不够漂亮到去讨国王的欢喜。塞萨尔觉得我很漂亮，这让我很受用，于是为了不至于激怒他，我偶尔会对他一些卑鄙的小勾当采取睁一只眼闭一只眼的态度。

　　柯拉和她父亲也有问题，可那是完全不同的问题。若不是出于一种伪装的恋父情结的话，她为何又要和亨宁搞对象呢？她从未承认过这一点。

　　我清楚地记得认识她老情人的情景。即便他对我的贸然来访感到气愤，但他也没有流露出来。他表现得和蔼可亲，像个孩子似的，我们一起为我找了一间房间。这幢别墅不是宫殿，而是上世纪一个中产阶级的房子。它那坚固的建筑材料使这位专家心旷神怡。他从柯拉那里得到一个忠告：那些房屋的老主人正一个接一个地离开人世。她有很多意大利朋友，其中有一个和她说起过此事，因此在掮客和地产奸商们嗅到气味之前，她就听说有一些便宜住宅临时投放到市场上来。不过女佣艾米莉亚始终是这幢别墅的房屋管理员，此外别墅自战后至今一直未曾修缮过。

亨宁马上和我用"你"字称呼了，分给我和贝拉一间宽敞明亮的有阳台的房间。石膏花饰从天花板上一块块脱落下来，窗台有点霉烂，水磨石地面也已有窟窿了，可我还是喜欢这间光线从两边射进来的房间。一张铁床，一只带镜子的五斗橱，以及一张已经坐坏了的靠椅，这就是房间里的全部家具。艾米莉亚给了我一只铁衣架，在两只铁钩之间绷紧一根绳子。

晚上我给约纳斯打去电话。他像当时我告诉他我怀孕的时候那样沉默寡言。

"德国还在使用暖气，我们已经在这里的露台上喝咖啡了。贝拉好几个小时就睡在外面，这对他很有好处……"

约纳斯感到很痛苦。他问起了我们这儿的地址，想周末过来接我们回去。柯拉的父母不知道女儿已经从她的房间里搬出去住了，他给他们家里打过电话。

我没有告诉他这边的住址，向他保证说反正过几天就回去了。

"你不想知道你父亲干过什么吗？"

"想啊。"

"他说是自己病了，却不想去看医生。"

敲诈，我想。"把父亲赶出去！"

"你怎么会想到这一点？他抱着一只热水袋躺在长沙发上不停地呻吟。"

我答应不久之后再打电话过去，可没打算这么去做。很显然，约纳斯想让我心里感到过意不去。

柯拉打扮得花枝招展。她想参加一个博览会的开幕仪式，她认识那位艺术家本人。"你给我用一下车好吗？"她问。亨宁从口袋里拿出车钥匙。我知道他对这种活动不感兴趣。"至少你跟我一起去吧，玛雅？"

"很遗憾不行，贝拉他……"

"可他睡得很死，等到下次吃饭时你已经回来了。"

亨宁鼓励我去，说会好好照料贝拉，如果他叫起来，艾米莉亚也会听得到的。我随便借了一件柯拉的衣服穿上，我们上了一辆美国的大车。"实际上我喜欢的是亨宁的这辆铬绿色的凯迪拉克。"柯拉无耻地说。

"你根本没有爱上他吗？"

"哦，老天，有过。可他有缺点，我不是说他的年龄。要不是我坚决反对的话，他早已经买下一套舒适的新居室了。对我们的别墅，他偏偏喜欢的是那种坚固的建筑方式，而对老房子的魅力和美丽不感兴趣。他喜欢高尔夫球和骑马。"

"那你呢？"

"我又不是女王，看见马就会让我直打哈欠。可是观众很有趣，这会让你感到很开心。"柯拉专心致志地开车。路途中指给我看她最喜欢的圣母诺维拉教堂，"这里可以让你开眼界，"她说，"我一会儿指给你看文艺复兴早期佛罗伦萨画家基尔兰达约的湿壁画。"

她这位美国朋友的画展尽管说不上是培训艺术家的眼睛，但能够在那里见到人，也是一件很快乐的事。眼看着给贝拉喂奶的时间渐渐临近，我显得有点烦躁不安起来，催促柯拉可以动身了。

"我想再待会儿。"柯拉说，"桑德拉可以送你回家。"

等我稍晚踏进这幢粉红色别墅时，呈现在我面前的是一幅其乐融融的家庭画面：亨宁抱着婴儿，艾米莉亚煮好了奶糊，正在喂孩子吃呢。我本想减轻亨宁的负担，可他却以火一样的热情乐此不疲。看样子贝拉激起了他做爷爷的本能。

"把人生所有的一切都错过了。"亨宁对艾米莉亚说。他和她用西班牙语交流，夹杂着巴西葡萄牙语口音。她大多能听懂他的话。多亏我上过贝克老师的西班牙语课，我也能听明白一些关键字句。

可以设想一下，说他们俩未能如愿以偿地成为祖父母，倒也没有多大的矛盾。艾米莉亚比亨宁年龄小一些，从没有结过婚，表现出一个年高望重的妇女的样子。围裙、头发，包括体操鞋全都是黑色的。而头发金黄色的亨宁则穿着白色或者至少浅色衣服，戴着金项链，脚蹬编织鞋，看上去要比艾米莉亚年轻许多。我们完全可以在词典里将他们塑造成北方人和南方人的典型形象。艾米莉亚圆鼓鼓的脸上显示出一种自豪的神情，尽管在一刻不停地把水浇到石头地板上，但她未必感觉自己是一名仆人。她还是小女孩的时候，就住在这里，拥有终生的居住权（和柯拉或者我完全不同）。我不太喜欢亨宁那张好斗的脸，这张脸有点让我想起电影演员克劳斯·金斯基，可是柯拉无法领会这样的比较。在那些粗浅的惊险片中，坏人穿着黑衣服，好人穿着白衣服。我觉得艾米莉亚和亨宁角色互相搞混了。

　　我开始了一段悠然自得的日子。每当贝拉早晨饿的时候，我可以确信的是，艾米莉亚就会蹑手蹑脚地溜进我的房间里，将他从童车里抱走。她会在那间大厨房里给他洗澡，喂他吃饭，溺爱他直至他重新入睡。这样我就可以晚起床，和柯拉一起吃早饭。亨宁通常一早就去打高尔夫球了，习惯在俱乐部里喝咖啡。随着时间的流逝，我的儿子由亨宁、艾米莉亚和柯拉从我的怀里抢走轮流照料。

　　我和柯拉每天开着亨宁的车去购物，然后满载着帮宝适、婴儿奶瓶、鲜葡萄、火腿、乳酪、巧克力和鲜花回来了。艾米莉亚总是做浓菜汤，每个人都可以到炉子上去拿，但我们大多要到晚上才去吃，艾米莉亚只能一个人跟贝拉和浓菜汤待在一起。一周之后，我就被春天的太阳晒成古铜色了，从一个难以胜任的神经质的母亲变成了一个快乐无比的年轻女人。我把家里的亲人差不多全都忘记了。

　　“你说亨宁是花花公子吗？”柯拉问我。我没有考虑很久。“绝对的。”我回答。她很高兴，看起来就像是一个小恶魔。

我没有再打电话给约纳斯，感到内心有愧。

　　一天上午，连柯拉都在说："你得再和约纳斯说一声，免得他到最后找警察去了，或者他会让我的父母敏感起来……"

　　"好的，那就今天晚上打，现在他反正不在家呢。"

　　"对了，玛雅，你给我带来麻烦了！"

　　"你父母会注意分寸的。"

　　"不，我不是这个意思。我说的是贝拉。亨宁迷恋上了他。昨天他有了一个摆脱不了的想法，不是向我求婚，而是希望有个孩子。"

　　我听得目瞪口呆。"你是怎么反应的？"

　　"哈哈大笑。可我这样伤害了他。他是当真的。"

　　我在思考：贝拉尽管不是我想要或者计划之中的，但不管怎么说，他是我的一切。柯拉猜出了我的想法。"像你有这么一个可爱的孩子那是例外。和一个老人生出的怕是一个怪物了呢。"

　　"柯拉，你这是胡说。再说一旦有什么异常，你可以在预防性检查时注意到。"

　　亨宁比平时回来得早了，特意在贝拉·巴特尔醒着的时候能够逗他玩会儿。我一清二楚，他对我的喜欢是有限的，只是因为作为孩子的母亲我才受到欢迎。或许他是想在我这里找到一个同盟者。在他偶尔和我独处的时候，他想向我打听柯拉的过去和她的家庭情况。我总是字斟句酌地加以回答。柯拉显然在他面前撒过谎，说是和自己父母发生争执，他们不再给她提供钱了。

"我不理解这个父亲。"亨宁说,"虽说他是教授,但作为科学家也不至于如此不通世故。小姑娘独自一人在意大利,身无分文,早晚得出事。"他感觉自己是柯拉的救命恩人,让她不至于去偷窃、坐牢、做妓女或者吸毒。

我为教授感到遗憾,他一直在给自己的女儿汇去相应的学费,眼下她没有提取这笔钱,而是让它放在账户里不断增多。亨宁很大方,我们现在什么都不缺,也不缺现金。他计划对房子做一次比较大的修缮,因为担心他会把别墅弄难看,亲自去找工匠和设计师。


我给约纳斯打去电话,听到那边传来如释重负之后的一声深深叹息。"总算好了!"他已经把我父亲送到医院做观察了,肝功能指标令人担忧。有可能要做内窥镜检查。约纳斯很有男子气概地说,他一定会一直陪着父亲直到出院。"你们究竟什么时候回来?"

最后我们相约,约纳斯休假一周,把我和贝拉接回去。

从现在开始,好日子就要屈指可数了。经过一夜漫长的旅行,约纳斯疲惫地抵达时,我并没有表现出恰如其分的激动。尽管我很高兴丈夫能够拥抱我,但一想到我们那逼仄的居室和那灰暗的日子,我无法快乐起来。

我们一起度过了最后一周,约纳斯和我一起睡在窄小的铁床上,我们去赛马场,到高尔夫俱乐部去看望亨宁,在佛罗伦萨闲逛。和我一样,约纳斯原先苍白的脸色不见了,人也变得英俊了,有点儿开朗了。尽管约纳斯对亨宁从前在里约热内卢的冒险经历颇感兴趣，但亨宁和他之间没有太多的共同语言。相反，我难以喜欢这种大男子主义的故事。

最后那个夜晚，我们四个人坐在一家我们常去的餐厅吃饭，亨宁说要和柯拉结婚，希望生一个孩子。约纳斯很能理解这一点。两个男人达成了共识。我们女人互相看着对方，仔细考虑着各种优缺点。

终于，大家都上床睡觉了，我轻轻地重新爬起来，正如期待的那样，在厨房里遇到了柯拉。到了夜里，外面的露台上还是太冷。有一种罗勒的芳香味，那是艾米莉亚种在铁皮罐里放在窗台上的。我们紧挨着那只仍然发出热量的煤炉，交流我们各自的想法。

"玛雅，我来总结一下：亨宁想要一个孩子，而且马上就想要，在他这个年龄是可以理解的。对他而言，结婚仅仅是达到目的的一个手段而已。在我这里则完全相反：我不想要孩子，可通常说来，和一个有钱人的婚姻并不是错误。"

"你永远没有谈论过爱情，柯拉。你设想一下，假如你突然爱上了一个年轻男子。"

"当然有可能发生。万不得已的话我就离婚。二十年后我肯定是寡妇，然后就可以行动了。"

"可那还很遥远呢！你现在考虑的仅仅是钱吗？"

"如果要我说实话，我觉得这很重要。你瞧，作为妻子我可以按照我的趣味布置这幢别墅，请人给我布置一个工作室，我可以随心所欲地在里面画画。我不必再拿参加语言考试和完成大学学业来折磨自己，而是到私人教师那里上绘画课。我们可以在这个楼里庆祝联欢，邀请有趣的人过来。"

"那亨宁呢？"

"那约纳斯呢？"

我们认识到，我们俩恰恰不是理想的妻子。"那么跟他结婚吧，柯拉！而且我觉得你应该再生上一个孩子，否则你道理上说不过去。"

"我的老天，和一个十九岁的姑娘结婚生子，亨宁他就说得过去吗？"柯拉觉得自己有权继续悄悄地服用避孕药。

我们想溜回各自男人的床上去，却在黑黝黝的门厅里碰见了艾米莉亚。

"有时我感觉她在偷听我们说话，"柯拉说，"可另一方面她又只说意大利语。"

"这话虽说不错，但她很聪明。我有一种印象，我们的事她全都知道。"


第二天，我们依依告别。贝拉在意大利的整个时间里几乎从没有哭过，现在却吼叫得很凶，充满愤怒。亨宁拥抱孩子，柯拉拥抱我，对约纳斯来说就只剩下艾米莉亚了，为了表示谢意他跟她握了握手。然后我们就驱车前往灰蒙蒙的北方去了，留下这一对伴侣独自去面对他们的未来计划。

走到半途时，我们俩至少已有两个小时没有说话了，我大声地说："我一定要拿到驾照。"

"好的。"约纳斯回答。

我抱着睡梦中的孩子走上我们家的楼梯，约纳斯这时正设法从车里拿下童车和行李箱。我关上门，一股味道扑面而来：父亲没有走，或者说得更确切些，他又回来了。他躺在沙发上睡着了，身边放着空酒瓶。窗子没有打开一点缝隙，空气浑浊不堪。我抱着贝拉重新走下楼去。

"你可以马上把我们送到火车站去，"我朝约纳斯训斥道，"父亲在楼上。"

约纳斯吓得把牛奶瓶掉到了地上。"我向你发誓，他应该在一周以后才会离开医院。我已经把所有的一切都给安排妥当了，他将从那儿直接被转入一家疗养院。"

或许这个疗养院就是一家戒酒所，父亲是因为怕以后到那里去才逃回来的。约纳斯从我手里接过贝拉，往楼上走去，好亲自去看一下这一令人不快的意外事件。

"你一走，我只好将一把大门钥匙交给了他，"约纳斯抱歉地说，"他肯定一直没有离开过这个房子。可是他到医院去的时候，我当然应该拿走他的钥匙才对。"

我们俩疲劳至极，而且天色已晚，等我把贝拉包在襁褓里，我们也就上床睡觉了。这不是好兆头，我气愤地想，我不想待在这里。

第二天，我没法睡到自然醒。约纳斯去上班了，我不得不亲自照料贝拉，父亲躺在沙发上，怎么都叫不醒他。最后我将一盆冷水浇到他头上。他一骨碌跳起来，气得扇了我一记耳光。我可不是随便让他欺负的，于是朝他的胫骨踢去，他向后倒在沙发上唉声叹气。

"老爸，这样下去是不行的。如果你准备待在这里，我就到意大利去。"

"你去吧，没有你和这个又哭又闹的孩子，日子要舒服多了。我怎么会有这么一个泼妇女儿呢？"

"老爸，你真的想毁掉我的婚姻吗？你是希望我因为你而和丈夫分手吗？"

"一个好的婚姻要经受住负担，否则它就毫无用处。"

我不再和他说话。我真想把他扔到垃圾里去。我希望医院会发现他得了一种不治之症。可约纳斯往医院打电话，获悉父亲还没有完成必要的诊断就逃之夭夭了。院方对他的行为非常恼火，不想再收留他了。此外，他还用不正当的求婚方式纠缠那些护士。不知什么时候，连一向如羔羊一般温顺的约纳斯也失去了耐心。他揪住父亲的衣领，把他生拉硬拖到车里，默默无言地开往上述那家"疗养院"。他回来时感到挺自豪。"现在一切又会和好如初。"他对我说，当真以为我们又将是一个"美满幸福的小家庭"，其实我们从来就没有过这样的家庭。

我们就这样过了几周宁静的日子，我可以收拾整理，烧菜做饭，打扫楼梯。这并没有给我带来乐趣。我很想去学开车，可约纳斯总是很晚才回家，我就没有多少时间了。如果是这样，他毕竟还得照料贝拉。


一天，约纳斯的母亲打来电话，在她少言寡语中我知道出大事了。约纳斯的父亲身体不好。医生说，他不应该操劳过度，要把农家院子里的重体力活交给自己的几个儿子。约纳斯感觉自己有责任，我发觉他在苦思冥想。

一周后，结果出来了。"玛雅，你觉得我们搬到我父母那里去住这个主意怎么样？我们可以有两个房间，也不必付房租。对你来说还有很多好处，因为我们家里总是有女人会去照顾巴特尔的：母亲、祖母、姐妹们。你可以去学开车，或许马上可以参加培训了。我很想帮帮我父亲，因为我现在不会因为自己是医药代表而感到快乐的。"

这是约纳斯迄今为止所作的时间最长的演说。我真想把捞面条的那只黏糊糊的笊篱扔到他的头上，可我还是控制住自己没有发作。对我们双方而言，针对这一计划提出一些观点，那是值得我们去思考的。可是，要在农家院落里生活，和德林一家人经常一起吃饭，和其他人共用一间浴室，最后出于礼节要在猪圈和田地里一起出力，一想到这些就让我感到毛骨悚然。最后我设想了一下穿着皮裤的贝拉的样子。我稍稍流了点眼泪，想要以女性的方式向约纳斯表明我的不喜欢。之后好几天，我们对农民生活的话题一直闭口不谈。


柯拉的父母忧心忡忡地给我打来电话，说他们女儿上次给他们的明信片中提到准备结婚的事，问我是否了解到一些近况。我去看望施瓦布夫妇，小心翼翼地告诉他们，亨宁已经不再年轻了。他们以一种异样的目光看着我。我说，他的确切年龄我自己也不是很清楚。

"只要有新的地址，不是吗，"教授说，"我们明天就可以过去。"

柯拉的父亲自然期望我能继续帮助他们。我不情愿地将柯拉的地址和电话号码交了出来。教授二话不说立即行动起来，往佛罗伦萨打电话，好在没有打通。艾米莉亚几乎从没有去接电话的习惯，柯拉和亨宁凑巧不在家。

施瓦布太太说："在我年轻的时候，如果一对情侣没有结婚就同居，父母亲会很生气；现在大家已经不反对同居，但恐怕还是反对很草率结婚或者过早结婚的。"

我因为是属于过早结婚和草率结婚的那种人，所以只好羞愧地保持沉默。

"不错，如果能生出像贝拉这么英俊的孩子，"教授和解地说，"那这一切足以使我满意了。"他吻了下贝拉。

我在家里每隔十分钟就往佛罗伦萨打去电话，希望赶在柯拉父亲之前和她联系上。当我终于和她说上话时，她感到很气愤。"如果两位老人突然站在门口，那就是过来给我添麻烦了！"

"可是柯拉，是你给他们写信说自己要结婚的；你不给他们信息，他们不会这么去做。"

"你确实说得对，可我反正知道他们会骂我的。"这一点我很清楚。"我们四周后就结婚，当然会邀请你、约纳斯和贝拉一起过来参加我们的婚礼，可除此之外我真的不希望有其他客人过来。但要是我父母知道这个日期，我也阻止不了他们过来。"

次日，一切又重新变得乱七八糟了。贝拉发烧了，不肯进食。我尽心尽力地用小腿湿敷包带想让他退热，我第一次想起我母亲曾经给我做过类似的治疗。柯拉的父母这时候知道新郎究竟有多大了。为这事他们已经气糊涂了。偏偏约纳斯提早回家了，看起来同样像一个老年人。他获悉他父亲因为中风住院了，家人正等着他尽速回去帮忙。"我们得收拾行李了。"约纳斯说。

"贝拉病了，你无法带一个发烧的孩子出门。"

他冲进卧室，抱起他滚烫的儿子。"小巴特尔，你马上能和小猫咪玩了，你马上可以和奶奶烘烤糕点了，可以整天呼吸新鲜空气了。"

"你究竟能不能休假呀？"我问道。

"哪怕他们叫我滚蛋，我也无所谓，家庭是第一位的。"他说。

约纳斯指的是他那农民的家庭还是我和贝拉的呢？他似乎一直不理解，既然乡下那里空气好，我为何要彻底讨厌农村生活。一旦他没有了拿薪水的职位，而是在猪圈和农田里辛苦劳作，我们究竟靠什么维持生活？猪粪的臭味、苍蝇满天飞的厨房、生硬的方言、没有暖气的卧室以及坐在裂开的木凳子上一起吃饭，都会让我的身体产生不适感。难道贝拉就在那儿长大吗？对约纳斯来说，他的家乡就是他的天堂，可对我而言那里就是地狱。我的天堂是佛罗伦萨，我决定重新回到那里去。柯拉和一个有钱人结婚是对的。他的年龄就是一个优点，她完全可以比他多活三次。

# 10
## 鲜绿寡妇

　　复活节的时候，佛罗伦萨有一个天主教列队游行的庆祝活动，我没有参加；还有一个燃放焰火活动，这是我喜欢看的。耶稣升天节那天举行烧烤活动，我们和所有的佛罗伦萨人一样都到公园里去野炊了，也就是说，我们在货摊上买好了面包和乳猪。许多小孩随身带上了小巧的烧烤工具。贝拉不喜欢这个，他宁愿要一只气球。

　　我不记得自己是否曾经和父母一起见识过什么民间节日。当我终于大到足以和我哥哥卡罗一起去的时候，他有计划地败坏了我参加教堂落成纪念日市集的快乐。他拿着我的钱，说是去给我们买两张玩踏板车的门票，可马上就不见踪影了。我真的不希望贝拉有兄弟姐妹，免得到最后他不得不受尽他们的折磨。可我很高兴他能在意大利长大，那里一直是我梦想的国度。

　　第一次从佛罗伦萨回到德国之后，我开始对冷飕飕的祖国了无兴趣。孩子病了，约纳斯必须到他母亲那里去。贝拉身体好些的时候，他就想把我们接过去。他前脚刚走，我就给柯拉打去电话。她很激动，她父母已经启程了。我同样告诉她，我很快会到她那里去。

"谢天谢地，"柯拉说，"你对我的父亲产生了积极影响。此外，亨宁老是在打听贝拉的情况。他胳膊上抱着这个孩子，看起来就像是那个圣约瑟夫，而不是一个花花公子。"

在这个偌大的别墅里，地方总是足够的，柯拉也为自己的父母准备了一间房间。

"你们开始装修房子了吗？"

"嗯，你是怎么想的？浴室将成为我的一个梦想，我好不容易买到了青年风格的瓷砖！另外，我已经买好了家具，你的房间里现在放着藤椅，垫子上面有玫瑰色图案，你明白吗？"

我很高兴。亨宁真是花了不少钱。

儿科医生叫我放心，贝拉只是得了感冒。发烧来得快，退得也快。三天后，他就从襁褓中的一个无精打采的滚烫的婴儿，重新变成了一个饥饿、英俊的小人儿。贝拉开始说话了，我这么说谁也不会相信。他才六个月大，就能努力地说出"大大"，可只有我的耳朵听得见。

约纳斯在电话里发牢骚，说有太多干不完的工作。除他之外看样子只有两个姐妹帮他的忙。小弟今年才十五岁，在寄宿学校读书，而那位大哥，也就是那个巴托罗毛斯，如今已经成为修会僧侣，似乎让他穿着袈裟爬到拖拉机上也是要求太高了。我说贝拉还在生病，不适合旅行，这一点使约纳斯感到不安。

和第一次一样，我给丈夫写了一张卡片，带着孩子直奔南方去了。这一次是亨宁过来接我的，柯拉到她父母居住的那个度假屋去了。他们在门口迎接我们，大家都感到很高兴。贝拉将手臂伸向艾米莉亚时，她差点儿哭了。我的房间布置得很亲切。亨宁真的买了一张婴儿床，或许他以为自己的孩子不久就可以用得上它了。

　　我很快注意到亨宁为讨未来的岳父岳母的欢心所做的一切，可这么做完全是枉费心机。不过施瓦布夫妇并不是彻底坚定不移：这个房子使他们赏心悦目。柯拉的母亲兴高采烈地和女儿商讨百叶窗的新颜色问题。她希望采用青绿色，柯拉选择白色，我则是考虑橄榄色。教授原本是不喜欢那些园艺活的，却推着贝拉从一棵树下到另一棵树下，搜集可以做调料的月桂树叶，或者从干燥的地上拔掉那些坚硬的杂草。我想象着他在这个院子里度过他的晚年生活。父母亲试图劝阻女儿结婚。

　　有一天，大家坐在院子里，喝着基安蒂红葡萄酒。亨宁怀里抱着贝拉。突然，奇迹发生了：我的儿子清清楚楚地说了两个字"爸爸"。老花花公子激动得热泪盈眶。顺便说一句，后来的几个月里，贝拉再也没有说出一句让人听明白的话来。

　　艾米莉亚想教我儿子意大利语。她不喜欢他的名字。她常常叫他"Bellino"[1]，如果她裹着褪褓，就叫他"贝尔佩斯"[2]。不过听到她清晰地发出复杂的德语"小宝贝"单词时，我也感到很惊讶。

---

1 意大利语"漂亮"的意思。
2 贝尔佩斯（Bel Paese），意大利语"美丽的国家"的意思，但有一种很著名的意大利干酪品牌，也叫做"贝尔佩斯"。

施瓦布夫妇动身回家了，毕竟教授公务繁忙。柯拉不得不在父母面前保证，她会把一切考虑清楚，首先必须参加语言考试。

柯拉的父母刚走，我们就开始筹备婚礼事宜了。在这一点上，亨宁的顾忌和柯拉一样少。尽管我感到浑身憋闷，但我还是愿意充当证婚人。我打电话给约纳斯，问他是否不打算过来参加婚礼。他很生气。"你难道没有其他烦恼吗？你为何不经常报个平安呢？我打电话过来，总是没人接。你难道不觉得我想知道巴特尔身体好不好吗？"

于是，我们就在小范围内举行婚庆活动。几个高尔夫俱乐部的朋友，几个柯拉的学友，就这些人参加。可是盛宴结束后，我们回我们那栋粉红色别墅，看到铁门旁边站着一个穿着褴褛的人。原来是我父亲。

"这个人究竟是谁呀？"亨宁问道。

我希望他不让我父亲进屋，可柯拉一说这是"玛雅的父亲"时，亨宁心情亢奋地握住他的双手。

我没有和父亲打招呼，看样子他有一种本能，知道哪儿在举行婚礼，或许是因为碰到这样的机会时总有喝不完的酒吧。我阴沉着脸跟在柯拉、亨宁和父亲后面进了屋子。艾米莉亚抱着贝拉过来，说他有多么可爱。

亨宁请柯拉给我们这位客人弄些吃的东西。我们围坐在一张圆桌旁，父亲说他让护理人员的打算落了空，才得以成功脱身。他从教授那里打听到了柯拉的地址，谎称要给我写信。两天后他不费吹灰之力搭车过来了。

父亲介绍说，在经过几次三番的打听之后，他首先寻找我们家的住处，也就是那个农家院子，可他在那儿找不到任何人。所有的人都到田里去了，只有约纳斯的奶奶留在家里。她说了一句"这里没有寄生虫的地方"，就用扫帚将他扫地出门了。我预料到老太对我和我的家人怀着满腔怒火。她多么喜欢抱着穿着藏红花色小夹克衫的曾孙四处瞎转呀！

亨宁开我父亲的玩笑，而当父亲发觉这么做很受欢迎时，他立即充当起了小丑的角色。葡萄酒和意大利白兰地格拉巴酒随意地摆放在桌子上，这就不可避免地出现了酩酊大醉的情况。亨宁也同样喝多了。新婚之夜，柯拉不得不在艾米莉亚的帮助下将醉得不省人事的丈夫安顿到了床上，我们让我的父亲躺在地毯上。

我们重新坐在厨房里。令人惊讶的是，柯拉并没有生气，我在烧东西。"现在，为了自己能有安宁的日子，我终于来到了这里，可他却追到我这里来了。"

"玛雅，你和他完全一样，如果你们之间出现什么不和谐的状况，那你们俩统统滚蛋吧。"

"就连歌德也为了避开夏绿蒂·封·施泰因太太而逃到意大利去了。"我固执地说道。我还想到了另外一个相似的情况：我和父亲都对一个人的死亡负有责任。

"明天我和亨宁说，"柯拉说，"他不是约纳斯之类的老好人，他在转眼之间就可以将你父亲送到德国去，或者不惜动用警方的力量。"

我对此表示怀疑。我父亲是一个纠缠不清的人，一定会用他的顽强占有阳光下的一点地方。

亨宁是一个怪人，其实我们不了解他。他喜欢德国探险作家卡尔·麦和婴儿，而喜欢婴儿是在他认识贝拉之后，他和一个很无聊的女人有过一次婚姻，或许也有很多次婚外情。一方面，他曾经过着一种竞争惨烈的生活，可以和你大谈那些骗子和敲诈勒索者的故事；另一方面他又很多愁善感，扮演着乐善好施者的角色。两天后，他就喜欢上了我父亲，给他买了一件西服，带他一起到高雅的高尔夫俱乐部去。柯拉给他善意提醒也没用。只要父亲和亨宁在外面，我们就没什么好抱怨的。可他们一到家里，就喝得酩酊大醉。亨宁酗酒的一面在建筑业里算是平常事，但在此之前他一直没有将它暴露在我们面前。柯拉骂骂咧咧的。"若要说我有什么讨厌的，那就是那些酗酒男人。"

她在独自哼唱着什么。"你还记得我们在学校里学过的匈牙利作曲家贝拉·巴托克的那首悲伤的婚礼之歌吗？"于是我唱道：

我多想变成一只山鹑，
飞到母亲的家里。
飞到院子里，
坐在百合上，
歌唱然后憩息。
母亲听到我说：

"那里一只小鸟在唱着

忧伤而美妙的歌曲吗?

走吧,走吧,你这只小鸟!

走吧,走吧,你这只山鹑!

你踩坏了我的百合。"


柯拉继续即席唱道:


我遇到了一个

花花公子,

他又老又爱酗酒。

哦,亲爱的妈妈,

我在离祖国很远的地方,

默默哭泣。


    我们决定毁掉这两个男人刚建立起来的友谊。稍稍做一些挑拨离间的事并不难。"亨宁说……"我们开始说起来了,让我父亲明白,他的主人并不是真心对他。在亨宁那里我们同样如法炮制:父亲觉得他是一个不中用的好色的暴发户。这给我们带来了很多乐趣,可遗憾的是,这种挑拨离间并没有达到立竿见影的效果。

    有一天,亨宁酒醉时告诉他的年轻妻子,他希望整整九个月之后有自己的儿子,矛盾就在那一天激化了。他的酒气让柯拉感到恶心,她便爬到了我的铁床上。亨宁使劲敲打着我关上的房门，大声吵闹着。艾米莉亚已经睡着，这时候终于被吵醒了，于是好言相劝，带着她的主人重新回到了他的床上。

"我才结婚几天，可我已经不喜欢他了。"柯拉哭泣着说。

"父亲必须走，一切都是他的错。以前亨宁吃饭时只喝两杯葡萄酒。我们让父亲离开，一切将会完好如初。"

可我没法安慰柯拉，她说父亲揭示了亨宁真正的本质，我们应该感谢他才是。

我们的新策略就是尽可能多离开这个家。我们和贝拉一起看望柯拉在佛罗伦萨的所有女友。我们坐在波波里花园，我们在卡尔查依欧利路周围的商店里瞎逛，我们长达数小时地从大桥上俯视亚诺河畔所有可爱的姑娘，走着走着就真的来到了乌菲齐美术馆。但到了一定时间，我们总是要回家去，可家里至少有一个人是醉的。

总的来说，父亲对影响他安宁的外孙采取不闻不问的态度。可是，如果他在醉醺醺的时候站在婴儿床前，以令人作呕的多愁善感说着"嘟嘟、嘟嘟、哒哒"的话时，这样差不多令我更伤心。我那笨儿子却快乐得呀呀乱叫。

顺带提一声，我们可不要小瞧亨宁了。首先他从教授那里获悉，柯拉每月准时收到足额的学费了；其次他认为我父亲没有恐吓过我和贝拉；第三他发现柯拉一直在服用避孕药。为了让她无法搪塞过去，他整整一周时间根据缺少的药片检查她每天的服用量。要说他有什么无法容忍的话，那就是人家把他当作傻瓜。争吵的事难以避免了。另一方面，他并没有变得缩头缩脚，其实柯拉在盯着他的钱包，他是在她偷窃的时候和她相识的。他说年轻时，为了让自己成为有钱人，干活时不惜动用一切诡计。

每当柯拉在亨宁前面爬楼梯，他习惯捏她的屁股。柯拉马上以牙还牙。有时亨宁会搞错人，将艾米莉亚或者我错以为是他老婆。多亏我反应敏捷，这事没有在我身上发生第二次。

柯拉二十周岁生日之际许诺停止服用避孕药。她想自己还可以采取其他方式。他们在床上和解了，弄得声响很大，这在这栋楼里仅仅对贝拉才是秘密。第二天，亨宁非常殷勤，带上了一束从院子里采摘的白色玫瑰，在随后的日子里只喝矿泉水。他将我父亲、我和我孩子称为"申请避难者一家"，我对这样的嘲弄很不喜欢。我有一种不祥的预感，我在这里的日子快要到头了。

柯拉说："他的钱是我的，也同样是你的。"

在接下来的几天里，父亲也不再喝酒。亨宁试图鼓励他到野草丛生的院子里去做些轻体力活儿，不过他的希望还是落空了。父亲人太虚弱了。一天早晨，他休克了，在汽笛声和蓝色信号灯的伴随下被送往医院急救。他呕血很厉害，是由食道静脉曲张引发的。监护病房的大夫向我们解释说，这是长期肝硬化的结果。我希望父亲再也不要从昏迷中醒来。

可几天后，我们响应亨宁的倡议去看望父亲时，他说道："我们这种人命长。"医院准备对他进行激光手术治疗。他眨眨眼请亨宁下次别给他带花，而是带点喝的东西过来。


没有父亲在家，日子过得更舒心了。像从前一样，亨宁吃饭时不再喝多于两杯的葡萄酒，我们很快乐。有时候他会谈起以前的女朋友。

"你们让我想起我最初交往的女朋友中的一个。当时我年少无知，缺乏经验，还不富裕，也没结婚。我认识了一个中国女孩，她在里约热内卢也没生活多久。王玛丽来自上海，说着一口洋泾浜英语，惹人喜爱。"

"那我们和她有什么共同点呢？"柯拉问。

"你们向往闲适的生活和你们的贪财心切。"亨宁毫不客气地说。

"我一直以为中国人很勤劳。"我委屈地说，因为恰恰就在那一天，我把院子里所有椅子都擦得干干净净。

"王玛丽有一句座右铭，你们听好了：'Me no savvy……'"

"savvy 是什么意思？"柯拉打断他的话。

"这词来自法语，是从'savoir（知道）'引申过来。那好，我再说一次：

Me no savvy（我不知道），
Me no care（我不在乎），
Me go marry（我去嫁给）
Millionaire（百万富翁）。

If he die（他要死去）
Me no cry（我不哭泣）。
Me go marry（再去嫁个）

Other guy（有钱丈夫）。

我们放声大笑。虽然我喜欢这首格言诗，却不喜欢亨宁的那张脸。

再说，我们也并没有如亨宁想象的那么懒惰。一旦他上午去打高尔夫球，那么尽管我们吃早餐的时间有所延长，但还是完全符合日程安排的。那些干活的工匠几乎每天都来，柯拉还要和他们费尽口舌。她要建立一间美术工作室。我毕竟有一个孩子需要照顾。此外，我在和艾米莉亚交往过程中找到了乐趣，拿柯拉的意大利教科书学习词汇。艾米莉亚提问我，纠正我的错误，感觉自己作为教师和照料儿童的保姆很重要，自身价值得到了提升。

"王玛丽变成了什么？"吃晚饭时我问亨宁。

"妓女。不是像你这样的鲜绿寡妇。"

柯拉不想去接电话，她对和父母说话毫无兴趣。我一般都不得不和他们说些违心的话。"我的女儿柯内丽娅是不是终于放弃这个不幸的婚姻了？"教授每次都要这么问。我犹疑地说，他应该问她本人才对。施瓦布太太告诉我，柯拉的哥哥参加了大学结业考试，同时和他的未婚妻分手了。他接下来会到德国来，肯定也会看望自己的妹妹。

约纳斯只是偶尔才打电话过来，他觉得打电话到国外很破费，他很难支付得起。可是我没有兴趣倾听他的那些指责，因此如果他想要听听巴特尔的声音，他必须自己采取主动。

我和柯拉有时会谈起我们的未来。她的目标已经很明确：

只要工作室一完工，她就想每天在那里作画，或许还会请私人家教，希望自己最终一举成名。她不想提起亨宁。

我的情况就不一样了。难道我能待在佛罗伦萨的柯拉和亨宁家里吗？我不就是成为和父亲一样的寄生虫了吗？我是否应该干脆摆脱掉约纳斯呢？他从没有对我做过什么恶意的事。要是他能在佛罗伦萨生活和读书，那该多棒啊！我的职业梦想就是在这里的大学里攻读意大利语，并最终担任翻译的工作。

"你知道，有时候谁给我制造障碍吗？"柯拉问，"你真是想不到，那人就是艾米莉亚。她打扫卫生，烧饭做菜，做这些活当然很拿手。另一方面，她那两间阁楼房如果成为画室的话，那要比二楼北房间更好。可我知道，你喜欢她，因为她把贝拉照顾得细致入微……"

我并不是仅仅因为这些才喜欢上艾米莉亚，而且也因为她在我房间里捕捉蜘蛛，然后将它们重新转移到院子里。我经常到她的房间里去看她。她从阁楼那里找出一只意大利五针松箱子，旋下盖子，为贝拉改装成一只床——从此以后，他越来越频繁地在这上面，而不是在我房间里睡觉。艾米莉亚习惯很早回到自己房间里，躺在床上看电视。贝拉就躺在旁边的箱子里，感到心满意足。我大多晚上与柯拉和亨宁一起吃饭，常常很晚了还进艾米莉亚房间去，看一下我那睡梦中的孩子。有时我几乎妒忌起这个自封的外婆来，她完全和贝拉同甘共苦。她为他唱起歌来："Ma come balli bene bella bimba"[1]，他听到"bella"时用手拍桌子。

---

1 意大利语：你舞跳得太棒了，漂亮的孩子。bella 是"漂亮"的意思，读音和"贝拉"的名字相似。

天热了起来，托斯卡纳的夏天来临了。亨宁说起要和柯拉一起到海边去，或许没把我算到计划之中吧。我们买了一只小孩子玩游戏时用的塑料沙箱，让里面装满水。贝拉可以用它玩水打闹，我可以用它冷却我的双脚。柯拉的父母说要过来看看。柯拉的哥哥预计从上帝的国度——美国回来，他们想一起到艾尔萨谷口度假，如果我们有兴趣，可以一起参加。他们对柯拉的婚事一无所知。柯拉拒绝了他们的建议，请我婉转地告诉他们既成事实。

在这段时间，我们了解到亨宁是一个周期性发作酒瘾的人。他承认自己偶尔受到酒瘾发作之苦。在他年轻的时候每隔三个月出现一次，现在则是间隔不一。

"你知道，"她说，"他愚弄我了。不过你曾经预言过的事也在我身上发生了。"

"你指什么？"

"嗯，一个小伙子……"

"你恋爱了吗？"

"不是那么回事。不过请你别用道德准则来烦我！我欺骗亨宁了。"

"究竟和谁呀？我们不是一直在一起的吗？"

"鲁杰罗。"

我不认识鲁杰罗。她向我解释说，就是那个玻璃装配工人的伙计，年方十七，长得风流倜傥。可惜画室窗子的活儿快要完工了。

我们的周围弥漫着一种虚假的和平。柯拉欺骗她的丈夫，我期望父亲能够在身体康复后回来，或许约纳斯也是，他想把我和他的巴特尔接回家去，而亨宁呢，时而做出一副贝拉好像是他儿子的样子。黄昏凉爽的时候，他和我们一起出去散步，推着童车，想让我和柯拉成为他身边的两个装饰品。我们必须打扮得花枝招展。尽管他对我很友好，但我还是越来越不喜欢他。我变得神经烦躁，饱受热浪的折磨。什么时候该出门，或者究竟出不出门，还有谁和谁一起出门，不用你做出任何决定。艾米莉亚尽管住在那令人窒息的阁楼里，可她似乎最少受到炎热的影响。有一天，她用德语在我面前唱那首歌曲《思绪飞扬》。

　　"你怎么知道这首歌的？"我惊讶地问道。这时候我完全能够和她用意大利语闲聊了。

　　艾米莉亚翻寻出一本旧式的歌曲集，给我朗诵起来。她还年轻的时候，当时已经在这幢楼里干活了，有一个德国考古学家在这里租房住，因为害思乡病，教她学唱很多伤感的歌。这首歌曲集里的所有歌词她都能背出来。或许他们之间有过一段浪漫的恋情吧，可我不敢提那些私密性的问题。不管怎么说，艾米莉亚懂几句德语，也许比我们想象的更多。

　　"那又怎样？"柯拉说，"我们不用在她面前隐瞒什么。"

　　自从艾米莉亚和我谈起她那些神秘的宝贝歌曲之后，她喜欢说话时插入一些德语句子。亨宁听不过去了。"你干吗非得教她说这种过时的德语呢？"他盛气凌人地责难我，"我们聊天时她一句话也听不懂，我觉得这个再好不过了。如果你希望贝拉一开口就说德语而不是意大利语，那请你自己还是多关心一下他吧。"我感到很委屈。

艾米莉亚采取特别的方式制作自己的礼物,亨宁生日时得到了一只很有些年份的施瓦本地区的咖啡壶,上面刻了一行字:有咖啡喝的地方,你会感觉很好,坏人才喝酒。

那是八月里的一天,天气热得令人窒息,我和柯拉决定第二天早起,到比萨附近海滩去。亨宁不想去,说是已约好参加一次很重要的高尔夫聚会。"他其实是担心海风一吹,暴露他的秃头。"柯拉说,我们带着贝拉开车出发了,亨宁可以叫出租出去。

大海边喧哗嘈杂,摩肩接踵,脏污不堪,但景色迷人。我们借了一顶遮阳伞,在冲浪学校旁边躺下休息。贝拉像是一名世界冠军,四处爬行,玩得可高兴了。他看够爬够了,中午时就躺在我们的垫子上,睡得死沉死沉。柯拉试图去冲浪,为此结识了几个英俊的追求者,他们一直帮助她踏上滑板。不过,等我下海的时候,她就坚守在我孩子身边照料他。其间我们手上都拿着披萨。矿泉水、水果和婴儿食品,是我们自己带来的。那一天过得真是美妙极了,我感觉自己重新焕发了青春朝气,人也变得无忧无虑了。"应该永远这样才是。"我对柯拉说。

"如果能有一艘微型游艇,那也不赖呀。"她说。

无所事事让人感到困倦,我们很晚才回家去。如果知道等待我们的将是什么,那么我们宁愿整个夜晚都待在海边。

# 11
# 雪花膏白

　　有时候，天上的云彩看起来就像鳄鱼。我的游客观赏大教堂的圆顶建筑时脖子都快僵硬了，我无数次地介绍说，"圣母百花大教堂"的名字和市徽上的百合花有关，我说这些的时候大多并没有朝建筑大师菲利波·布鲁内列斯基的作品看，而是抬头凝视那变幻莫测的云雾。我发现不仅天堂里的短吻鳄，就连愤怒的猎手、吹着长号的天使、拿着三叉粪叉的魔鬼，以及最后审判里的其他人物，也在我头顶上空玩耍。偶尔我感到恐惧。如果撇开有过欺骗和偷窃的小玩笑，那么我的生活眼下正按照所谓的正常轨道运行。我开始挣钱，外表靓丽，我有一个讨人喜欢的儿子和几个好朋友，可我对未来没有太大的信心。人生中有些事情，我还无法领会。那个夜晚就是属于其中的一件事情。那天夜里，我和柯拉带着睡梦中的孩子从海边游玩结束，回到那幢粉红色别墅。

　　大楼里安静得出奇。我抱着贝拉走进自己的房间，免得再去打搅艾米莉亚。柯拉去洗澡了。没过几分钟，我们俩走进厨房，想再给自己弄点吃的东西。

无论是我父亲，还是亨宁，两个人都流着血躺在水磨石地板上，脸上有割伤，头上也有裂伤，各个角落里都有砸碎的酒瓶和玻璃碎片。空气里有股呕吐过的味道。两个人烂醉如泥，也都受伤了。他们的鼾声，确切地说，听上去就像是人临死前发出的呼噜声。我们厌恶地站在那里，不说一句话。最后，我走到水龙头那里，往一个水桶里倒满水，准备全部泼到我父亲身上。

"住手。"柯拉说道，声音很轻难以听到，"这是一次千载难逢的机会。"

我全神贯注地看着他们。柯拉拿起一块厨房用毛巾，把一只酒瓶瓶颈包起来。她抓起这件武器，毅然决然地走近亨宁，挥起手臂，可马上又将这件沉重的武器放了下来。"我不行。无论如何我和他睡过觉。"她将基安蒂葡萄酒瓶递给我。

我双手抓住酒瓶，立即朝亨宁的头部砸去，用尽全力砸了三次。真的就像听到有什么东西弄坏了的声音。可在我的内心深处，也有一道堤坝炸裂了：对所有过得比我好的人积怨了多年，这时就像一场雷雨，肆意般倾泻而下。

柯拉聚精会神地看着眼前这一切。我们听到有人轻轻地说一声"太棒了"，却看到艾米莉亚已经站在了门口。柯拉已夺走我手中的瓶子，身子颤抖着转向我父亲。"你们两个走开。"她用意大利语命令道。

"你们大概失去理智了，"艾米莉亚说，"把瓶子给我！"

我踉踉跄跄地走出厨房。柯拉究竟想干什么？等到她站在我旁边，我们听到厨房里传来奇特的声响时，我才预料到她是想杀死我父亲，艾米莉亚现在想必是继续这项工作而已。

　　艾米莉亚出来了。"你们得叫辆救护车过来。你们就说刚回到家里——这一点我可以为你们作证——发现这两个人原本就是这个样子。"

　　我和柯拉不停地抽烟。我这一辈子还没抽过几支烟。柯拉摇摇晃晃地走到电话机前。

　　"玛雅的父亲是什么时候到这儿来的？"她问艾米莉亚。艾米莉亚说不知道。她到楼上去看电视了，不再关心底楼的吵闹。我怀疑院方让父亲出院了，或许他又是逃出来的。

　　救护车很快就到了。人们把这两个人抬上担架，小心翼翼地运走了。显然他们还没有死。

　　我、柯拉和艾米莉亚坐在厨房里，尽管天气很热，却仍然冷得发抖。我们虽然暂时摆脱了这两个影响我们的男人，但对这一来之不易的胜利无法感到高兴。我们心里充满恐惧。

　　"亨宁的脸色像雪花膏一样白。"柯拉轻声说。

　　艾米莉亚接走了我的儿子，有他在自己身边她才能在床上找到平静，我溜进柯拉那张空荡荡的双人床上去了。

　　"我应该哭着在医院里等待大夫的消息，"柯内丽娅说道，"难道不是吗？我们没有一起过去，这像什么样子？走吧，我们得重新穿好衣服，赶紧过去。"

　　要从舒适的床上离开，我感到很痛苦。我们对艾米莉亚说我们想到医院去。她点点头："你们真是聪明的姑娘。"

我们在医院里受到礼貌的接待，被带到主治医师室。护士做出一副所有病人都已死去的表情。可情况并非如此。我们获悉亨宁有两处颅底骨折，加上脑组织外溢，必须立即进行手术。我父亲尽管仍在昏迷之中，但已没有生命危险。他们对他很熟悉，他今天刚从这家医院逃出来。从拍的 X 光片子上看，他并没有骨折。那个值班大夫说，我们目前在这里没什么事，可以先回家；如果有需要，他们会电话通知我们。我们如释重负地离开了医院。

　　我们第二次躺在床上时，柯拉歇斯底里地说："你觉得你父亲看到你干的好事了吗？"

　　"我想不会。这两个人全都神志不清了。"

　　我们还没睡多长时间，有人从医院里打电话过来说，亨宁死在手术台上。等我们重新穿上衣服，警方也打来电话，叫我们不要破坏事发现场，他们马上赶到。"我又要脱下这件绿色衣服了，"柯拉说，"我打算穿黑衣服。把你那条亚麻布裙子给我用一下。"

　　我们还没穿上丧服，门铃响起，警察来了。艾米莉亚抱着哭闹中的贝拉去开门。柯拉一边随意地将黑色连裤袜套上棕色大腿，一边紧张地在楼梯上侧耳谛听。"但愿艾米莉亚不会乱说一气。"她说完，急忙过去了。

　　我们走进客厅，艾米莉亚正在滔滔不绝地说话。可当柯拉一出现，警察就不再听她说话了。如此年轻，如此漂亮，如此清纯，却备受命运的折磨！警察们一骨碌跳起来，请她原谅他们来到现场，并试图用言语向她表示慰问。柯拉低着头坐在沙发椅上，接过一杯茶水。在稍作停顿后，艾米莉亚继续说下去。她讲述了两个醉鬼可怕的酗酒、年轻女士遭受的没完没了的痛苦，而当我父亲躺在医院里，亨宁转而喝起矿泉水时，大家普遍舒了口气。

此刻，他们开始察看事发现场。艾米莉亚用一种无辜的机灵说道，她稍稍做过一些清理。警察收集了瓶子和碎片，对血迹进行拍照，用粉笔在沾满血的地板上标出伤者可能的位置。我们也谈起那天晚上从海边回来时被事发现场吓住了。柯拉很镇静，能够清清楚楚地说出我们在哪个冲浪学校扎营、吃过什么披萨，在哪个加油站停过车。她说什么我总是加以证明，但警官对我的角色不感兴趣。

警察一走，我们就去医院了。我们获悉，我父亲的身体状况好多了，但他暂时还没有能力接受审讯。为了挽救亨宁的生命，他们已经尽了力，可遇到这种重伤，他的死亡是不可避免的了。他们问柯拉是否想看看他。她说现在不行。她得在一张表格上签字，同意进行尸检。我们终于回家了。"我们得赶紧和艾米莉亚谈一谈。"柯拉说，"但愿你已经明白，她可能会敲诈我们。此外，她和警察说过什么，我也并没有全部听到。还有，我现在有钱了。我们可以实施计划，不过对外还是必须保持低调。"

艾米莉亚正在等我们回来，贝拉已经入睡。她连问都不问就拿起柯拉的香烟。看样子她明白眼前的处境。可等到她开始说话时，我们宽下心来了。艾米莉亚在所有方面尽力保护我们，没提出任何要求。"猪的末日就是香肠的开始。"她说。我们一起喝浓咖啡和格拉巴酒，一起抽烟，最后打扫厨房。待贝拉醒来想喝奶糊时，甚至还出现了某种正常状态。我们努力在孩子面前隐藏我们颤抖的紧张不安和漫不经心，跟婴儿开些通常的小玩笑。

中午酷热难耐，我们全都躺在床上，可我和柯拉没有睡觉，而是继续低声说话。

"我有一种不好的感觉，我们还远没有走出危险。"柯拉说，"一切太顺利了。你的父亲如果不去坐牢，还会再过来。而我根本就不相信艾米莉亚，对一个老佣人来说，她太过聪明了。她从一开始就听得懂很多德语，没有让我们觉察到这一点。倘若无利可图，她有什么理由帮助我们呢？"

"对。我们必须给她酬金。你知道你的遗产有多少吗？"

"不知道，我还没有愚蠢到和亨宁谈论他的家产。但我知道他至少在里约热内卢拥有出租公寓。对了，艾米莉亚想给自己买一条狗，她以前的主人不允许她这么做。亨宁也没有允许过。现在她应该拥有一条狗了，即便这只是一种大方的姿态。"我眼前恍惚看到贝拉牵着一条狗蹦来跳去，我觉得这无论如何要比牵着母牛和猪强多了。柯拉继续说道："我最近纯粹出于本能和鲁杰罗终止了关系，所以谢天谢地，他不会在这里露面了。"

"我还以为你和他好极了呢！"

"不错，有过两次，然后就慢慢不行了。这个可怜的小伙子爱上了我，我受不了这种青春期的浪漫。"

"有时我想，你还从没有恋爱过。"

"你真是聪明的孩子。或许我不像你。事实上我觉得女人要比男人可爱得多，可另一方面很遗憾，我对同性恋毫无兴趣。"

"可也有很棒的男人啊，你就想想你父亲吧！"

"这也许就是关键所在。像我爸爸这样的男人我反正永远找不到。"

"我的天，你有一个理想父亲，自己被宠坏了，我有一个堕落的生身父亲，我究竟该说些什么？"

我们不禁放声大笑，取笑我们已过去很久的心理疗法。我们和艾米莉亚重新相聚在厨房时，三个人全都冲到冰箱那里拿冰淇淋吃。

艾米莉亚摇晃怀抱中的贝拉。"明天早上，但愿一切顺利，你又会醒来。"她唱道。

我不喜欢这些话突然从她嘴里说出来。我如此不加考虑地将小孩托付给她对不对？她明白是我杀死了亨宁吗？或者她以为我们只是想教训教训他吗？正如我一开始想到的那样，她显然没有揍过我父亲。她的力气要比我们大得多，想必这个已经不是问题了。


柯拉开车出去，给自己购买雅致的寡妇黑衣服，也把艾米莉亚带走了，在超市门口让她下车。接下来的几天，我们想在家里吃饭。柯拉有一次离开家门的时候被一名摄影师抓拍了。第二天，她的大幅照片刊登在了报纸上：巴西百万富翁被德国酒鬼兄弟杀死。年轻漂亮的寡妇怀着他的孩子。那上面没有一句话是真的。

门铃响起时，我一个人带着自己的孩子。我起先考虑不去开门，因为没有柯拉在场我有点害怕警方。可我还是去开门了，一个人不应该假定自己是问心有愧的。

柯拉的哥哥弗里德里希站在我面前。

我早就过着禁欲的生活，始终一个人睡在床上。就这一点而言，我想起约纳斯来了，毕竟我还年轻，恰恰在这些日子里尤其需要爱抚。我没有预警地向弗里德里希调情。

柯拉的父母非常担心，便打发他过来做谈判代表。一方面他们明显地感觉到女儿禁止他们插手她的私生活，另一方面他们出于责任感为可能无法及时干预而受尽折磨。

可眼下这件事是不可能办到的。弗里德里希，当时在托斯卡纳就有意回避安妮，并且早已爱上了我，如今他简直不敢相信自己的眼睛。我是多么兴奋呀，渴望自己能有一个值得信赖的男人，仿佛我在沙漠里神志昏迷了一样。我们相爱了，好像彼此已经等待了很久。直到这时，我才告诉他我们总有一天不得不说出来的一件事：他妹妹已经嫁人，如今成了寡妇。这个有钱的丈夫被我父亲在醉酒时杀死。这段时间我本人都已经差不多相信这一版本了，毕竟父亲这样的行为也并非第一次。

弗里德里希现在过来真是时候。他帮助柯拉处理所有的手续，他关心法律方面的事务，和他妹妹一起到公证处和领事馆去。他知道如何将消息婉言转告父母，又懂得如何不介入此事。

我和弗里德里希将最近几个月里没有做过的一切全都补回

来了。我不想念约纳斯。尽管碰到各种各样的精神压力，但我在哀悼屋里很快乐，有点兴奋过度，没有去想过未来的事。柯拉看到我幸福的恋爱并没有产生任何妒忌之心，还真的满怀友好。她说一直知道"会出现一次射门"。

艾米莉亚毕竟也认识约纳斯，她很疼爱弗里德里希。她显然不属于道德的信徒，因为她无法不注意到柯拉把她的双人床让给了我。我们现在是三个年轻人、一个婴儿和一个中年妇女在这里居住，并和谐地相处在一起。


柯拉的画室一落成，她立刻开始了创作。她哥哥问："这次你想效仿谁，是米开朗基罗还是乔托？"

她一本正经地回答道："我要成为现代的阿特米西亚·简提列斯基。"

无论是我，还是弗里德里希，都惊讶地看着柯拉。"这个人究竟是谁？"我问道。她哥哥说："别这么神气了。"

"我不会对你们的孤陋寡闻见怪，因为你们没有看过这个画展。阿特米西亚生于大约四百年前，最喜欢画尤迪特砍下赫罗弗尼斯的头颅。一名女仆还给她提供帮助，将那个家伙牢牢地压在床上。"

"我从画家盖得·雷尼那里知道一些这方面的东西。"我很有教养地说，可我觉得这个主题不合适。

可这就变得越来越糟了。柯拉说道："你得站着为我画尤迪特当模特儿，玛雅。说不定艾米莉亚已经准备好扮演女仆的角色了。弗里德里希，你愿意做赫罗弗尼斯吗？"

"不，谢谢，你现在完全疯了。"他说。

我站着给柯拉做模特儿，因为我没有任何拒绝她的理由。她在作画时告诉我，她在简提列斯基身上重新认识自我，后者在十九岁那年一起控告画家塔西强暴自己的案件中出名。"她以艺术创作消除了自己的神经症，"柯拉说，"或许我也能做到这一点。顺便提一下，神经症这个用词是错误的，我指的是心灵创伤。"

"那我如何摆脱我的心灵创伤呢？"我问道。柯拉穿着黑色比基尼站在她那间洒满阳光的画室里，我只好在自己周围拉上一块很厚的蓝色窗帘。

"别说太多话，你必须看起来像个英雄，"柯拉命令道，"但也别像在戏里那样。你就完全做个母象吧！"

艾米莉亚做起模特儿来要比我好，可她也不用挥舞军刀。能让自己的形象在一张油画上永存，她感到无上光荣。她将那幅画命名为《胜利》。

弗里德里希帮她买了一条小狗，它老是四处尿尿。我们必须时刻提防贝拉别爬到那些水洼中。

不容忽视的一点是，艾米莉亚越来越不将自己的责任放在心上。多数时候，她带着自己的狗比波和贝拉在院子里玩耍。我和柯拉都绝不想让她不开心，于是只好自己做饭。

弗里德里希问我是否有兴趣参加在碧提宫举办的夏季音乐晚会，艾米莉亚这时感到自己同样受到了邀请。她已经毫无困难地听懂我们的对话，也不想隐瞒这一点。柯拉不愿意以享受生活的面目出现在公众中，因此作为临时保姆留在家里照料孩子。艾米莉亚和我们一起欣赏音乐去了。

正如期待的那样，尸检结果表明，亨宁是因为严重的头颅损伤引发死亡，不过也因为他饮用了大量的酒精所致。其间，我父亲借助翻译在医院里接受了审讯。他承认酒醉时打人。更多的细节问题他无法记起来了。由于他现在因健康状况欠佳不符合监禁条件，同时还缺乏行动能力，所以只好暂时留在医院里。账单以前由亨宁定期支付，现在则由柯拉埋单。

亨宁的葬礼在不公开的情况下举行，我们成功地守住了这一日期的秘密。柯拉不希望重新作为怀孕的寡妇出现在报端。在墓地里，艾米莉亚指给我们看她那位德国考古学家的坟墓。看样子考古学家是因为死亡而不是因为不忠才离开她的。我们看到墓碑上写着：**阿尔贝托·施奈德博士**。

遗产手续证明比我们想象的更为复杂。虽然柯拉很快就可使用银行存款，但对我们这样的生活方式来说，这也仅够几个月的开销而已。工匠给画室开出的账单很高。亨宁这儿有点股票，那儿有点房产，参与投资过一家交通企业，并且始终还有一些建筑业务。然而，一切都很分散，漫无头绪。弗里德里希在美国通过了毕业考试，但还没有在德国找到工作。他考虑在此之前撰写博士论文。无论如何，他有的是时间和兴趣去关心柯拉的财产。死者未立下遗嘱，有继承权的人没有和她联系过。实际上柯拉完全有能力自己处理这些事，再说她的意大利语比她哥哥说得还要好。可是眼下她像着了魔似的作画，如果弗里德里希这时能替她接下这个令人不爽的活儿，那对她是再合适不过了。她大概认识到，他其实只是因为我才留下来，但为了使自己免受嫌疑，借口是柯拉的帮手来为自己辩护。顺便说一句，我越来越不喜欢柯拉的画了，可我们无法从美学角度和她谈论。她的审美观很病态，而我的审美观太敏感。

约纳斯给我打过一次电话。他正在忙于收割的事，很想我和贝拉·巴特尔，希望我能回去。我让他相信，这时候柯拉更需要我，因为有人怀疑她丈夫是被我父亲杀死的！约纳斯很害怕。他问是否应该过来一趟。我大度地拒绝了，说收割庄稼的事情更重要。

我沉思良久，想着约纳斯是否也为能摆脱我而兴高采烈呢。收割庄稼真的有那么重要吗？难道是约纳斯的母亲太自私，让她儿子承担义务，以至于他不得不放弃自己的家庭生活吗？可这个女人或许认为，我理所当然应该以约纳斯的住所为中心，而不是相反。

我们重新调整了日程安排。我上午去学开车，到大学里参加意大利语培训。柯拉请了个家教登门给她上绘画课。她如此没日没夜地痴迷于作画，以至于因为画笔的挤压，她的右手中指上起了一个明显的老茧。正如弗里德里希所说的那样，他关心的是"财产"，偶尔在院子里也干些实在的活儿，并且装了好几台电风扇。艾米莉亚照料贝拉和比波。下午我来看管婴儿，这时弗里德里希总是不离我左右。柯拉去做饭，艾米莉亚呢，就要看她自己的心情了，要么做做家务，要么无所事事。那是一种逍遥自在的生活，事隔四个星期之后，我们开始消除厨房事件给我们带来的负面影响。

可有时我觉得自己的整个人生充满着压抑感。我从没有独自一人到医院去看望我父亲，我缺乏的是那种没有人陪伴时一个人独自面对他的力量。柯拉和弗里德里希每周陪我过去一次，可这样去看我父亲对所有的人都很难受，对我父亲也是。

我通过驾照考试的时候，我们举行了一次小型庆祝会。我们还有更多令人高兴的成功：比波似乎差不多不再随地大小便了，贝拉在学走路方面已经跨出了第一步，弗里德里希看样子将里约热内卢的一套出租公寓卖了个好价钱，柯拉找到了一个充当赫罗弗尼斯的男性模特儿。那是一名出租司机，为他的这一任务感到欣喜若狂。艾米莉亚做的菜真是太棒了：柠檬百里香、番茄和洋葱烧兔子肉。我们还为此喝了托斯卡纳当地的白葡萄酒。

以前艾米莉亚在厨房吃饭，可现在自然和我们坐在一起用餐。吃的时候她也不再有任何顾忌，而是吃着里脊兔肉。"我也想考驾照！"她说。

我们目瞪口呆地沉默着。她这个年纪完全可以做我们的母亲了，这个年龄究竟还有没有可能去学开车呢？柯拉和颜悦色地说道："为何不呢？可另一方面，你想到哪儿去，我们可以开车送你过去。"

艾米莉亚承认这个肯定没问题，可觉得如果不必求人帮助，那她会更舒服。

"那倒是。"弗里德里希说，"我们还在床上的时候，你可以早点去超市了。"

"不仅仅是购物的问题，"艾米莉亚说，"有兴趣的时候，我可以到法尔恰诺看望我表妹。"

　　我们竭力保持镇静，因为这意味着或许有几天时间我们没法开车了。柯拉终于说道："我最近在考虑是否我们需要两辆车。钱反正是有的。"

　　于是，艾米莉亚到驾校去报名了，我和她练习理论方面的知识。她对我的支持表示感激，偶尔也和我更多地谈到她的过去。她和那个考古学家维持了五年关系，直至他去世。那真是一段幸福的时光，因为第一次有人努力地将她作为一个人认真对待。他们一起去听音乐会，看博物馆，她跟他学德语，也学一点儿法语，他和她说起他写的专著，感谢她的善良。自此以后，艾米莉亚放弃了教堂，喜欢上了所有德国的东西，但她也渴望回到田园生活中去。她说自己一直希望有一个家，可一直没有如愿以偿。现在能和我们在一起，她感到很快乐。

　　九月，柯拉的父母到艾尔萨谷口度假了，在返程途中未受到邀请就擅自到柯拉家里来了。他们显然要亲眼看看弗里德里希告诉他们的事实：他们的小女儿一夜之间成了有钱的寡妇。

　　柯拉不得不忍气吞声的是，现在她父亲希望过问她的经济状况，她母亲因为窗户很脏在数落艾米莉亚，并时刻提醒别马上把钱扔到窗外去。柯拉很愤怒。"这恰恰就是我为何不希望你们到我这里来的原因！我终于知道自己该做些什么了。迄今为止我究竟从这一大笔钱中得到过什么好处？一件丧服，一只放到坟墓上去的花圈！我甚至还没有第二辆汽车！相反，我们那时天天和亨宁一起出去吃饭，可这几周我一直在亲自烧菜做饭！"

她说得对。为不明智的奢侈品支付开销，这并没有列入她的计划之中。柯拉只是想做些让自己快乐的事：画画，在一个美丽的城市拥有一套漂亮的房子，有朋友相伴左右。她不去想那些真金白银的珠宝首饰，或者出门旅行，或者时髦服装，至于第二辆汽车，她觉得要等到艾米莉亚真正能开车时才有需要。

艾米莉亚也没有提出什么过分要求，或者说根本没有任何非分之想。她默不作声地擦窗户，打扫厨房地板，在床上铺上干净被单，以便施瓦布太太没有什么好发牢骚的。可她坐在桌旁和大家一起吃饭，哪怕一个教授也无法剥夺她的这种权利。

虽然我不想在弗里德里希的父母面前炫耀我和他的亲密关系——我稍稍感到有点难为情，可他们还是知道了实际情况。他们不喜欢我欺骗约纳斯。弗里德里希和我情投意合，我们像傻子一样欢笑闹腾，可他从不提及约纳斯的名字。我考虑离婚。可我们在教堂里举行了结婚仪式，对约纳斯来说，婚姻是神圣的，是不能解除的。

四天后，柯拉的父母回德国，我们舒了口气，尽管我们很喜欢他们。"一切都没有问题了。"柯拉说。

而施瓦布夫妇呢，原本以为自己的女儿一定会心情沮丧、渴望安慰，现在感受到的却是那种快快乐乐的气氛：一对谈情说爱的情侣，一个老是被一只小狗啃咬而呀呀欢叫的婴儿，一个满怀自信的女仆以及一个痴迷于作画的寡妇，他们对此既不赞成，也无法理解。

# 12
# 粉红色的云

　　有一些工作能够给人带来快乐。艾米莉亚喜欢用双手揉面，从来没有一件厨房电器进过她的家门。她更喜欢做的一件事就是切肉。她说用一把锐利的菜刀将新鲜的羊腿切成一块块的羊肉，真是一种无与伦比的欢乐。

　　我在这方面无法理解她。当我专心致志地从窗口望向邻居家那个野草丛生的花园时，她却摇起了头。我偏爱棕色草地。在我看来，齐腰高的枯萎了的茎秆、干枯的亚灌木、变成草原的草地或者凋谢的芦苇都是一切美的化身，尤其当晚霞或者晨曦落到它们上面的时候。倘若有一只猫在这荒野追逐老鼠，那我的幸福就完美无缺了。我可以在原地保持不动，将整个世界遗忘。

　　柯拉有其他的怪癖。和许多喜欢到南方度假的人一样，她喜欢看罗马砖瓦结构的老式屋顶，并且和我一起分享这种爱好。燕子在蓝天翱翔，空气中有一股意大利五针松的味道，蟋蟀在发出啾啾声——这是我们喜欢在这里生活的其中一个原因。可柯拉搜集的不仅是印象，而且还有物品：那些五颜六色的羽毛、万花筒和香水我真的很喜欢，可她对死动物的偏爱我难以接受。她希望自己拥有伽利略的手指，我们看到它被珍藏在佛罗伦萨的一家博物馆里。但对此我不敢苟同。

一旦柯拉需要我，我会在第一时间毫无条件地做个倾听者。不仅是因为钱的问题，而且也是因为在情感问题上我极其依赖她。当时我大概真想不动声色地将伽利略的手指卷进一张包装油纸里呢。自从自己赚钱之后，我在清醒地思考，是否自己为了取悦于她而去冒险呢。


亨宁去世后，我开始悄悄地做些力所能及的事。我给一名年轻的阿尔巴尼亚难民上课。我们是在市场上购物时相识的，他在那里给他叔叔帮忙称蔬菜的重量。我们一周两次一起坐在院子里，我从一本过时的《服务员专用德语》教科书里抽一些短句考问他。"您想吃半圆形的有蔬菜馅儿的面食吗？"他问，于是我向他解释，这就是水饺，如今每一个游客都知道。当他心满意足地结束上课时，"您需要账单吗？"就是他的最后一个问题。做这个工作尽管不赚钱，但我的学生总是给我带来一篮子水果。我就像亲自偷了那些水果一样感到高兴。

上次到医院看望我父亲时，那个治疗大夫有话想对我们说。我反正知道父亲的健康状况很不好。他消瘦了，很容易感染多种疾病。医生说父亲的食道又出血了。如果我们可以用车接送他来去的话，院方允许父亲偶尔在我们家里待上若干个小时。医生暗示说，他已和检察院说过话，那里的人知道病人极有可能等不到诉讼开始了。脑伤并不重要。父亲后来死于长达数十年酗酒的后遗症。

我没打算将父亲接回去。虽然我为他感到惋惜，但另一方面他从来没为我做过任何事，而且我也看不出，除了偶尔短时间去看望他之外，我还能为他做些什么。弗里德里希认为我这方面做得不对，柯拉没掺和这事。我也没问过艾米莉亚对此事的想法。

秋天来临，我们又喜欢坐在太阳底下了。终于有一天，约纳斯站在了门口。贝拉没认出自己的父亲，哭着向艾米莉亚伸出手臂。约纳斯感到很尴尬。收割虽然还在进行中，但差不多快结束了。他再也忍不住了，所以过来准备接我们娘俩回去，可这几句话听上去缺乏自信。我起先什么也不说，抱着贝拉，向约纳斯微笑着，希望弗里德里希和柯拉迅速而悄然地将我的东西从双人房里拿走。可柯拉做得更聪明："约纳斯，你今天可以和玛雅睡在我的房间里，我已经把所有东西拿过去了。"

弗里德里希匆匆地离开房间。我希望他自己能将屋子收拾干净。顺便说一句，那一晚他再也没有露过面。

我坐在约纳斯对面，他向我说起他的父母，这时我发觉，除他之外，我父亲、弗里德里希，包括我自己，都是不预先通知一声就站在了门口。可真正的避难者只有我和父亲，其他两个人可以被视为客人。

"我父亲现在纯粹是一个需要护理的病人，"约纳斯说，"母亲必须给他穿衣喂饭，可她当然无法扶起他来，这个必须我来做才行。"

我对教授的话依然记忆犹新，尽管孩子众多，但这对夫妇还是无法彼此包容。"如果你父亲到护理院去，不是更好吗？"我问。

约纳斯对我的提议感到很吃惊。晚饭过后，他就匆匆上床了。和我相反的是，他渴望爱。根据现在的良好习惯，我真想和弗里德里希一起同枕共眠，可我想不出一个真实可信的理由，可以拒绝丈夫的权利。

约纳斯充满着柔情蜜意，我都感到难为情了。可当他开始说，我们是一个整体，他想接我和贝拉回家时，我们之间发生了争执。"我也完全可以要求你留在我这里呀。"我提出理由。

"想必你不是当真说的吧，"约纳斯说，"你以为我能忍受作为寄生虫的生活吗？拿着柯拉的钱过日子，然后为此偶尔干一些小差事，或者砍下月桂树篱吗？"

"那么说你认为我是寄生虫吗？"

"我不对你做出评判。但我可以凭经验向你保证，一个人从事体力活之后会感觉自己非常舒服，无论如何要比仅仅躺在太阳下更为心满意足。"

"也有不是体力活的其他工作。"然后我向他介绍我作为德语老师以及学习意大利语的工作。约纳斯觉得这种事不够完美。最后我建议我们可以离婚。他理所当然提出天主教的理由，对此我无力反驳。

第二天上午，我很晚才醒来。约纳斯并没有躺在我身边。我刷完牙，穿着睡衣走下楼梯。看样子柯拉还在睡觉。我没看到弗里德里希。可艾米莉亚急迫地向我跑了过来，说是约纳斯刚带着贝拉开车走了！我顿时想到这是绑架。艾米莉亚似乎和我有着同样的想法。"在他将我们的孩子带到德国之前，我要先杀死他！"她说这些话时看起来愤怒至极，我差不多有点怕她了。

就在这时候，约纳斯将车开到门前，下了车，抱着贝拉，一只手里还拿着一只很大的白面包。"我本想给你们这些爱睡懒觉的人做早餐，"他和气地说道，"可是家里连面包屑都没有。"

后来，约纳斯又做出了一个决定。"过来，玛雅，"他说，"我们看看你父亲去。"

"我一周前刚去过那里。"我说。

最后他在没有我陪同的情况下独自去了。一小时后，他又回来了，将父亲带到了院子里。我恰好没想到这一点。约纳斯和父亲都听不懂意大利语，可那里有一个护士能说德语，为他本次顺利拜访出了力。父亲身体很虚弱，难以走上几步路。他也不多说话，望着那些树和天空唉声叹气。他什么也不吃，什么也不喝。

其间，约纳斯已经和他的巴特尔熟悉了，想引诱他说出"爸爸"这个词来。我的孩子固执地说道："米拉，马拉，贝拉，可乐。"两个人坐在后院里，让我和我父亲单独相处。终于，柯拉过来了，看到我的无助，劝父亲参观她的画室。走到楼上去花了他很长时间。

看到那幅没有画完的画作，父亲摇了摇头。"尤迪特砍下赫罗弗尼斯的头颅。"柯拉在这幅画下面用哥特式印刷字母写道。

"赫罗弗尼斯看上去不是这个模样。"父亲说。我们承认他说得对。出租司机尽管是一个很热情的模特儿，但他证明自己不是一个忍气吞声的坏蛋。"换作是我，那可要好得多。"父亲提议道，然后在卧榻上伸展四肢。"把军刀拿走，母象！"他命令道。我犹疑着将武器拿走。他最后说什么话了？柯拉神情专注地打量我们。"喏，你快动手吧，"他说，"你就可以最终摆脱我了。"

我放下了那把军刀，注视着他。"我不值得这么去做。"说完我离开了画室。

柯拉给我父亲画了很多速写。他无疑看上去就像一个濒临死亡的人，可平时他和我想象中的赫罗弗尼斯没有任何相似之处，尤其他没有蓬乱的胡子。

三小时后，约纳斯将父亲送回了医院。艾米莉亚在做饭，我和柯拉坐在院子里抽烟。比波在啃弗里德里希落在那里的鞋子。我心情阴郁，不想做任何事。柯拉抱起我的儿子。"贝拉，贝拉，贝拉玛利亚，把你绞死，我明天早上把你绞死。"她唱道。

"你怎么能给一个小孩唱这种乱七八糟的东西？"我训斥她。

"我的老天，你今天可是太敏感了，他不是只能听懂贝拉吗？"她说。

"一个人应该快快乐乐待在这里才行，父亲希望被我刺死，弗里德里希从昨天开始不见踪影，或许他不想扰乱我的家庭幸福，而约纳斯呢，则在尽一切努力把我和贝拉送回他的王国。对此我甚至可以理解他的想法。如果一切恰好相反，贝拉由他黑森林的祖母和曾祖母抚养长大的话，那么我也会动拐走他的念头。"

柯拉在沉思。"凡事自会处理好的。你父亲已经没有多少时日了。约纳斯没有能力做绑架的事，他太听话，也太无聊。三天后他又会去德国耕田了，最迟到那时弗里德里希又会回来了。"

我让自己保持镇静，拿走了比波啃着的那只鞋子。约纳斯回来时，我们开始吃饭了。艾米莉亚吃力地倾听我们用德语聊天。这时电话铃声响起，她毫无例外地去接了。"玛雅，"她叫道，"爸爸死了！"在他拜访我们之后一小时，我父亲因又一次出血而去世。

过了一会儿，弗里德里希打来电话。柯拉和他说了几句话。他说请我们放心，自己已经在一家旅馆过夜了。

"我们不相信你会自寻短见。"柯拉冷静地说，"玛雅的父亲刚去世。"

弗里德里希感到很震惊。他原本只是想打听一下，约纳斯会在佛罗伦萨待上多久。现在他答应第二天上午就过来帮我的忙。

"你知道吗，"柯拉对我说，"弗里德里希的电话让我想起一个主意来了。你处于高度紧张中，理当享受一些宁静和欢乐，别再让两个男人搞得你心绪不宁了。明天我们一早到海边去，我和你、贝拉和艾米莉亚。让那两个家伙去忙葬礼的事吧。我们溜之大吉了。"

对这一计划我们没有和约纳斯说过一句话，但向艾米莉亚透露了这一消息。她开始收拾东西，似乎对这次郊游感到无比快乐。第二天早上，我们打发约纳斯去取新鲜面包，急匆匆地将东西装上车。

"我得再买一辆车了，"柯拉说，"这辆凯迪拉克不适于家用。"柯拉给约纳斯和弗里德里希留了张便条：玛雅彻底崩溃了，需要几天休养的时间。葬礼的事你们多费心了。

我们上气不接下气并且欢声笑语地出发时，从远处看到约纳斯离我们越来越近。我们选择了一条小巷，神不知鬼不觉地摆脱了他的视线。


这次小小的旅行，最终持续了两星期之久，给了我极大的补偿，消除了我的所有不快。我们在位于海边的一家小旅馆里要了两个房间，快快乐乐、无忧无虑地度过了那些日子，仿佛回到了十六岁花季少年。那里阳光灿烂，温暖如春，甚至还可以游泳，而游客蜂拥的场景已经不见，海滩是属于我们的。艾米莉亚欣喜若狂。她赤着脚，和贝拉、比波一起穿越沙滩，寻找贝壳。

"这种日子才是我们应该过的。"柯拉说，"我们必须从好不容易挣来的财产中得到些享受吧。"很清楚，我帮了大忙，同样有权获得这样的待遇。

我的良心时而会在梦里出现。实际上我必须料理父亲的后事。可是他得到了怎样的结局？弗里德里希认真地履行了自己的义务，他难道应该承担这样的任务吗？是否他们已经找过我们了？我猜想约纳斯立即回了家，或许相当痛苦地回了家。我难以预料是否一切变得更糟了。

一天下午，因为天气转凉，我们在海边慢慢开始收拾我们的随身用品。艾米莉亚一边给贝拉和比波分发饼干，一边说道："你，柯拉，是寡妇。玛雅刚刚失去父亲。可你们没有想过穿黑衣服。自从阿尔贝托去世以来，我始终穿着丧服，你们觉得这个对吗？"

我们异口同声地说"不对"，继续啃我们的三明治。

艾米莉亚怀着妒意打量我们的白色牛仔裤和彩色条纹的棉毛套衫。"像这样的衣服可能我是不会穿的，我的肚子太大，不过如果是轻薄的夏装的话……"

柯拉大笑道："艾米莉亚，你的胆子真够大的呀！"

我们一起走进一家时装小店，那里正在折价销售夏季剩下的服装。只要衣服存货里有适合艾米莉亚的尺寸，我们都尽量让艾米莉亚试穿。她其实不胖，但有点结实，腿也短了点，穿裤子就不合适了。最后，她套上了一条粉红色少女连衣裙，看上去迷人极了。她那深褐色的面部皮肤、黑色辫子和那黑色浓眉，再配上那条粉红色梦幻连衣裙，看起来古色古香、浪漫至极。"你这模样让我想起了墨西哥女画家弗里达·卡洛。"柯拉说，艾米莉亚受宠若惊，不知道她在和谁媲美。

我们试图拖着艾米莉亚到理发店去剪掉她的那根辫子，可我们没有如愿。她反正有所顾虑。"在佛罗伦萨我不可能穿着这条连衣裙上街去，可这里的人谁也不认识我。"

我们给她买了双白色鞋子，她也可以穿着它在佛罗伦萨购物。我和柯拉对着我们的粉红色云彩放声大笑，可艾米莉亚并没有生气。她为自己成为年轻少女的一员感到高兴。

我和艾米莉亚只跟柯拉发生过一次争执，因为她想把一只冲到岸上的猪头装进汽车里。"我们完全可以认为这是'自然死亡'。"她说。但因为臭气熏天，她还是让步了。

我们对艾米莉亚的影响完全可以从外表上反映出来：她穿着粉红色连衣裙，抽着烟，裸露着大腿躺在沙滩上。但相反的是，她同样也给我们带来了一点干扰：艾米莉亚试图教育我们注意礼节。当我们懒洋洋地说："把报纸给我。"她一直没有任何反应，直至听到必不可少的"请"字，她才动起手来。至于欺骗、通奸和杀人的事，她没有任何成见，可一旦柯拉说一声"他妈的"，她就会感到十分痛苦。


几天后开始下雨了。我们闲坐在旅馆的房间里，决定回家去。天气预报说未来几天还是恶劣天气。起先柯拉在开车，好让我们顺利前进，我坐在她旁边，艾米莉亚坐在后座跟贝拉和比波在一起。终于，因为柯拉选择开快车，艾米莉亚感到不舒服了。于是我们换了下座位：我开车，艾米莉亚坐在副驾驶座上，柯拉想在后座上睡觉。可突然，我听到她叫道："停车！"

雨中有个人，他背着背包，穿着一条短牛仔裤。一个全身淋湿了的小伙子兴高采烈地从后门上了车。这个人我没看仔细，但匆匆一打量，我感觉他和约纳斯有点相像。不是那个穿着西装、作为医药代表的约纳斯，也不是那个辛苦劳作的农民，而是从度假挂车里走出来、留着胡须、穿着发臭的体操鞋、我曾经爱过的那个不修边幅的约纳斯。

他们在后座上说英语，或者至少是类似的语言。我竖起耳朵听。小伙子叫唐，来自新西兰。他出来旅行很久了，已经跑遍了亚洲。

艾米莉亚摇摇头，用意大利语轻声地咒骂了一句。但愿唐没听懂。在越下越大的雨中吃力地行驶一个小时后，我从后视镜里看到柯拉神情放松地倚靠在唐的胸间睡着了。比波躺在她的膝下，贝拉早就因为车辆枯燥无聊的行驶噪声和雨刮器不停敲打的响声而入睡了。唐含情脉脉地抚摸柯拉的红头发。或许就是这一小小的动作，在我心里第一次激发出一种崭新的同时又是古老的情感：妒忌。

凭借自己的生活阅历，艾米莉亚立即预感到，在温暖的汽车里的这个浑身又湿又脏的陌生男子肯定会给大家带来不和。柯拉不再愿意和我交换座位，尽管她平时只是不情愿才会放下手里的方向盘，而且也不是很相信我的驾驶技术。其实我比她开得更好，更平稳，绝不会老想着去超别人的车。

那天我们很晚才到家，我已经筋疲力尽，艾米莉亚脾气烦躁，而其他几个人沉静而快乐。艾米莉亚马上开始生炉子，烧热水，打开行李，给孩子和比波准备吃的东西。她还不停地喃喃自语，骂骂咧咧的。柯拉带唐参观房子。我发现有弗里德里希的一封信，无论是约纳斯还是他都不在家，我本来也不希望他们在。

弗里德里希的信是写给我和柯拉两个人的。言词里多有责备之意。他说自己回德国去了，因为他投了不同的求职信之后都收到了回复，必须亲自去面试。好吧，这个迟早是要发生的。

现在还有更棘手的事：就在我们出走的当天晚上，他和约纳斯有过一次交谈，看样子这次谈话以两个人的酩酊大醉收场。

不管怎样，弗里德里希将事实真相向酒友和盘托出，明说了他和我的关系。约纳斯那天夜里就回去了。这两个人都喝醉了。我很害怕。约纳斯不应该以这样的方式获悉此事，我欠他一个真相。

弗里德里希最后写道，我父亲还没有被安葬。他说首先这是我的事，其次他既没有获得授权，也没有得到钱和更详细的指示，父亲应该在哪儿以及以怎样的方式下葬。死者已经被冷藏起来，不过需要支付租金。此外，医院也寄来了一张昂贵的账单。我还得忍受这一不幸。邮件里面还有其他几封信，得花我很多工夫——遗产规定、表格和诸如此类的东西。我大声呻吟着。

艾米莉亚很少同情我，而是要求我将狗带到院子里去，并从我儿子嘴里拿走打火机。最后，柯拉开开心心地回到了厨房，而且唐并不在她身边。她说已经打发他到浴缸里去了。"他是否要留下来吃点东西呀？"艾米莉亚愤愤地问道。

"我的天。"柯拉有点傲慢地说，"遇到这种天气，我们自己也不会打发我们的粉红色云彩到街上去呀。"

艾米莉亚很生气。

"你看一下这封信吧。"我请求柯拉道。

"以后吧。我现在饿了，然后还想画画。我很有兴趣给这个唐画个速写。"

肉末酱做好的时候，那个身上干净得发亮的唐恰好也露面了。他从背包里拿出印度工艺品，把他的那些宝贝摊开来给我们看。他送给柯拉一只月光石银戒，送给我一只假宝石戒指。他天真地问，是否我们有女友喜欢购买一些漂亮东西。在夏季旅游旺季，他在希腊打黑工赚了点儿钱，可这些钱快要用完了。我很难听明白他的话，柯拉也觉得很吃力。

"你们澳洲人难道不会好好说英语吗？"我激动地问道。此刻他很委屈，说自己不是移民过去的。他如此痛苦地看着我，我仿佛看到受到伤害的约纳斯站在我面前。

"他是新西兰的几维鸟。"柯拉给我上课。

出于一时冲动，我上前拥抱唐。"谢谢你送给我那只漂亮的戒指。"我说。

柯拉向我投来警告性的一瞥：把你的手从唐那里拿开！艾米莉亚注意到了这一切，将盘子满满地摆放在我们面前。她听不懂英语，希望通过温暖可口的饭菜让我们置身于一个和睦相处的环境中。柯拉继续和唐闲聊，后者急不可耐地吃着饭菜，艾米莉亚很长时间都在和我探讨一个问题：贝拉是不是到了该穿硬鞋的时候了。此刻我听到唐的父母有一个苹果种植园，有朝一日他会去接管它。怎么又来了一个农民呀！

我究竟怎么啦？我真的喜欢这个家伙吗？唐和他的父母约定，从明年开始要做个农民老老实实地干活，但在此之前他想周游世界。一旦手头紧张了，家人就会给他寄上一小笔钱。餐后，他向我们展示中国太极拳，把贝拉逗得直发笑。唐吃了很多，可艾米莉亚并没有为他的到来感到高兴。她早早回到阁楼里看电视去了，并没有像往常一样将贝拉一起带过去。

柯拉用德语说道："我有许多绘画的新想法。我的主题变了。你当然始终做那个尤迪特，但为了更换一下你父亲和那个出租司机的口味，唐可以充当赫罗弗尼斯……"

我把贝拉送到楼上去，发现我的东西已经从柯拉房间里拿了出来。所有的一切都放在那张有着玫瑰色图案的藤椅上。也就是说，她准备和唐一起分享她的双人床了。我觉得这也够快的，是否他知道了这一计划？我把儿子搁在他那张小床上，决定不再到楼下去了。我真是气死了。

粗略一看，唐长得有点像约纳斯：棕色头发，黑眼睛里有着玩具熊那种忧伤而天真的目光，它顿然使我神清气爽。或许他激起了我母爱的情感。难道柯拉有着和我相似的情况吗？她对约纳斯没有起过爱慕之心。唐比约纳斯瘦小，下巴向后倾斜，胡须无法完全挡住下巴，棕色头发卷曲着。你会有种冲动，想到那片茂密的灌木丛中遨游一番，然后会在那里发现小小的触角。不错，就是这样：有点性感，这正是约纳斯缺乏的。

我也想到了柯拉，这是很少见的。对我而言，她是不言而喻的事，也是我的生活必需品，可她也是我认识的人中最令人不安的人。她自私吗？是啊，我也同样自私。我喜欢她的大胆、她的放肆、她的好心情、她的幽默以及她的慷慨大方。她在所有领域都胜过我。我难道不应该为她拥有这个唐而由衷地感到高兴吗？我刚刚摆脱我那个令人讨厌的男人，开始和弗里德里希谈恋爱，不过他现在暂时已经离我而去了。我为何要对这个陌生小伙子产生渴望呢？我几乎不了解他，或许他是个蠢材，和他父亲一样是个农民，反正不久之后就会消失得无影无踪。也许柯拉是因为自己才留下他的，为何我无视这样一个事实呢？我不知道。

深夜我醒来，感到口渴，去厨房的时候路过画室。门大开着，唐睡在长沙发上，他的衣服散乱地堆放在地上。他们上过床，还是没有上过？

吃早饭时，我发觉柯拉特别快乐，她说道："唐需要一双新鞋。谁一起出去？"

艾米莉亚跟着我的视线一起朝唐那双穿破了的凉鞋看去，这个季节还穿这种鞋就显得太单薄了。"我一起去，"我立即说道，"贝拉也需要鞋子。"

艾米莉亚恶狠狠地看了一眼。"我不去，"她说，"要是处在你们的位置，我是不会给这种流浪汉买鞋子的。"

"我们粉红色的云彩自己漂亮的小脚上穿的是一双多么可爱的白鞋呀，"柯拉说，"她难道真的急需过这双鞋吗？"

艾米莉亚气呼呼地收拾盘子。那只牛奶罐碰巧在柯拉面前倒下了，牛奶溅到了她那条崭新的羊毛短裙上。她镇定自若地脱下裙子，穿着黑色裤衩坐在厨房的长凳上。艾米莉亚当着一个陌生男子的面不得不忍受这种无耻的行径，用厨房的湿布将裙子擦洗干净。我觉得柯拉做得有点过分了。唐似乎也感觉到了这一点。他面带同谋的微笑看着我，我不完全明白他是什么意思，但我回报以微笑。

在托纳波尼路的鞋店里，柯拉买了一只用韩国鳗鱼皮制成的手提包，而我呢，正费尽心力地给贝拉穿上第一双坚硬的小鞋子。他就像一个小猴子似的将自己的脚趾蜷缩成一团。

"你想要什么样的鞋子，唐？"柯拉问。

他无所谓。她挑选了一双黑色男鞋，很时髦，价格也很昂贵，穿在他脚上根本不合适。唐穿上了鞋子，点点头，将他那双破鞋扔进了废纸篓里。

"或许我们应该给艾米莉亚带点什么吧，"我提出建议，"一旦家里多了一个客人，她要做的事情就更多了。"

"来了其他客人你并没有说过这种话。"柯拉尽管这么说，但并没有反对我买一束紫菀花和一包巧克力夹心球糖带给艾米莉亚。

回家时，柯拉让唐驾驶凯迪拉克。无疑地，他习惯了家乡无边无际的辽阔，无法适应意大利的交通，因为就算艾米莉亚刚学开车五十个小时，也不可能比他开得更差。柯拉有点不耐烦地提醒说，现在是回家的时候了，她毕竟还有活儿要做。唐已经为充当赫罗弗尼斯做好了准备。我那个阿尔巴尼亚学生也在等着我，我还得继续我自己的学业。

"在你继续画你那块火腿之前，"我说，"你就行行好赶紧看一下你哥哥的那封信吧。或许你已经想到了这一点，无论是弗里德里希，还是约纳斯都不在家里。"

"我估计弗里德里希生气了。"

"不管是否生气，他们并没有安葬我父亲却是事实。"

"那现在他在哪儿？"

"在某一个冷冻柜的格层里。"

柯拉笑了。"那就不用急了，让他太太平平在那里再待上几天吧。"

"他以往关心过我吗？他为葬礼付过钱吗？"

"我记得他曾经出现在你哥哥的葬礼上。"

一般来说，我们尽量避免提及卡罗的名字。我愤愤不平地说道："为了自己能够喝酒喝个痛快，他也肯定会在我的墓前露面。"

我禁不住痛哭起来。我从柯拉那里学会了冷漠而傲慢地谈论死者，可这样一种姿态，尽管是她喜欢的，却令我感到痛苦。

柯拉开始看那封信。"这是可以预料到的，"她说道，"你暂时得摆脱他们两个人。顺便提一声，现在要轮到我了！"

这是一种警告。"我根本不知道你想干什么……"我说。

画室里传来持续不断的大笑声。我太高傲了，不想进去。艾米莉亚不同意地摇摇头。我们安装了一套新的供暖设备，工匠们做事很马虎，艾米莉亚在和他们争吵不休。

我父亲应该被安葬到哪里去呢？我也不清楚。无论如何我不希望柯拉为此支付很多的钱。吃中饭的时候，我又一次提及这个话题。

"行啊，"柯拉说，"你想节省我的钱真是太好了。将很多钱耗费在墓地里，我也觉得毫无意义。像亨宁的葬礼，那是没办法，公众都在关注这件事。我建议我们可以将你父亲的骨灰下葬到亨宁的'大床'上，完全匿名。谋杀者和牺牲者躺在同一张双人床上。"

她说的是德语，可艾米莉亚听到"谋杀者"一词时挖苦地笑了一下，奇怪的是唐也同样笑出了声。我觉得柯拉的想法太棒了，决定在接下来的几天里把这事给了结了。

柯拉画画的颜料用完了，她立即驱车前往城里去了。我和唐单独待在一起。

# 13
# 肉色

今天我能够在我的大巴上成为女王（原先的公主已经长大成人），并且掌管二十个臣民，这无论如何要归功于这个该死的唐。由于唐扮演的双重游戏，我和柯拉第一次发生了意见分歧，我终于下定决心，至少必须摆脱物质上对她的依赖。

像唐这种人很少会坐在大巴上，因为他们讨厌有组织的旅游活动，宁愿带上自己的酒瓶、吉他和背包，懒散地躺在喷泉前的石子路上。可要是有人错走到我那空调大巴上，我是绝对不会首先对他微笑的。我那整洁的衣着阻止我去接近他。我那些通常的客人应该喜欢这一点，这么做确实也很正常。如果要把一个社会地位很高的德国官员争取过来，那也不会有什么问题，但这一点不符合我的胃口。顶多是这些先生的皮夹子令我感兴趣而已。

有一次我碰到了这样一个聪明伶俐的花花公子。他想去一个"有特色"的地方喝杯浓咖啡。我带他到了一家酒吧。我们仿佛骑马一样，坐在酒吧里那些不堪入目的高脚凳上，凳子是用塑料和铬合金做成的，我们和邻伴一样将鞋跟踩在伞架状的支架上。有人在我们旁边的台球桌上打硬地滚球。邻近房间是一间赌博室，那里人声喧哗。"禁止十八岁以下未成年人入场"的标语似乎吸引了许多年轻人，他们倚靠在廉价的贴面板做成的夹室的墙边喝东西。人们无拘无束地将垃圾扔到人造大理石地板上。偶尔会有一个姑娘进来购买冰淇淋。那个店主，又矮又胖，有着一张调皮而友好的脸，手里拿着一份《运动员》报纸告诉我们德国国家足球队的战绩。

我在这里感觉挺舒服的，相反陪同我的那个人失去了对我和对咖啡的兴致。游客们恰恰有着和我不一样的爱好。在浸礼堂，令我大为振奋的是地板，而游客们大多不会去关注它。在六月赏心悦目的夜晚，他们坐在一起喝基安蒂葡萄酒，而那些不懂艺术的人并没有察觉到，就在潮湿的院子里，包括在我们的院子里，最叫人心旷神怡的仲夏夜之梦已经开始了。成百上千只萤火虫在翩翩起舞，组成了一台悄无声息的烟火晚会，如仙女般艳丽，有幸亲眼目睹这一场景的大多数人，深深地体会到最为美丽的事物是可以免费欣赏到的。

有时候，在夜晚的院子里，当我周围被蝙蝠环绕，林间散发出醉人的芬芳，当"一股轻柔的风吹来"，那么对爱情的渴望就会在我的心头荡漾。令人惊讶的是，我想起了唐这个流浪汉。


柯拉当时离开我们去购买颜料时，我们坐在厨房温暖的炉子旁。艾米莉亚在清洗东西，贝拉在用鸡蛋搅拌器敲击一只铁皮碗。比波躺在他身边，在撕一张报纸。

"过来，我们喝杯格拉巴酒。"我对唐说，于是我们一起去了客厅。这里相当冷，工匠们已经更换了锅炉，关闭了加热器。厨房用木料和煤炭取暖，可我不想待在田园般的家庭生活里。

唐冻得发抖。"我上面的房间很暖和。"他说，指了指柯拉的画室，那里摆放着一只小电炉。

"她去哪儿了？"他问。

"买颜料，她需要红白两色，可以调制肉色。"

"那是什么？"

"皮肤的颜色，肉的颜色。"我说，因为我想不起来"肤色"用英语怎么说。

"你有一个美丽绝伦的肉色。"他说，拿起我的手。

我有点过于僵硬地从他手中挣脱开。唐说："她有钱，是吗？这个房子和一切都属于她的吧？你在这里生活必须做些什么？"

"我只是到这里来做客的，我们是老朋友。"这究竟跟他有何相干？我很愤怒。可他变得愈加无礼了。

"我大概必须做些什么才能待在你们这里呢？"

"我想你是想看一下欧洲……"

"当然，可是要想了解佛罗伦萨必须有时间才行，对吧？"

柯拉进来了，很讨厌看到我们俩并排坐在长沙发上，严厉地命令道："开始工作了！"唐不得不躺了下来，将那把想象中的剑插入他的头部。我回到了厨房。

艾米莉亚看到我一副不高兴的面孔，说道："把他赶走！"

她反复地喃喃着"魔鬼"，在胸前画了个十字，尽管她从未去过教堂。

为了让她高兴起来，我在她面前唱起了德国歌曲，贝拉高兴得击起了鼓。

"阿尔贝托。"艾米莉亚说道，一滴眼泪滴到了清洗的水中。

"嗯，你过来，"我说，"我们带孩子一起到外面呼吸一下新鲜空气。"

艾米莉亚立即脱下了那条粉红色连衣裙，换上了一件黑色女服，于是我们带上孩子和狗艰难地出门了。


我们一回到家里，柯拉就让我鉴定一下她为一幅油画所作的速写。唐的脑袋恰好能放到一只篮子里，一个家庭妇女手里提着这只篮子，就好像刚从市场上回来。唐暗示说，他本来希望不仅贡献出自己的脑袋，而且可以作为裸体模特为她服务。

"嗯？"柯拉问道。

"你的画作有一个致命的缺陷，"我说，"恐怕你难以把它展览出去。"

她觉得，对一个艺术家而言，重要的不是物质上取得成功。"在那些画上可以认出你的父亲或者亨宁，我是可以保守秘密的。可是有谁认识唐呀？"

"我觉得，假如有人将我视同为尤迪特或者莎乐美，那同样是不合适的。"

晚餐在非常舒心的气氛下进行，艾米莉亚带着贝拉和比波偷偷走掉了。我们喝着啤酒，唐谈起了尼泊尔之行。我很早上床休息了。

有一种触摸将我从沉睡中惊醒。唐躺在我身旁的床上。我不知道英语骂人的话怎么说。"滚开，猪猡！"我说，或者诸如此类的话。他吻我发干的嘴巴，我马上惊醒过来了。"你滚开，我已经说过了，到柯拉那里去，别来烦我。"我怒骂道。

"她不喜欢我，她把我打发走了。"他说。我觉得很为难，可我的反抗不是很坚决，他最终留了下来。

第二天早上，我睁开眼睛，柯拉站在我床前，用一种预示不祥的神色看着我们。"就是这么管吃管喝。"她说。唐也醒了，全身赤裸地从床上爬起逃进了卫生间。

"他说过你不想要他。"这话听起来很可怜。

"这个混账东西在撒谎。"柯拉说，"你为何相信他的话？"

"我没有请他过来，他半夜三更突袭我。我们最好立即把他轰出去。"

"这不行，我需要他做我的模特儿。"

第二天他躺在了柯拉的床上。我知道得很清楚，因为第二天我也看到了这种静物写生。

为何我们偏偏爱上一个令人讨厌的小老鼠呢！唐尽情地钻我们的空子以便从中捞取好处。从那时开始整个大楼里争吵不断，我们相互指责对方的不是。卡罗的所有物件都被清空出去了。我说，要是柯拉没有无所顾忌地挑逗他的话，那么就不会发生强奸企图的事了，我哥哥现在还会活着。她说唯有我在现场才能阻止这样的企图，她也从来没有要求我去做杀人的勾当呀。

那么在亨宁这件事上又如何呢？她同样没有自己下毒手，而是让我出手。她嚷道，我肯定也渔翁得利了，这样才能在这里尽情地享受生活。

"你总是把责任推到我的头上！我会走的，这大概也是你真正希望的。在你眼里，唐要比我们多年的友情更重要。"

"不。"

我们发生争执的时候，唐大多在场，懒散地躺在柯拉的躺椅上，或是打瞌睡，或是抽含大麻的香烟。我们认为他听不懂我们的话。

本来我们应该从"艾米莉亚事件"中吸取教训。在唐这里也可能会出现类似的情况。他外公外婆是黑森州人，他母亲总是和他们讲德语。唐尽管真的只会说"再见"之类的话，但他的听力要好得多。

我刚刚得到消息，他以敲诈的目的和我接近，并暗示说他了解某些详情，所以他和我一样有权利在我们这里一辈子过寄生虫的生活。我并没有把他当回事，可艾米莉亚始终全神贯注地倾听，观察唐的反应，进行了缜密细致的研究。

我和唐只睡过一次觉，为此不得不忏悔。柯拉从那时起天天和他上床。不过她这种享受没能维持多久，因为过了没几天，她的情人就生病了。可能他得了一种传染病，她猜测，必须看大夫才行。但唐不愿意，说是在印度时他常常得腹泻，总是不用看医生就会痊愈。他说只用禁食一天，第二天喝点白酒，吃些苏打饼干，就会没事了。禁食的第二天，艾米莉亚为他准备了甘菊茶，给了他一只剩下的白面包，另外还在电炉上烧咖啡豆，制作成炭药丸，他很感激地服用了。他喜欢那些天然产品。

尽管如此，他的健康状况还是很差，治疗没什么起色，他一副无精打采的样子，既无法成为情人，也不能胜任模特儿的角色。我和柯拉相处得更好了。我们吃饭睡觉没有了唐的陪伴。他躺在画室的长沙发上，或者整天泡在厨房温暖的炉火旁，似乎对周边环境失去了任何兴趣。"如果明天还没好转的话，我得叫大夫过来了。"柯拉说，"谁知道他是不是得了热带病，谁又了解这样的病症呢？"

这样的事没有发生。刚刚混合好的肉色变干了。

柯拉想和我一起到帕拉丁那画廊，指给我看一张简提列斯基的画作。"你知道，我已经看过这幅画，但我记不得细节了。这幅画叫《Giuditta e la Fantesca》[1]。"

"或许你又觉得我缺乏教养了，可我真的不知道，Fantesca是什么意思。"

"艾米莉亚就是这样一个人。假如你是我的 Fantesca，也就是我的女仆，我就叫你大象。"

那幅油画给我们留下了深刻印象。尤迪特漫不经心地将那把剑搭在自己的肩上，仿佛手里拿着一把旅行拐杖，她的女仆把放着砍下头颅的篮子撑在腰间，好像里面放着洗好的衣物一样。两个人朝右边转过身来，看到了没有被观察者察觉的东西。她们衣着华丽，可女仆缠绕在脑袋上的那条头巾很不协调。尤迪特漂亮的发式用一根金针别住。光线照在她美丽的轮廓上，

---

1 意大利语：尤迪特和女仆。Fantesca 为"女仆"的意思。

显得有些精神错乱，又有一种斩钉截铁的感觉。甲状腺肿大影响到我的情绪了。

"这样肯定可以作画了。"柯拉说，做了一次深呼吸，"你可瞧瞧尤迪特的皮肤，我从未见过这种肉色。"

我伸长脑袋才能看清楚篮子里的赫罗弗尼斯。他真的和唐很相像，有着一张几乎淡绿色的脸容。

"如果唐身体康复了，你给他从各个角度画好像之后准备干什么？"

"那他就可以下岗了。"柯拉高兴地说，搂住我的肩膀。

我们还看了其他的画作，仿佛回到了旧时光一样相处融洽，一起去吃冰淇淋，很晚才回到家里。

"贝拉得吃东西了。"艾米莉亚带着责备的语气说道，尽管以往她经常一个人照顾他。我们进入厨房。贝拉在哭个不停，狗在嗥叫。唐躺在墙边的一个角落里。"他怎么啦？"柯拉惊骇地问道，因为他看起来就像一具死尸。

"死了。"艾米莉亚说。空气里弥漫着一股熏人的异味。

"天哪，你为何不叫来大夫啊？"

艾米莉亚突然像极了尤迪特。"Non voglio nessun dottore"[1]。她尖叫道。

柯拉摇了摇艾米莉亚的肩膀。"究竟出什么事了？"

艾米莉亚不禁失声痛哭起来。"必须这么做，"她哽咽道，"这样下去不行。他手里掌握着我们所有人的把柄。"

"怎么会这样？"

---

1 意大利语：我不想要大夫。

"我给他下了毒……"

我们不知所措地看着对方。"她疯了。"柯拉说。

"我们必须叫来警察和大夫，"我对艾米莉亚说，"我们帮不了你。"

"大夫也救不了他。"她说。

"他必须签发死亡证，你懂吗？唐不能在厨房里放着！"我保护性地抱住我的儿子。

艾米莉亚擦干眼泪，说："你们根本就什么都不明白。这家伙想要敲诈你们！顺便提一句，我也完全可以这么做，如果你们好好回忆一下的话！我可以向警方讲述一个绝妙的小故事。"

我顿时愣住了，可柯拉冷静地说道："谁也不会相信你的话。不过你给我说来听听，你准备如何处置这个尸体……"

艾米莉亚此刻马上精神起来。"我已经想得清清楚楚了，这个绝对没有问题。"

"开始说吧。"柯拉说。

"不，"我说，"这种事我根本不想知道。要是艾米莉亚杀死了我们的客人，她就应当自己承担责任。"

"我还以为你是我的朋友呢，"艾米莉亚说，"原来你是一条蛇。我看得很清楚你是怎么按照命令砸死亨宁的！所有的一切我都原谅了你们，因为我喜欢你们，因为和你们在一起我感到很高兴，我也希望一直和你们生活在一起。我是出于对你们的忠诚才干掉了这个家伙。可什么是感激呢？"艾米莉亚伸手去拿意大利巴马干酪，表现出一副凄楚的样子。然后她继续说道："在海边的日子是多么美好啊！这正是我的人生暮年所期望的：两个可爱的女儿、一个外孙、一只小狗。我差不多开始返老还童了。可后来，来了这么一个魔鬼，把一切弄得一团糟。我的孩子们无法彼此相处，整天大叫大嚷，争吵不休。"

"我们不是你的孩子，"柯拉说，"你别到检察官那里玩这种戏剧性的登台亮相了！"

"那好吧，"艾米莉亚说，"你们会感到大吃一惊的！你们以为能找到像我这样一个人吗？从早到晚地为你们服务，打扫卫生，烧饭做菜，洗衣服，照顾孩子，老是给你们熨烫衬衣。连做母亲的都不会去做，你们这些不知道感恩戴德的自私自利的女人！你们就好好考虑一下吧，一旦这个家伙在这一带出了名，那么要想搞死他就不那么轻而易举了。现在谁也不会想起他来。"

我们狼狈地沉默着。她说得有道理，但另一方面，她在我们这个非正义的大家庭里过得很愉快。

"……而且此外，他踢过比波，在我的春白菊幼苗上撒过尿。"她说，气得涨红了脸。

柯拉开始让步。"这做得真是太过分了！你能否好好地给我们透露一下，你想如何处置这具尸体？"

"每当我去看望我表妹，"艾米莉亚高兴地开始道，"我就帮她一起杀猪。我一定会肢解这个家伙，我们可以将他切成十二块，将它们冷冻起来，然后再慢慢地运走。"

我吓得张口结舌。"在我的屋子里不许有尸体被肢解。"柯拉大吼道，"哪怕最微乎其微的血迹，多年过后还能够被查个水落石出。尤其是这种乱七八糟的事，我是永远不会答应的。

你大概是变态吧？"

"那么你呢？"艾米莉亚问道，"你老是画一些被刺死的男人和被砍掉的脑袋，这个究竟又如何解释呢？"

我小心翼翼地问："你如何将这十二块碎尸运走呢？"

"这很简单。我和贝拉出去散步，将一小包碎尸放到童车上。如果一个婴儿坐在上面，谁也不会预料到……"

我顿时叫嚷起来："我的贝拉不可能坐在尸体上面！"

可柯拉此刻有了兴趣："纯粹从理论上说，你想把这一包包碎尸带到哪儿去呢？"

"我可以把它们扔到公园里的垃圾桶里。"

柯拉摇摇头。"第一次可能会成功，或许甚至第二次也还行，但之后呢，一定会有人暗中守候起来，整个佛罗伦萨的每一个垃圾桶旁，都会有一名警察看守着。"

艾米莉亚又提出了其他建议。"我也可以去看望阿尔贝托，把一包包碎尸扔进敞开的墓穴中。"

"这个建议要好多了，"柯拉说，"可是，一旦有不明物体出现在墓穴里，就会引人注目了。除此之外，我禁止采取肢解尸体的方式。"

艾米莉亚坚定不移地说道："这样的话你就可以静下心来画这个被割下的脑袋了……不过我还有另外一个建议：玛雅的父亲火化时，我们三个人一起到火葬场参加告别仪式。我们每个人拿上四小包，每只手上提上两包，等到我们和她死去的父亲单独相处时，我们就把包裹搁到他下面。唐和父亲一起被推入火炉……"

"艾米莉亚的想象力真够丰富的。"我赞赏地说道。

可柯拉对这种天才般的计划还是不满意。"要是我们每个人身上都携带着这四只沉重的包裹，这究竟像什么样子！用几束鲜花是无法遮掩的。我估计每个人得提上四十磅才行。另外，我会留在家里，尸体不会被肢解的！除非是我准备彻底放弃使用那只冷冻柜。"

这时我给贝拉喂了饭，然后带他上床睡觉去了。等我重新回到厨房时，只见她们正将无声无息的唐的头和脚分别装进两只塑料袋里，因为一只无法装下整个尸体。看来，柯拉已经决定不再报警了。"得需要一台塑料薄膜焊接机。"她说。和以往一样，艾米莉亚善于机灵地助她一臂之力。她用电熨斗在唐的胸腔位置上将两只袋子焊接起来。在这个过程中，她还不断地消除包裹里的缝隙，让里面尽量保持真空状态，仿佛想把一大块烤肉冷冻起来。

"那么现在呢？"我问。

艾米莉亚说："暂时没什么好做的，现在可以先睡觉去，明天再见机行事。"她将所有的百叶窗合上。"或许明天工匠还会过来。"她说。

柯拉摇摇头。"这样可不行，艾米莉亚。要么你今天把这事处理完，要么我报警。"

"我现在又想出了一个主意，"艾米莉亚说，"可这要等到明天才能做。另外，这个方案可不便宜，你们得买上一辆吉普车。柯拉反正想买第二辆车……"

我觉得这个行不通。我不喜欢吉普车。"如果真的需要一辆车的话，我可以给你们偷一辆车，"我提出建议，"只派上一天用场，不必特地去买上一辆车。吉普车究竟能派上什么用场？"

艾米莉亚感觉自己成了关注的焦点，开始绘声绘色地谈起了她的计划。"我表妹居住在山上，那里有许多被遗弃的房子。我知道其中有一个房子里存放着干草。我们开着吉普车把唐送到那里去——开其他车无法爬上陡峭的山路——然后我们把他扔进干草里，就好像他在那里过夜似的。我们给他带上背包。然后我们点上蜡烛放在他的床侧，再悄悄离开……"

"你到底使用了什么毒药，又是从哪儿弄来的？"我问。

"阿尔贝托留下来一大箱药物我还一直放着呢，我一开始只是给唐吃了点泻药。"

"他吃泻药很难死掉的！"

"我不是告诉过你们嘛，阿尔贝托是考古学家，你们绝对知道那是一种什么样的职业。他在考察旅行时也会带上氰化钾胶囊，或许是用来对付狼的吧，我不是很清楚到底用于什么……"

"那想必唐是自愿服药的吧。"柯拉反应很敏捷，"他拒绝服用传统药物，相信自然疗法！"

"我把这种胶囊碾压成黑色粉末，他不反对服用这种炭药丸。"

我拿上柯拉的外套。"我这就去偷辆吉普车回来。"我激动地说。

"你真的能偷到吗？你是拿上一根铁丝吗，或者你打算怎么做？"柯拉问。

可惜我在这种技术方面相当无能。我还从未换过一只轮胎，对驾驶一辆陌生汽车也心存恐惧。"我到我们常去的那家迪斯科舞厅去,"我毫无把握地说,"那儿的门口总是停着一辆吉普车。无论如何我得搞清楚这辆车是谁的,然后把车钥匙偷到手。"

柯拉又成了喜欢参与冒险活动的老手。"算了,"她说,"我知道有一个更好的办法。我认识大学里的一个家伙,他有一辆吉普车,至少类似这种车子。除了吉普车之外,这个有钱的娇儿子还开一辆赛车。他自以为是一名雕塑家,偶尔用吉普车装运大理石块。我过去看一下,把他的车钥匙偷过来。"

我和艾米莉亚很激动。"你和我一起去,"柯拉说,"你开车,在下面的大街上等着。假如这家伙不在家,我就不进去了。那我们必须一起去迪斯科舞厅了。"

我们出发了,路程不远。万不得已的话,柯拉可以走回家去。艾米莉亚和塑料包裹以及睡梦中的贝拉一起留在家里。"如果我不回来的话,你可以开车到加油站去,把那两只备用油桶加满油。"柯拉吩咐道。我等候了五分钟,看到上面提到过的公寓里亮起了过道灯,于是开着凯迪拉克到埃索加油站加油去了。


我回到家,看到艾米莉亚已经将那只包裹拖到了大楼门口。"还好他真的不算重。"她说,"我们肯定可以把他装进十二只小包裹里去。"

"如果今天搞得到吉普车的话,"我问,"那我们今天得开多远?我该如何安置贝拉呢?"

艾米莉亚有点支支吾吾了。"大概要五个小时吧。"她说。

"那我们得带上贝拉。"我做出决定，可觉得这完全不合我的意。我是否可以待在这里不走呢？艾米莉亚必须带路，我们中有一个人必须开车，可是，我们三个人在这样的行动中都是不可缺少的吗？

柯拉进来了，手里摇晃着两把钥匙。"这个简直太小菜一碟了，"她说，"那家伙去拿葡萄酒，我把手伸进他的大衣口袋里，一个吻，一口酒，就这么完事了。巧的是，那辆车停在地下车库，他无法听到车子开出去的声音。"

"可要是他今天还需要他的吉普车，那怎么办？"我问道。

"肯定不会，晚上他开另外一辆车。再说他根本不想走出家门了。明天一早他的车又会停在停车场，他只是有点惊讶，车钥匙竟然插在车上没拔下来。"

"柯拉，我不能留下来吗，或者你？我不希望贝拉一起去。"

"要么所有的人都去，要么谁也别去。"柯拉说。

艾米莉亚把头伸到窗外探看。虽然才十一点，可是因为天气不好，外面相当安静。"走吧，"柯拉说，"现在我们必须动手了。先把吉普车倒回到大楼门口。"

柯拉开车去了，我给贝拉穿上保暖衣服，艾米莉亚将那条哀鸣着的狗带到卫生间。然后我们费力地将包裹一直抬到车前，等待大街看上去冷冷清清为止。柯拉打开车门。我们不得不再一次用力提起重物，将尸体安置到车后的地板上。

"孩子们，你们得穿上其他的东西。"艾米莉亚说，"体操鞋和黑色衣服。"

比波在卫生间里像头狼崽一样嗥叫不已。"这不行，"我说，

"邻居们听见叫声，马上会发觉这楼里没人。"比波重新获得自由，柯拉骂骂咧咧的，因为这时候贝拉也开始叫喊起来。

最后，我们带上孩子、狗、温暖的被子和尸体一起出发了，唐的背包放在副驾驶脚前。起先我在开车，因为柯拉想驾驶后面那段艰难的山路。"你刚才那么短暂而突然地看望你那位雕塑家，你和他说了些什么？"我问道。

"以前，在还没有认识亨宁之前，我和他经常在一起。他追求了我好几个月。我嫌他服用可卡因太多了。上一次见到他是在简提列斯基画展上。我之前问过他，是否他有那个画展的目录，可这个吝啬鬼没有买。不过他满怀热情地想再次见到我，因此准备设法弄到那本目录，过几天想把它带给我。"

"圣母玛利亚！"艾米莉亚悲叹道，"这个家里不是又要来一个小伙子了吧！"

"你听着，"我叱责她，"他不会是柯拉家里的最后一个小伙子，你也不可能杀死他们所有的人。你且告诉我真相，你究竟对唐下了什么毒手，他毕竟没有对你做过什么坏事呀。"

柯拉也说道："他把整个家里弄得鸡飞蛋打，这种说法我也不同意。他可以搬到其他地方去住，这个问题完全可以自行解决。"

艾米莉亚说道："你们比我想象的更傻。唐比我更能说德语，他看了弗里德里希的信件之后放声大笑。他懂得四处寻找你们沾满血污的过去的那些蛛丝马迹。顺便说一句，我也不是很清楚那个氰化钾是否还能起作用。"

突然，我远远地看到警车的蓝色灯光。在我前面的所有车辆刹车了，在我后面的车辆迅速排起了一条长龙。"警察！他妈的！对不起，艾米莉亚，"我说，"我们现在怎么办？"

柯拉将口香糖吐到唐的旅行背包上。"下车，让我来驾驶，你就装傻吧。"我们立即换好了位置。一辆辆汽车逐一接受检查。马路很窄，对面还有车流，掉转头来绕道行驶已经不可能。我们掉进陷阱中了。

终于，柯拉不得不打开车窗。两名年轻的警察要求出示证件。其中一名警察打着手电筒对着后座照了一下。柯拉突然说起了结结巴巴的意大利语。她给他们看驾照。警察又要求她出示车辆行驶证。柯拉起先根本没有听懂，然后突然神经质地大笑一声：证件都放在她朋友的床头柜上了，真没想到！还没等到警察继续提问，艾米莉亚将头伸出车窗外，请他们别那么大声说话，否则婴儿就要醒来了。我转过头来，看到贝拉躺在尸体上，吓了一大跳。艾米莉亚对袋子重新包扎过。比波开始吠叫。"我的天哪，小宝贝马上就要哭了，你们怎么能如此残忍呢？"艾米莉亚严厉地说，警察示意我们往前开。我们听到他们还在说些什么，毕竟他们寻找的不是三名女子，而是两名在逃犯。

交通堵塞还没有结束，我们抽起了烟。当我们平静一些时，艾米莉亚问道："你们俩究竟多大了？"

"二十。"

"我差不多五十五岁了，"她说，"在你们这个年纪，我还没有男朋友。可我不知道是否应该妒忌你们。"

"最好不要，我们过得比你艰难得多。我们今天所做的那些事情，你在你的青年时代是不会发生的，你这个幸运儿。"艾米莉亚点点头，从自己的裙子上摘起狗毛来。

"我们真的应该把汽油浇到他身上吗？"我问。

"不，"柯拉说，"人们会以为他是在蜡烛点着的时候入睡的。"

"这样的话，我还得将他的证件重新塞到他的背包里去。"我考虑了一下说，"为了谨慎起见，我把它们统统拿出来了。"

柯拉问："他的随身物品里还有什么特别的东西吗？"

"没有任何东西可以推断出他的新西兰出身，不过值得注意的是有一本旅馆手册。家里没有寄过来一封信，甚至他母亲也没有来过信。可是你会感到惊讶的是：他已经结婚。"

柯拉说："是吗？我们不是也已经结婚了嘛。"

通过自己这种流露出反感的看法，艾米莉亚感觉自己获得了认可："我真的和你们说过，他是一个魔鬼。在这个世界上四处游荡，对自己可怜的妻子不闻不问。"

我装出很生气的样子。"别那么老套了，艾米莉亚，如今这真的已经不再是问题了。"

有一阵子，我们默默无言地开车穿越一段漆黑一片、渺无人烟的地区。艾米莉亚早就将贝拉重新从那死人袋子上抱了出来。这时比波已经睡在了唐身上。为了不惹人注目，柯拉开车比平时慢。一旦马路分岔，我们必须拐弯的时候，艾米莉亚会及时提醒。

忽然间，柯拉说："我饿了！"我也发觉，除了冰淇淋，我们已经好几个小时没吃东西了。

"先工作，后娱乐。"艾米莉亚说，"我已经把美味可口的三明治打包好了，可是要等到我们甩掉他之后才可以享受。"

"你想得可真周全呀。"我不无敬佩地说。

艾米莉亚顿时喜形于色起来。"热茶我也带上了，"她谦虚地说，"一小时后我们就到那里，然后就可以稍作休息了。"

柯拉停下车。"你这就把你的野餐拿过来。我现在饿了，一小时后或许我就没有胃口了。"

艾米莉亚以一个厨师的眼光将装有茶水的保温壶和面包拿了出来。我们一个个狼吞虎咽，吃得很是尽兴。

艾米莉亚按摩了一下自己的静脉曲张。"这个唐究竟是怎样的一个人？"她毫无恶意地问道。

"就像今天的天气，"我说，"温和，有风，但不是魔鬼。"

艾米莉亚放声大笑，给我们分发意大利香肠。比波跳到了她的怀里，也想给自己弄一根香肠吃，艾米莉亚不小心将热茶倒在我们的包裹上了。她骂了一声，比波此刻也成了魔鬼。好在没有任何东西可以撼动贝拉的睡眠。

终于，我们又开始继续向前了。半小时后我们抵达艾米莉亚表妹居住的那个村子。我们不得不拐进一条狭窄的山路，在这条路上行驶成了一件折磨人的事。这段路程越来越像一条干涸的溪涧的底部，厚实的岩块挡住了我们的道，路从右边陡峭地向山下伸展。起初柯拉得心应手地开着车，专心致志而又郑重其事，可过了一会儿她就失去了兴趣。"这是大象走的一条小道，"她说，"你开吧，我受不了了。"

我们交换了位置，我只好开着我不习惯的吉普车在黯淡的光线下继续艰难向前。"如果现在有什么东西向我们迎面而来呢？"我问道。

"在这午夜时刻是绝对不可能的。"艾米莉亚说道，"即便在大白天，也很难看到有车过来收割干草。"

突然，吉普车停下了，我的心脏也停止了跳动。柯拉立即明白是怎么回事。车上的汽油用完了，可我们的车上还带了两桶油呢。在我给汽车加油的时候，柯拉为我打手电筒。"你干得不错，"她称赞我，"总有一天你会成为一个有用的司机。"

我们终于抵达目的地，除了那个坍塌的房屋之外，还看到了车辆掉头的地方。窗户被打坏了，一部分屋顶还留着。我们下了车，稍稍活动了一下腿脚，便带着手电筒踏进了屋子里。一只老鼠跳到了我的手上，我吓得喊叫起来。干草被堆放成一个巨大的球形，我们三个人马上腾空出了一个存放的唐的地方。"现在可以行动起来了。"柯拉说。我们急忙从吉普车里拉出包裹。贝拉开始哭泣。

"什么东西究竟会如此臭呀，"柯拉骂了一句，"我还以为一具尸体通常要好几天之后才发臭呢。"

"臭的不是唐，"艾米莉亚说，"是我们的贝尔佩斯。"

"那你为何让我吃意大利香肠呀？"

"我不是说乳酪，是我们的小宝贝身上发臭。贝拉拉尿布上了。"

"那你得留意给他换上干净的帮宝适呀。"

艾米莉亚觉得挺尴尬的，她并没有考虑到发生这和情况。

柯拉觉得我们应该加紧行动才是，因为再过几个小时天就要亮了。于是我们将那一大包东西拖到布满岩石的地上，连塑料薄膜都被撕破了。可是，反正总是要把它们清除掉的，我们也就无所顾忌了。我儿子一直在大哭大叫，在黑魆魆的夜里感到很害怕，就是想下车，可我当时只给他穿上了袜子。我们把他关在车里。很不凑巧的是，天开始下雨了。到屋子里以后，我们就把尸体摆放到干草上。我跑到汽车那里，使贝拉重获自由。比波在四处寻找老鼠。

"现在就点燃死亡蜡烛吧。"柯拉吩咐道。我们相互看看。我身上没带蜡烛。

"艾米莉亚，蜡烛！"我要求道。

她摇摇头。

柯拉很生气。"你知道吗，玛雅，女佣究竟是派什么用场的？看样子只是用来杀我们的情人的！"

"你叫我什么？"艾米莉亚觉得受辱了。

"那就拿汽油吧。"柯拉说。

我把唐背包里的东西倒在满是尘土的地上。"真为这些漂亮的戒指感到可惜了。"柯拉说。

我在唐那些不值钱的家当里面拨弄着。"瞧，这里有香火，"我高兴地说，"用这个东西也可以有效果的呀。"

"几乎不可能。"柯拉说。

我继续翻寻着。印度遮羞布可以做褴褛用，我的寻找有了回报。我真的找到了一根蜡烛头。"嗯，谢天谢地，"我呻吟道，"这个好小伙子什么都想到了。"

艾米莉亚给贝拉换上尿布，我把塑料袋子解开。我们忘记闭上唐的眼睛了。这是不完美的——他应该在睡梦中去世才对呀。

柯拉点上了蜡烛和香烟。"过来，你们也吸上一支烟，我们把烟头扔到干草上。这样双保险更好，蜡烛可能会熄灭。"

艾米莉亚也吸了一支烟，贝拉在她的臂弯里睡着了。最后，我们将用过的尿布放入塑料薄膜中，然后准备出门，这时发现狗不见了。我们吹口哨，艾米莉亚大声呼叫："比——波——"可它没有过来。

"这真是该死，对不起，艾米莉亚，"柯拉说，"我们必须走了。如果它不想和我们一起走，那就得留在这里了。"

艾米莉亚恳求道："求求你，柯拉，那我也得留在这里了。在这儿的荒山老林里，这么一只小狗会落个怎样的下场呢？"

"不错，你说得很对，火势马上就会蔓延开来，接下来我们还得面临一段讨厌的碎石小道。"我们上了车，艾米莉亚仍在呼唤比波，柯拉发动马达，那只狗嘴里叼着唐的一只鞋子出现了，在它幼小的生命中第一次被它的主人揍了一顿。

下山的路比上山的路更险峻。由于下雨，路面更滑了。柯拉难得如此平静而理智地开车。艾米莉亚坐在她旁边，我在后座和儿子一起躺着，闭上了眼睛。身边有两个值得信赖的朋友多好呀。

天亮的时候，我们已经走完了石子小路和一整段公路。余下的路段已经没有任何问题了，我们并没有停下车，吉普车也没有散架。我们终于抵达佛罗伦萨时，还得将这辆租用的车子还给人家。我们拥抱艾米莉亚、孩子、小狗和被子，我一骨碌跳进凯迪拉克,把车子开到柯拉前一个晚上拿吉普车的那个地下车库去。她如释重负地将吉普车停回到原来的位置上。

"柯拉,我们应该洗一下车子才对呀!"

"胡扯,首先车子本来就很脏兮兮的,其次这个妈妈的宝贝儿子太傻了,根本不会注意到这一点。"

# 14
## 蓝色奇迹

如果有人乘坐大巴总是经过同一条路的话，那么他就会发现陌生人不大会注意到的一些东西。我看到粉红色福禄考一夜之间竞相盛开，我看到一位长者手拿镰刀清除白色房子上的蜘蛛网，我看到我的法国女同行今天硬逼着一群仅仅对家长里短感兴趣的妇女去参观米开朗基罗的雕塑《大卫》。那点小费不会让她感到高兴。

游客们谁也没注意到，我和塞萨尔每天都在盼望那个陌生女孩能够恢复健康。好几周以来，这个病恹恹的孩子守在窗台前，眼神忧愁地朝大街张望。每一次，我们都会对她微笑或者挥手，塞萨尔甚至还做出一副滑稽的脸孔来。小女孩没有什么特别的反应，可尽管如此，她似乎在急切地等待大巴车的到来。有一天，我们试探性地对她不理不睬，一直到了很远的地方我才迅速转过身来，我看到她在哭泣。

因为不幸无时无刻不伴随我，所以我自己还是小女孩的时候，几乎从没哭过。不管在哪儿，我始终是一个可怜的孩子，可那时候我已经懂得自助。顺便说一句,第二天,塞萨尔不顾禁止停车标记和其他车辆的抗议,还是将旅行大巴停了下来,将给小女孩的一包东西放在窗台上。同时我们也用一部分捐助款买了几只玩具,柯拉还捐赠了一只万花筒。

柯内丽娅是一个很慷慨的人,我必须特别强调这一点,可偶尔她本人也会强调自己的大方,遗憾的是,这就使得原有的那种效果荡然无存了。


她一再让我惊奇。当我们终于摆脱唐,睡上了一大觉之后,她却冷静地说道:"人总是要犯错的。"

我吓了一跳。"你的意思是?"

"当时我有一个无与伦比的机会,可以给一个死者画一幅肖像画,可因为太过激动,我把这件事完完全全忘记了。我真想再过去一趟,补上这一课。"

听到她如此说,我当真大吃一惊。

"你也可以从艾米莉亚的炉子里抓出一把灰来,用它来画一幅黑色画像。"

"这个未必就能燃烧起来。那天有风,蜡烛和烟头可能会熄灭……"

"嗯,那你去吧,把那辆吉普车拿过来,你再开车去吧,不过我不去!如果你需要一个死人模特儿,那就到解剖室去拿吧,就像你那些出名的画家同行早就做过的那样。"

"我倒想起来了,你父亲还能派点用场,他马上就要火化了吧。"

"别把我父亲牵扯进去。"

当我们终于让我父亲躺在地下安眠时（正如约定的那样，他就躺在亨宁那个很大的墓地里），一块石头从我的心上掉下了。

葬礼进行得非常迅捷，没有牧师、墓碑、悼词、鲜花以及诸如此类的东西，结束后我们愉快地坐在厨房里，喝着咖啡，吃着艾米莉亚做的可口的意大利节日蛋糕。

"你是不是真的想过结婚呀？"我问艾米莉亚。

她迟疑了一下。"在我的青年时代，它是我最大的梦想，可我当时很挑剔。有两个年轻的小伙子向我求婚。后来我爱上了阿尔贝托。他去世后，我太过悲伤了，不再去想这种事。然后到了某个时候，我又已经太老了。"

"可是，如果现在有合适的人了呢？"

"首先不会有人出现，其次我也不再想结婚。现在再要孩子为时已晚。我得伺候那个男人，看他的脸色行事。"

"我觉得，"柯拉说，"你说得完全正确，艾米莉亚。"

可是她还不想结束这个话题。"要是让我说真话的话，跟你们说说也无妨，其实我不需要一个丈夫，我只是很想有一个男朋友。"她顿时脸色绯红。我们哈哈大笑。

"太棒了，艾米莉亚，"我说，"等你拿到驾照，你就可以开着车到佛罗伦萨市区兜风，和那些退休老人调情说爱。"

"胡说八道，"她说，"这纯粹是理论。我又是个路盲。不过如果能和一个男朋友出去散散步，喝喝咖啡，或者听听音乐会，那就太好了。你们明白了吗？"

"我们会帮你的，"柯拉说，"你瞧着吧，我会给你找一个的。"

"你的口味不是我的口味，"艾米莉亚很有尊严地说道，"像唐这样的小毛巾或者亨宁这样的花花公子，可不适合我。"

"你应该自己去挑选。我到报上刊登一个广告：寻找精力充沛的退休老人偶尔从事园艺劳动，来的这些老男人你要看清楚了，我们选出一个你中意的人。"

艾米莉亚由衷地笑了。"也许我谁都不喜欢呢！"

"那我们就谁也不选。"柯拉热情似火，立即给报社打去电话，准备刊登广告。接下来的几天里，有三名男子打来电话，第四个人让他的中介打来电话。在一个周日，我们以每人一小时的速度约他们到我们这座粉红色别墅里来面试。

柯拉计划暂且不答应也不拒绝任何候选人。我们将对所有这些人进行拍照和观察，之后想仔细说说他们的利与弊。

"我们不可能无缘无故地给一个园丁拍照呀。"艾米莉亚说。

"我坚持说，从事这项工作的人必须喜欢动物和孩子，"我提出建议，"我就尝试将贝拉和比波交到应聘者的怀里。柯拉就可以激动地嚷道：'不行，这是一种多么美好的动机呀！'然后就抓起那只碰巧放着的相机拍照。"

"我要笑死了，"柯拉说，"不过那就一言为定了。"

第一个前来应聘的，立即从口袋里拿出一块牌子来。"我有语言障碍，但可以明白您的意思。"我们从牌子上读到这样一句话。除了有这个缺陷之外，他是一个讨人喜欢的中年人，精力旺盛，和蔼可亲。他的耳旁露出几绺黑色头发来。他看起来有点像过期的复活节兔子。我们当然并没有在拍照的时候笑出声来，因为他或许以为我们的笑声和他的残疾有关呢。他刚走，我们就问道："你希望有这样一个男朋友吗？你可以唠叨个没完没了，而他仅仅报以微笑和沉默。"

艾米莉亚不停地摇头。"如果一个人无法反驳对方的话，也有有利的一面呀。另一方面，所有的建议都必须由我拿，那这就和被人追求没有一点关系了。"

"嗯，我们等其他人吧。下一个老爷爷马上就来了。"

接下来的这个人一点儿不讨人喜欢，我们根本不用给他拍照。脏不拉叽，不修边幅，没有一颗整牙，而且看起来蛮横无理。我不想把贝拉交到他的怀里。艾米莉亚也示意立即拒绝这个家伙。柯拉做得相当到位。

"噢，谢天谢地他走了，"艾米莉亚说，"我连自己的狗都不会交给他。"

现在来的是一个曾经的海员，走起路来晃晃悠悠的。他承认自己对园丁活儿懂得不多，但真心希望能做这个工作。接着，他直截了当地谈起了几次令人毛骨悚然的冒险经历，并不时地朝艾米莉亚眨眼。尽管他很能逗乐，但他并没有得到她的认可。

而最后那位是一个园丁迷。他检查了一下那些树，解释说，必须赶紧修剪苹果树，砍伐这些腐烂的樱桃树。他没有任何犹疑地说，自己可以立即着手工作。

当我们单独相处时，艾米莉亚说："我想要那个哑巴。"

"为什么？"

"他是唯一我可能会爱上的人。第二个人不予考虑，其他两个我不感兴趣。"

"好吧,"我说,"明天就聘请他过来。我们祝你成功。"


我认识一个女导游,她准备嫁人,想放弃自己的工作。我如果有兴趣,可以接她的班。我的任务是用一辆大巴将德国团队从宾馆接走,然后在三个小时包括多次下车拍照留念的环城之旅中,让他们对佛罗伦萨的历史和艺术有一个初步的印象。导游对有些内容必须背出来,对一些反复出现的问题要事先做好应付的准备,有时候还要插入一些词藻华丽或是带有刺激性的逸闻趣事。我立即开始学习艺术方面的相关知识。我的老师给我出主意说:"旅游团组里几乎总能碰到一些自作聪明的人,看到一间厕所就会问起它的建造年份。这个时候你就要以一种从容不迫的狂妄自大瞎说一通'这应该是在一九三五年十一月,政府在当时修缮或者说重建了所有的卫生设施',即便这完全是胡说八道。你表现出自信和严肃的时候,那些自我表现者就会沉默无语了。不过也有一些很有学问的人,他们要比我们懂得多得多。到了这时候,你就得翻着眼皮奉承道:'这个日期是有争议的。您作为知情人,会倾向于哪种说法呢?'"

无论是吹牛皮大王,还是狂热的艺术爱好者,我喜欢这种想象,我也预感到这是一个理想的职业,可以让我有余暇从事其他爱好。后来,在旅游旺季时,我赚得不少。


我们忙碌而知足。柯拉在画画,我在学习,艾米莉亚在恋爱。可以证明的是,这个哑巴园丁,实际上不是哑巴。他是个结巴，而且尤其是在异常情况下，或者在遇到陌生人的时候，因此他宁愿抽出小牌子来保护自己。一旦在陌生的环境里感觉像在家里一样，并且赢得了新朋友们的信任，那么他虽然显得小心谨慎，但也会结结巴巴地说起话来。艾米莉亚马上认识到，她必须谨慎而不是挑战性地采取行动。

她跟他介绍自己，对他结巴的反应没有任何缺乏耐心和惊讶的表示。我们满怀感动地观察到，这两个人常常丛在一起，对着贝拉和比波发笑，以一种低调的方式慢慢亲近。

"这样发展下去挺好，"柯拉说，"但不会像我们做的那么迅速，如果情况果真如此的话，他们彼此肯定还没有上过床。"

有时我想摸摸艾米莉亚的老底。"马里奥老是口吃吗？"我问。

"不，只有当他说话的时候。"她回答。


圣诞节前几周，柯拉的父母打来电话。他们可能已经考虑到我们到时会过去欢庆拥有烤鹅和圣诞树的德国圣诞节。当然，弗里德里希届时也会在家。"不。"柯拉说。

约纳斯也打来电话，犹犹豫豫地表达了这种类似的愿望，希望和我欢度爱的节日。我们在电话里马上发生了争执。约纳斯说，他已经原谅了我对爱情的不忠。他的温顺令我勃然大怒。"我的老天，你别小题大做了，这种事每个人都可能发生，你也一样！"

"我不会。"约纳斯说。

我把他的话告诉柯拉，她回应道："我真的很有兴趣邀请全家人参加——父亲、母亲、弗雷德、约纳斯，然后当着所有人的面引诱你那位忠诚的约纳斯。我敢打赌一定能做得到！"

"这个我们不用打赌，谁也不会怀疑这一点。可是这种浪费精力值得吗？"

"我不知道，"柯拉说，"我们享受宁静，以我们自己的方式庆祝佛罗伦萨的圣诞节，或许这样会更好。在这个时刻，引诱的小把戏我们就交给艾米莉亚吧。"

那名园丁每周过来三次，尽管眼下正处冬令时节，除了修剪树枝和给花坛松松土之外，也没其他的活儿。他以那种不叫人讨厌的方式坐在厨房的一个角落里（恰恰就是唐曾经坐过的那个地方），热情地微笑着，他切洋葱，剥掉番茄皮，把卷心菜剁细，偶尔抽支雪茄，有时将一只皲裂的棕色的手搭在艾米莉亚丰满的前臂上。这时候，他的手和她的前臂看上去仿如一只充满人性的结婚蛋糕。

艾米莉亚和她的表妹打电话，后者同样邀请她过去欢庆节日。艾米莉亚纠缠不清地问道，是否村里发生过什么大事，比如有没有火灾。直至谈话结束时，表妹才想起，某地确实发生过失火。"有没有人员伤亡呢？"艾米莉亚问道。

"肯定没有，谁也没有住在那里。要想将火扑灭已为时太晚，这个很容易烧起来。"

这个很典型，艾米莉亚对我们说道，竟然会发生如此草率的事，根本就找不到唐的尸体，只有在她表妹的村子里才可能出现这种情况。这可能挺合我们的胃口。

哑巴马里奥来自农村。尽管艾米莉亚没有笨到向他叙述唐在一个小山村里被烧成灰的事实，但她偶尔向他讲起她的表妹和那里的农村生活，我们的园丁很喜欢听到这样的消息。其间，即便说起话很艰难，他也会向她介绍自己以前的生活。作为一个人口众多的农民家庭的儿子，他早年离开故土，大概也因为自己口吃被人嘲弄吧，只好在一家工厂里担任仓库管理员以谋取生计。后来他到市政厅工作，开洒水车给公共绿地浇水，清空公园里的垃圾桶，做些诸如此类的服务工作，干得既小心翼翼又细致周全。几个月前，他开始领取一份微薄的退休金。年轻的时候，他曾多次打算结婚，但始终毫无结果。

其时，艾米莉亚已经结束了没完没了的学车课时，可对自己的驾车能力没有多少信心。马里奥每周末和她一起到荒无人烟的企业停车场训练，尤其是可怕的倒车驶入规定的位置。因为他无法提出任何批评，而是始终微笑着或者警告性地摇摇头，因此要比驾校老师做得更好。艾米莉亚去报名考试，顺利地通过了。也许这一天是她一生中的高潮。

大家应该庆祝一下艾米莉亚的成功才对。可恰恰就在那一天，我陷入了严重的忧郁之中，我原本是想和柯拉一起出去购物然后回家做饭的。

前一天晚上我做了一个噩梦。我无法确切地知道究竟出了什么事，但在这个梦里有人谋杀了贝拉。我从梦中惊醒，吓出一身冷汗，跌跌撞撞地爬上楼梯来到艾米莉亚房间里，将睡梦中的儿子从那只意大利五针松箱子里抱起来。艾米莉亚痛斥我的行为。我想抱着贝拉继续睡觉。在黑暗之中，我哥哥、我母亲和我父亲，还有亨宁和唐站在我面前，伸出手臂抓住我的孩子。

刚才已经说过，第二天我没有了精神。庆祝艾米莉亚顺利通过驾校考试的宴会只好推迟了，她只是和马里奥一起看电影去了。

我什么事也干不了，只能躺在床上。柯拉抱着贝拉出现在我面前。"如果你发高烧的话，应该请一个大夫过来。"她建议道。这些话让我想起了病中的唐，我开始痛哭起来。

"我父母决定在我这里过圣诞。我父亲说了句'山不过来，我们过去'之类的话，"柯拉说，"可我不希望我身边有家人在。他们到时又会教训我们，警告我们，教育我们成为好人。尤其是我应该像我哥哥一样接受精英教育。同样讨他们喜欢的专业还有建筑学。"

"你难道没有想过，他们是因为爱你才喜欢和你在一起吗？"

"肯定，我也真的爱他们呀。可是如果我们干脆出去旅行，让父母亲单独留在这里过圣诞节，你觉得怎么样？"

"我们可以去哪儿呢？"

"到暖和的地方去。我有时觉得佛罗伦萨太吵太脏，人也太多，没有停车场，什么都贵……"

"你认为到其他地方去比待在这里更好吗？"

"我们开车到海边去，到马耳他、北非或者西西里岛去，然后你又会开心了！"

"噢，柯拉，你难道以为出门旅行是万灵药吗？不过艾米莉亚肯定会感到高兴的。"

"艾米莉亚待在这儿，马里奥也会住在这栋楼里，可以帮助她一起干活，照顾三个圣诞客人。我是一个不错的拉皮条的女人吧？"

想到艾米莉亚可以趁机和男管家马里奥在一起，我明显快乐多了。可一想到将准备送来圣诞礼物的柯拉父母引诱到一个空荡荡的房子里，我觉得这一计划也太卑鄙了。

"通知你父母别过来了，"我劝告道，"告诉他们我们准备外出。尽管如此，马里奥可以住在艾米莉亚那里，他也可以赶走入室盗窃者。"


艾米莉亚很晚才从电影院里回来。她稍稍尴尬地承认道，马里奥给她看了下他住的小房子。"你瞧，柯拉，"她说完，从包着的报纸里拿出一块很沉的铺路石块来，"你觉得这个如何？"

柯拉马上说道："你从哪儿弄来的，你还有吗？这种石块可是老古董了呢！"

艾米莉亚装出一副神秘兮兮的样子，说是马里奥家里还有很多很多。柯拉如果有兴趣的话，他可以在整个阳台上铺上这种石块。

"那有多贵呀？"柯拉问。

很便宜，艾米莉亚说，马里奥毕竟和这栋楼有了恭敬乃至亲密的友谊。

艾米莉亚和贝拉躺在床上时，柯拉问："你明白这是什么样的小石块吗？"

"名贵的石块！"

"这是市政厅广场上的铺路石块，而这个市政厅广场是继锡耶纳田野之后世界上最漂亮的地方。"

"那么像马里奥这样的穷光蛋是如何拥有这样的石块的呢？"

柯拉介绍说，当时广场要开挖，便清除了那里的石块。两年后，人们准备在原来的位置将那些旧石块重新铺设起来，可它们早已不见踪影。真是一件丑闻！看样子，当时在市政厅干活的马里奥，用那辆洒水车运回去了一车石块，或许天真地想用它们在他哥哥的农舍里做一个猪棚吧。可他拥有的是整个蛋糕里面的很小一部分，尽管我们的阳台铺上这些石块刚好足够。

"嗯，今天难道不是一个黄道吉日吗？"柯拉问，"十八世纪大公爵家里才能使用的石块，马上就要用到我家的阳台上了！"

柯拉的快乐马上感染了我。另外，我们现在有了一个完美的理由，在圣诞节期间为马里奥在这里安排住宿：他可以为我们铺设好这些石块，认真仔细地把它们的美丽图案彼此配合到位。

"柯拉，可这事有点麻烦。你只要一看到这个石头，马上就认出它来自何处。你不觉得我们未来的客人马上会将我们的阳台认定为市政厅小广场吗？"

"麻烦什么呀，这是一幢老房子，里面有一些老石块也符合逻辑。我们的来宾可不会像我这么聪明。"

"那可不一定，比如你那位开吉普车的朋友，那个雕塑家，他对本地的艺术历史一定有所耳闻。"

"我只让他待在厨房里。"柯拉依然不思改悔和鲁莽草率，
可为了维护她的名誉我不得不说道，我们所有的客人真的认为
贵重的阳台地面看上去始终应该就是这个样子的。

柯拉的哥哥弗里德里希也打来电话。他不承认那一副受气
的语调是因为自己受了委屈，而是引用可怜的父母的话，他们
不明白女儿为何要拒绝他们。

我对柯拉说："说实话，我始终希望你父母能够过来。你走
了鸿运，却不懂得珍惜。"

"你把我的父母理想化了，玛雅。小时候，我真希望有这样
一个母亲，她可以系着白色围裙站在厨房里烘烤蛋糕，而不是
一个穿着盛装去参观艺术展览会开幕日的母亲。"

"艾米莉亚恰好站在厨房里，给我们做水饺吃呢。"

柯拉没注意到我的话。"而且我也真希望有这样一个父亲，
他能给我修理自行车，或者和我一起制作一只仓鼠笼子，我真
是已经受够了他那滔滔不绝的谈话！"

"马里奥是个哑巴，正在给比波做狗屋。"

柯拉这时笑了。"你说得对，我们有新爸妈了。"

艾米莉亚希望圣诞前能用上几天车。她想和马里奥带着比
波一起看望她表妹。

"如果这个哑巴继续开车，我不反对，"柯拉说，"不过别
给我干傻事！"她用食指威胁艾米莉亚。

那两人带上自己烘烤的蛋糕、大城市里的那些拙劣的圣诞
艺术品以及具有实用价值的礼物上路了。我们在车后面向他们

挥手作别。

才过一个小时，我们就想起艾米莉亚对我们来说意味着什么。毕竟她整整一天都在外面，一旦刚好不干活的话，她就会将精力花在贝拉身上，耐心而慈爱地告诫他摆脱那种过早暴露出来的固执不化。

柯拉在画画，我在做家务活，照顾我的孩子。偶尔我会考虑是否应该永远忘掉约纳斯，然后再重新勾引弗里德里希。其实我希望还有其他的机会，于是暂不做出决定了。

两个远游的人第三天就回来了。柯拉听到凯迪拉克开到了家门口。"他们在她亲爱的表妹家里待了几乎不足一整天呀，"她惊讶地说道，"他们终于无法和谐相处了。人们往往真的能经历到蓝色奇迹。"

我们走出门外。虽然才四点半，但天已经黑了。比波和我们兴高采烈地打招呼。艾米莉亚和马里奥从车上下来，神情严肃。

"怎么啦？"我问道。

艾米莉亚不回答，对马里奥我反正也没指望他能说出什么话来。我们走进厨房。柯拉在炉子上烧茶水。马里奥和艾米莉亚脸色沮丧地紧挨着炉子，将双手伸到发热的锅台上。

艾米莉亚突然说道："我们又把唐带回来了。"

柯拉张着嘴，我把茶杯摔到了地上。"你说什么？"我问道。

"唐在车里。我们把他卷进一条被子里。"

"我想他不是已经被烧掉了吗？"柯拉问。

艾米莉亚镇定了许多。"我没有办法。我和马里奥到那边去看看是否一切正常。这次我们从我的表妹夫那里借了辆越野车。我说过马里奥喜欢山里的一切。唐的尸体根本没有被烧掉，我表妹说的是另外一个房子。蜡烛想必是马上就熄灭了。一切都和我们走的时候一模一样，那只背包还在地上，唐就在旁边。"

"马里奥知道了吗？"

"我不得不将来龙去脉给他做了解释。他告诉我，就算骨头被烧成灰，几个月过后还能在身体里查到毒药。"

我看着马里奥。他在打量艾米莉亚，眼神里有着恐惧，但也充满幸福。"可你们当时不是也可以放一把火烧起来的嘛……"

"那要是火又熄灭了呢？我们又无法待在那里，看是否真的烧起来了，到头来消防队一来，把我们逮个正着！"

"你们为何不干脆就别去管他呢？"

"柯拉，我想起来他那双鞋很贵！人们马上就看出来，鞋子出自意大利，可以查出来鞋是哪儿买的。那名店员完全可能会想起你们呀。"

"那你干吗不干脆把鞋子带回来，而不是整个唐呢？你们是不是先把他装进越野车，到后来再装回凯迪拉克车里云的？"

"不错，就是类似的做法。在一个山谷下面一条偏僻的路段边上，我们把他藏在一个壕沟里，在回家的路上再把他捎上。"

"那我们现在拿他怎么办呢？"

"首先必须把他抬进屋里。"

我怀着无可名状的恶心朝柯拉看去：唐现在看上去该是什

么模样！艾米莉亚猜出了我的心思。"别激动，山里的空气又冷又干，差不多可以让他像意大利生火腿一样长期储存。"

这时，马里奥已经在他的小牌子上写满了字，将它举到我们面前。我们看到上面写着"在铺路石块下面建一座墓穴"的字样。

艾米莉亚自豪地点点头。"马里奥今天会连续不断地工作一整夜，好在那块地还没有凝固。几小时后他就可以挖出一个坑来，我到外面给他装好落地灯。你们明天起床的时候，一切都搞定了，你们可以飞到西西里岛去玩了。等你们回来，崭新而漂亮的阳台已经建好了。"

马里奥站起来，跟我们握手，也许他想用这种方式表达自己会保守秘密吧。然后他走到外面的院子里，一刻不停地开始工作起来。

"你上个月给约纳斯打过电话吗？"柯拉问。

"他给我打过一次电话，你干吗要问这个？"

"你瞧，电话账单比平时多了一倍。其实我是无所谓的，可是我很怀疑唐往新西兰打过电话。"

"噢，他当时身体实在太差了，我相信他不会。"

艾米莉亚进来了，找一根电源连接线。"唐没打过电话。"她说。

"你怎么知道得那么清楚？你看看这个账单吧！"柯拉忧心忡忡地说。

"是我打的。"艾米莉亚承认道。我们感到大吃一惊。可当我们获悉她每天都在和马里奥通话时，我们什么都明白了：和一个口吃打长途电话，会把时间拖得很长。

"嗯，谢天谢地，"我说，"我们担心他把我们的地址给了新西兰。"

艾米莉亚像魔术师从灯罩里拉出一只鸽子来一样微笑着，交给我们一张卡片和一封信。唐给家里写过信，艾米莉亚把他的信件扔了。写给他父母亲的卡片很无聊，写的都是可爱的意大利以及诸如此类的话。艾米莉亚也将那封信打开了，它对我们而言很可能是一场劫难。唐给他的妻子写道，他找到了一个很有意思的线索。这件事和一名德国寡妇有关，她既不年轻也不漂亮，显然派人谋杀了有钱的丈夫。

"你怎么想到这封信会谈到一个爆炸性的话题呢？你不是不懂英语的吗？"我问。

艾米莉亚耸耸肩。"直觉。"她谦虚地说。

马里奥在没人帮助的情况下独自将唐扛到了厨房旦，将始终裹得好好的尸体搁在一个角落里。"不，你马上把他弄到外面去。"我呵斥他，防备性地捂住自己的鼻子。

可柯拉拿着相机、素描簿和彩色铅笔进来了。"重逢真让人高兴，"她说，"不过如果你神经受不了的话，最好还是去照看一下贝拉吧。"

当她掀开唐的被子，我还是无法克制自己朝那边看去。我一辈子都不会忘记这副令人毛骨悚然的景象。

# 15
## 玻璃般透明

据我所知，意大利的墓地里如今全部安装上了电线，因为死者家属在死者照片旁边点上了永远亮着的白炽灯。由于热浪滚滚，那里几乎只有塑料花。德国墓地里常见的绿颜色，在这里却很少看得到。当然，墓地四周总有几棵意大利柏树环绕着，可是，我想起卡罗和母亲墓地旁的树林里可以听得到众鸟啁啾，而相比而言，我父亲和亨宁被安置的地方可要宁静多了。假如人们认为，死者还能从自己的墓地里获得某种享受的话，那么我父亲比我母亲拥有更多的阳光，而我母亲比我父亲拥有更多的蔬菜和水果。

很遗憾的是，唐的墓地就在我们的鼻子底下。我觉得，如果他能作为外国人躺在作家和艺术家云集的"英国人公墓"，那就再好不过了。那是一个随着死者一起衰落和腐烂的墓地。假如我们在阳台上喝咖啡的话，我们的情人总是勾起我们令人不快的回忆。

马里奥许诺会在一夜之间安葬唐，他没有食言。为此他将古老的石块移到一个有些可疑的地方。月桂树篱很茂密，挡住了好奇的邻居的视野。此外，艾米莉亚声称，隔壁那家房子只在春秋两季才会有人居住。

　　我和柯拉很高兴，居然还能买到意大利航空公司飞往西西里岛的机票。贝拉坐在我的怀里，被一个美丽如画的空姐宠爱着，证明他是一个情绪饱满的旅行伙伴。

　　在埃特纳火山南麓城市卡塔尼亚的航站楼里，一群摄影师和狗仔队正在焦急地等待着。"隆重欢迎我们呀。"我开玩笑道，然后过去推行李手推车。我们打听到，人们在等候一位从罗马来的政治家，他总是回家乡和他妈妈一起过圣诞节。

　　当我推着手推车来到我们行李那里时，柯拉（牵着贝拉的手）被成堆的摄影师们不停地拍照。她像饥饿的狗那样露出牙齿，而原先一直很无聊的新闻界人士叫道："再来一次！"

　　在出租车上，我们向司机打听是否有值得推荐的宾馆。他带我们到五十公里远的陶尔米纳，他说到了那里我们可以在豪华旅馆（那是在一家以前的修道院里）、中等旅馆或者普通旅馆之间进行选择。

　　"我们住得起豪华旅馆，"柯拉思考了一下说道，"可若是和亨宁·科恩迈尔之类的人一起欢度圣诞节，会有意思吗？我们还是选择普通旅馆吧，或许我们还能在那里的社交聚会中看到一些可爱的人儿呢！"

　　我们的旅馆很好，尽管是普通旅馆，可一点儿也不便宜。这里景色秀丽，左边看得到大海，右边看得到埃特纳火山。天气很暖和，似乎要下雨的样子。我们被安排住在一个所谓的简单套房里，三个人稍稍睡了会儿觉，然后就逛那里的商业街——翁贝托一世街了。晚饭我们点了量很大的猪手和小扁豆，还有可口的蓝莓馅饼——就是意大利芝士饼，馅里面含有欧洲越橘。

第二天，我们很晚去吃早餐，一名女服务员手拿一份报纸激动地冲到我们桌旁。柯拉的大幅照片登在了上面。我们看到报上写道：被谋杀巴西百万富翁遗孀携小女光临西西里岛。

"他们真傻，"柯拉说，"如果认为我当时——在亨宁去世那天——怀孕的话，那么我现在是大肚子，或者顶多有一个婴儿，但绝不可能有一个又会走路又会说话的孩子。"

我感到脸上有了光彩，因为贝拉具备的这些能力不是很明显。"可为何是女儿呢？"我问。

"因为他们笨呀，我不是说过嘛。或许他们以为'贝拉'是一个女孩子的名字。"我们放声大笑，将这件事视为无稽之谈。

度过了几天舒适惬意的假期之后，我给艾米莉亚打去电话。一切都搞定了，她说，尽管天气很冷，但马里奥还是辛勤工作，铺路石块早上就已经铺设完成。

"那你们俩交流得怎么样？"我问。

"妙极了，"她停顿了一下说道，"求求你，玛雅，我有一个愿望。没有你们，尤其没有贝拉，日子过得很无聊。我们很想过来看看你们，当然是我们自己掏钱。我们想开着车子穿越整个意大利。你觉得柯拉会同意吗？"

我答应尽力促成她的愿望。

"要是我的凯迪拉克车在这里就好了，"柯拉说，"这个可能不会不实用。我很想去看看巴勒莫的地下墓穴。让他们过来吧！"

就在等待这一对好动的情侣过来的那一天，我们在圣诞节之后出门购物了。家家户户的大门入口处摆放着木匣子，木匣子里摆放着圣诞红。圣诞夜我们是在宾馆大厅里度过的，我们没有表现出任何的多愁善感，大厅里搭起了一个硕大的耶稣诞生的模型。此刻我们决定不急不躁地采购一些礼物让自己快乐一下。我们买到了富有当地特色的丝巾、用磨光火山石做成的项链、五颜六色的杏仁夹心糖果以及那些从前用作感恩画的银光闪闪的心脏形和脚形的物品。

终于，我们提着大包小包坐在了"好美咖啡馆"里，喝一杯热巧克力牛奶暖暖身子，贝拉也得和我们一起待在那里。柯拉把我们三个人杯子里那些令人恶心的奶皮舔了个精光。之后我们还买了一份冰淇淋球犒劳自己。在大吃大喝之后，我离开孩子和柯拉，寻找洗手间。

五分钟后，我回到那张大理石桌子跟前，贝拉不见了，只有那辆空婴儿车还在那里。我环顾四周搜寻。柯拉在柜台上付钱，正在和女收银员闲扯什么。"我的孩子在哪儿，我的小狗子在哪儿？"我问道。

柯拉转过身来。"在他的车子里。"她说，可马上看到婴儿车里空荡荡的没有一个人影。

贝拉无法独自下车。我们朝四周看，并没有特别烦躁不安。一个西西里岛的妈妈无疑在抱着自己的孩子，喂他吃锡耶纳蜂蜜焦糖糕。

"你瞧。"柯拉说，从她的盘子里拿出一封信来。

就在这一刻，我的心脏几近停止跳动了。我跌倒在一张椅子上，柯拉撕开信封，我们一起看到信上如此写道：

> 科恩迈尔太太，您的女儿已经控制在我们手里。如果您希望她活着回到您身边，请无论如何别报警。您已经被监视！请和您的女伴悄悄回到您所在旅馆房间，在那里等待我们给您进一步的信息。

柯拉握住我的手。她感觉自己有责任，因为是她让贝拉单独待了一分钟，在一个人来人往的咖啡馆里，我同样也会这么做。她转过身来看到有两位中年妇女坐在我们旁边的桌子那里。她尽可能平静地说道："你们看到有谁从婴儿车里抱走孩子了吗？"

"当然，太太，您不用担心，那是孩子的叔叔。我想他在外面等着吧。"

尽管有那封信在，但我还是立刻想到，一定是艾米莉亚和马里奥过来将孩子抱走了。我向柯拉投去警告性的一瞥：那两位妇女估计没有起过任何疑心，我们应该报警才是。

"做好一切准备。"柯拉说，于是我们急匆匆地离开了咖啡馆。到了大街上，手里推着空荡荡的婴儿车，我早已沉不住气了。尽管我说不出话来，也无法哭泣，但冷汗从我的额头上沁出来，我的心跳得飞快。

柯拉招手叫一辆出租车过来，直至车子开到我们旅馆，这一小段路我们谁也没说话。我们到了旅馆房间，柯拉才开口说道："他们认为贝拉是一个百万女富婆的孩子，想敲诈一大笔赎金。这一误解当然马上可以得到澄清。"

　　"柯拉，这些人是专业选手。如果拿不到钱，他们会杀死贝拉！"

　　"你知道，如果有必要的话，我会拿出全部的钱财满足他们的欲望。我也将贝拉视为己出。可或许这么做根本没有必要。我们必须和他们艰难地谈判。"

　　我终于哭了。我趴在床上，眼泪掉到了那件叠得很整齐的睡衣上。"柯拉，我这辈子干了不少坏事，如果贝拉能平安无事，我一定会好好做人，去照料麻风病人，或者到里约热内卢的贫民窟里做社工。"

　　"别夸下海口了，谁也不会动贝拉半根毫毛。再说，如果他的母亲成为特蕾莎修女[1]第二，他就没有多少用处了。"

　　"我们究竟还在等什么？等待一名信使、一个电话、一封信吗？"

　　"一切都有可能吧。也有可能旅馆员工中某个人和他们狼狈为奸呢。你就想一下拿着那份报纸的那个女服务员吧！我们必须有耐心。"

　　我们考虑了各种不同的战略和筹钱的可能性，足足一小时之后，有人使劲敲门。柯拉打开房门。可站在门口的不是绑架

---

[1] 特蕾莎修女（Mother Teresa of Calcutta, 1910 ~ 1997）：世界著名的天主教慈善工作者，主要为印度加尔各答的穷人服务，将其一生奉献给消除贫困，一九七九年荣获诺贝尔和平奖。

者的信使，而是容光焕发的艾米莉亚和马里奥。他们立即看出来我们出大事了。

"我的小宝贝在哪儿？"艾米莉亚问道，凭借她富有经验的直觉，她马上猜测到了怎么回事。

我哭哭啼啼地向他们叙述了发生的灾难。比波在两个房间里不停地嗅来嗅去。马里奥显得很激动，不知道嘴里在支支吾吾地说着什么。

柯拉显得最为镇定自若。"我已经和玛雅说过,如果有需要,我可以倾我全部家产。"

"真幸运，"艾米莉亚说，"贝拉几乎还不会说话。他没法说出他在哪儿，那些人长什么样子。因此他还有机会，他们不会对他胡来。"

电话响起时，柯拉一把抓住话筒。我把头挨近她，好听得见电话里的声音。总台报告说，有一位但丁先生想和她说话。

可是，但丁可能刚刚说到小孩很好没什么事的时候，柯拉开始对他吼叫起来："你们这些傻瓜，现在你们已经知道这个小孩不是女孩了吧。如果你们脑子还算聪明的话，那你们肯定想到，我怀孕六个月之后不可能有一个一岁半的儿子！我根本从没怀过孕，既没有孩子，也不是百万富婆。否则我为何不住在一家豪华宾馆里呢？那就赶紧把孩子交出来，别自讨没趣了！"

看样子，她把但丁唬住了，因为他把电话挂了。我很恼火。"都是你干的好事！"我叫嚷道，"怎么能这样说话呢！现在他们再也不可能打电话过来了，我的孩子一定会死掉！"

艾米莉亚拥抱我。"他们当然还会再打电话过来，他们现在肯定彼此在商量，验证柯拉说的是否是实话。现在，这些畜生中肯定有人因为没调查清楚而遭到了训斥。如果他们再打电话过来，我来和他们说话。毕竟他们和我是一个国家的人，我可以和他们周旋！不过你不用担心我不够老练。恰恰相反，我会用甜言蜜语来奉承他们。"

我不知道选择甜言蜜语是否可行。实际上我对此一无所知。在刑事犯罪领域，虽然我和柯拉认为我们自己并非完全是生手，但在这起事件上，我就像一个可怜的孩子一样感到那么无助。"艾米莉亚，"我说，"你可以给他们建议，我作为交换对象换回我的孩子！"

大家都摇摇头。"这个主意不行，这个你自己也知道。"柯拉说。

"约纳斯是否可以有所作为呢？"艾米莉亚问道。

两小时后，但丁又打来电话。艾米莉亚接了电话，说她是贝拉的奶奶，是一个可怜的女人，自己拿不出赎金来。"这个孩子会说两句德语、三句意大利语，"但丁说，"如果他是你的孙子，不可能会说德语。"

"您多聪明啊，但丁先生，"艾米莉亚和气地说，"那个小孩是一个德国女人的儿子，而且是科恩迈尔太太的一个女友的。偏偏她又身无分文，因为我的儿子，也就是孩子的父亲抛弃她到美国去了。"

但丁是个彬彬有礼的人，表示很遗憾。可那个有钱的太太，他说，一定可以为女友的孩子破费的。

"肯定。"艾米莉亚说，"我们爱这个孩子，坐在这里为他哭泣。您难道对孩子没有同情心吗？"

但丁保证道，他喜欢孩子，贝拉不会出任何事，不过拿不出赎金，孩子是不会交出来的。

柯拉喃喃自语："这话听起来好多了。"

艾米莉亚现在问他究竟想要多少钱。我们无法听明白回答，但从她的大叫大嚷看，这笔金额不值得讨论。我们永远筹措不出这笔钱来，她说，这简直是不可能的。可此刻，和善的但丁越来越坚决果断。我们不交出钱来，他们就不交出孩子，就是这么简单。"难道我必须先寄来一只手指或者一只耳朵，你们才会明白吗？"对话就这么结束了。

马里奥在他那块牌子上写道：艾米莉亚＝奶奶。马里奥＝爷爷。柯拉笑道："完全正确。"

马里奥用掌上大拇指根部的突出肌肉重新擦掉上面的字，然后又写道：艾米莉亚＝谈判。马里奥＝行动。我深受感动。我值得他们如此爱我吗？尽管惊恐万分，但我知道我并不是一个遭到遗弃的人。柯拉想把自己的钱交出来，其他两个人在各尽所能地帮我。我永远不会忘记他们这一点。

"你是什么意思，马里奥，用行动？"柯拉问。

他无法回答，写道：把钱交出去。无疑地，这事一旦真的发生，那种情景可是非常危险的。可马里奥是合适的人吗？或许他完全无法和但丁说话。

艾米莉亚似乎发觉到这一点，说道："我和马里奥会一起对付这件事。"

"不，"我说，"他是我的孩子。如果要交出赎金的话，那这是我一个人的任务。我绝不会同意你们为了我而冒生命的危险。"

艾米莉亚平静地说："我们老了，你还年轻。你要把孩子抚养长大。"

我禁不住号啕大哭。我突然希望，如果约纳斯在这里，那该多好啊。我没有把儿子的事告诉他爸，这不是犯下重大过失了吗？倘若贝拉在农家院子里长大的话，那么绑架者怎么也不会找到那条路。

柯拉问："也许应该在咖啡馆里查询一下，这个所谓的'叔叔'究竟长什么样子。你们是否预感到，西西里岛的警察都是贪污无能之流？或者，是否我们到最后还是考虑报警呢？"

艾米莉亚疑惑地注视着马里奥，两个人充满怀疑地不停摇头。"有这样那样的情况，"艾米莉亚预言道，"不应该冒任何风险。罪犯也许没观察到我们，或者他们只是半瓶醋——可是又何以知道是这么回事呢？"

马里奥又在上面写道：我出去看一下，谁也不认识我。他带着比波离开了我们的房间。

等待真让人受不了。柯拉订好了饭菜让人送到房间里，说是我太紧张了。可当有人送来装着开胃菜的托盘，并祝我们胃口好时，我们谁也没有碰一下饭菜。我们牵挂着马里奥，他起到了稳定人心的作用。

但丁又打来电话，这一次他马上要奶奶而不是柯拉接电话。艾米莉亚很客气,但她在实施自己的计划。"我们是穷人,"她说,

"我丈夫是做园丁的，我是保洁女工。你们这些暴徒过着大手大脚的日子，无法想象这些数目对我们意味着什么。"

但丁马上暴露自己的身份了。"你难道以为我们是有钱人吗？我和我哥哥背了一身债，我们比你过得还要悲惨，我们失业了……"

艾米莉亚对他寄予同情。"我们肯定可以达成一致的，"她说道，"不过你别不切实际。一个人没有钱的话——我是说，科恩迈尔太太没钱的话——那么也就没办法拿出钱来，先生！"

这时，但丁请柯拉考虑，在她眼里我孩子的生命究竟价值几何，他会再打电话过来。我从艾米莉亚手里夺过话筒。"我是孩子的母亲，请你注意了，他七点整准时吃饭，他会饿的！另外，他不喜欢在黑暗中睡觉,请给他一点灯光,否则他会害怕,会哭的！"

"太太，我们是正派人，我们不会让小家伙害怕的。他已经吃过东西，开开心心地躺在床上！"

"谢谢，但丁先生，"我谦恭地说，"孩子是我在这世上拥有的一切，你不可能从我手里夺走他。但丁先生，我现在知道地狱意味着什么，你也知道吗？想到我儿子在他生命中第一次和我分开，他的心灵受到损伤，我简直快要疯了！"

"不，不，你不必这么说，"但丁说，"孩子不会有任何事，这一点你尽管放心！只要你朋友交出钱来，他马上可以回到你身边——我说的是实话！那你现在赶紧和她商量，一小时后我再打电话过来。"

我在某种程度上感到轻松多了。但丁不是一个残忍的人，也绝对不是专业绑架者或者杀手。他似乎是一个年轻人，也许甚至是一个小青年，只是看到报纸上的照片才突然冒出这个邪恶的念头。警方是否可以帮我们的忙呢？可是，如果这个敏感多疑的但丁看到警察，自己吓得晕头转向，连同我的孩子一起被炸个死无全尸，或者发生类似可怕的事，那该怎么办？

柯拉在计算。她将自己所有的支票——一大堆东西实在太多了，真是轻率！——在床上摊开数起来。"我们可以给他们这么多金额，或者我们说比这些稍微少一点。如果他们肯接受，那一切都没有问题。否则我得飞到佛罗伦萨，想办法弄钱去。"

"柯拉，"我说，"我愿意一辈子干活，来向你偿还这些债务。不过请你付给他们钱吧，为了我，也为了贝拉！"

"那是一定的，我已经做好准备了！可我们也不用向但丁支付不必要的钱。顺带提一下，我们俩已经收到新的钞票了，这不应该是问题。"

我突然情不自禁地想到了我的母亲。我五岁的时候，在一家百货商店走失，那里在进行大减价促销，人满为患。我不哭，也不担心，因为一个男孩将我带到一个宠物销售部，幼犬、鹦鹉和幼兔在他的手里，我看得都惊呆了。在我的记忆中，我当时经历了那种摆脱了束缚的令人振奋的感觉。当我终于通过各种不同的广播通知（我根本听不懂）被发现、被抓住并被带到我母亲那里去时，她已经完全不知所措了。我永远忘不了她看到我时她脸上那种彻底如释重负的神情。可然后，她开始大声斥责我。

马里奥牵着狗进来了，显得相当激动。遗憾的是，他在这种情况下说起话来更加语无伦次了。艾米莉亚拿起他的小牌子。停车场，汽车里戴望远镜的男子，他写道。

"想必是但丁的兄弟吧，"柯拉说，"他年轻而强壮吗，看起来危险吗？"

马里奥支支吾吾地说道："非常年轻！"然后他写道，因为这么做更快些：如果还有一个男子能帮我，我们可以逮住他！

艾米莉亚顿时兴奋起来："我比任何男子更棒！而如果但丁打电话过来，我们可以和气地说道：猜猜看，谁在我们这里！"

柯拉笑了一声，可她马上起了疑虑。"那假如他身上携带武器了呢？如果我们把一个陌生男子硬拉下车，并且把他绑住，大街上的人们又会怎么想呢？人们会报警的！此外，谁说这个人是但丁兄弟的？很可能他是一个不怀恶意的看客或者私人侦探，在观察完全不同的东西呢。"

马里奥写道：不！

艾米莉亚疑惑地注视他。"你怎么知道他在观察我们？"

马里奥指了指我们的窗户。

我真想奔过去朝窗外张望，可艾米莉亚一把抓住我的袖子。"你疯了吗？如果说我们有机会的话，那千万不能让他发觉马里奥看见他了。"

此时，电话铃声再次响起。要是但丁老是给我们打电话，旅馆工作人员是否会起疑心并且偷听我们的电话呢？他竟敢如此冒险，想必是一个很草率的人或者是一个毫无经验的人。柯拉这时给出了价，但丁请求再给他们一个考虑的时间。看样子他无法独自做出任何决定。

艾米莉亚脱下拖鞋，穿上鞋子。"我这就到楼下大堂去，我和马里奥毕竟还没有拿房间钥匙。我们马上再回到你们楼上来，我们知道你们的房号。"

我从她脸上看出她有了新的计划，也许她是想看一下汽车里的那个人，我对她寄予信任。

艾米莉亚还没回来，但丁就打来电话了。"太太，"他对柯拉说道，"我们审核了你的报价。你声称这不是你自己的孩子，尽管这一点没错，但是你在佛罗伦萨拥有一处住宅，这个和你愿意提供给我们的那笔可笑的金额相比，那完全是天壤之别。请在你提供的报价后面再添两个零吧，然后我们可以再谈。"

柯拉说："我在佛罗伦萨的房子是一间棚屋，但愿你们也查清楚。"

"太太，请别撒谎了！仅仅用于画室窗户的费用就已经远远超出了你给我们的那笔救济金。"

"我怎么知道孩子究竟是不是还活着？再说，你可以想象一下，我手里一夜之间不可能有那么多现金，更何况你们这里的银行几乎总是关门歇业。"

"那好，你明天得去一趟佛罗伦萨。你越快拿好钱回来，我们就越早把孩子交出来。"

"如何移交呢？"

"这个我以后再决定。首先我想看到你明天一早坐上飞机，卡塔尼亚的飞机八点整起飞。"他说完挂了电话。

柯拉咒骂了一声。"有些话让我警觉起来。他如何知道画室窗户的事？我立即打电话给我的玻璃装配工人。我有某种怀疑。"柯拉打电话到问讯处，打了好几个电话，真的和那个玻璃装配工通上了电话。她问，鲁杰罗，她以前的情人，是否是西西里岛人。不，鲁杰罗出生在佛罗伦萨，但他父亲来自陶尔米纳。对方问道，是否那家伙干什么坏事了。

"根本没有，我们只是打赌我能听得出意大利方言。"

"太太，你能说一口流利意大利语，可这个赌你还是输了。鲁杰罗说一口标准的托斯卡纳方言。"

柯拉说了声"谢谢"挂了电话，开始冥思苦想，"他姓什么？他妈的，我忘记了，现在再问他的师傅为时已晚。"

艾米莉亚进来了。"夏洛克·福尔摩斯已经查明一些线索了，"她自豪地说，"但丁是从旅馆里打电话的！因为总台坐着一位女士，而给你们和但丁接通电话的是一个男子。我和这个女士稍稍聊了会儿。我说我们碰到了一个顽固的追求者，不停地给我们打电话，让她不必感到惊讶。她就说，她上班已经有六个小时，谁也没有打过电话给我们呀。当然有可能她在撒谎，可是她干吗要撒谎呢？"

"那么但丁既不属于旅馆工作人员，也不是旅馆客人，"柯拉说，"他房间里有电话，可以直接拨电话给我们。说不定贝拉也被安顿在这个旅馆里了，谁知道呢！"

"我们怀疑，"我对艾米莉亚讲道，"鲁杰罗，这个来自佛罗伦萨的玻璃装配工人的助手，和他们穿同一条裤子，或者至少提供了信息。你还记得他姓什么吗？"

"曼多罗，"她说，"那么漂亮的姓氏我是不会忘记的。假如鲁杰罗是但丁的堂兄弟的话，那么他们可能是同姓。我到旅馆手册上去查一下，是否这里住着一个曼多罗先生。"

马里奥写道：我再去看一下，汽车里的男子是否还在那里。

我和柯拉独自待在房间里。我总是不停地哭喊。然后我开始祈祷。柯拉说："我很能理解你现在的处境，可是你最好应该运用你敏锐的头脑，而不是一味地等待。"

我试图解释道："我想这些绑架者绝不是专业暴徒。一方面，这是运气，因为他们不忍心伤害到贝拉什么。可另一方面，他们没有冰冷的神经，他们可能会晕头转向。"

柯拉往机场打去电话，预订了第二天上午飞往佛罗伦萨的航班。"马里奥明天一大早必须开车送我到卡塔尼亚去，"她说，"我想抵押我的房子获取一笔资金。我一到银行就给你打电话。"

"噢，柯拉，我真想一起过去帮你的忙，可假如但丁打来电话的话，我无论如何必须待在这里才行。"

"你们所有的人必须待在这里。我只是在考虑，是否应该在佛罗伦萨逮住鲁杰罗这个坏蛋。有可能他和绑架案没有任何牵连，只是因为吹牛才跟他堂兄弟说起和我的风流韵事。后来他看到了我在报纸上的照片，可能炫耀说：'我和这个女人睡过觉，你们瞧这个女人！'"

"这种情况是有可能发生的。不过也许他是在报复你，因为你和他断绝了来往。"

艾米莉亚走进房间。"旅馆客人里面没有人姓曼多罗，"她上气不接下气地说道，"我不想如此愚蠢地去问工作人员。"

马里奥也回来了。那名男子在汽车里拿着便携式无线电话在说话，他在牌子上写道。

艾米莉亚向他解释我们所了解到的最新进展情况。他牵着狗，脚步沉重地走出去了。和艾米莉亚相反，他干不了探听者的活儿，可他想以自己的方式帮助我们。

柯拉收拾自己的盥洗用具。"但丁今天不会再打电话过来了，我敢保证，"她说，"我这就去躺上几个小时，真的睡上觉恐怕还没这个可能。如果有异常情况，赶紧叫醒我。"

柯拉和衣躺在隔壁房间的床上。我独自哭泣，艾米莉亚在抚慰我。她也在哭泣。

一小时后，马里奥又回来了。他激动地拿起小牌子。比波找到线索了，他写道。

"哪儿？"我嚷道。阁楼，人事办公室。比波可能嗅到了贝拉的气味。我们叫醒柯拉。

"我知道有一部多丽丝·戴主演的电影，"艾米莉亚说，"影片中，一个小男孩被拘禁在一个大使馆内。多丽丝边弹琴边唱歌，她儿子很熟悉这首歌，每到这时候便会用口哨吹起副歌来。他在自己的房间里听见了她的声音，于是开始大声地吹起了口哨……"

"我也知道这部电影，"柯拉说，"是希区柯克导演的《擒凶记》，可贝拉不会吹口哨，你也不会弹琴。"

艾米莉亚依然沉浸在她的电影幻想中。"我会唱歌，他可以拍手，"她还示范了一下，"你舞跳得太棒了，漂亮的孩子。"

唱到"漂亮"时，她拍起手来，就像当时教我孩子所做的那样。

"你们待在这里，我过去唱歌，"她说，"如果我听到哪个房间里有拍手声，说明贝拉就在那里。"

"这个毫无意义，"我说道，"一般来说，他这时候已经睡觉了，这个你也知道。"

"尽管如此我还想试一下。"

艾米莉亚和马里奥悄悄地溜了出去，我们兴奋不安地等待着。

十分钟后，他们回来了。马里奥忧心忡忡地摇摇头，他们没有听到拍手声。可艾米莉亚说她从钥匙孔中听到了贝拉的呼吸声，这个听起来简直难以置信。

柯拉又蜷伏到自己床上去了。比波哀鸣着，不停地抓门。"它是想上厕所，还是它的狗鼻子真的闻到了贝拉的气味？"艾米莉亚问道，"马里奥带着狗走遍了所有的房间，可只是经过一个房间时它才有反应。"

柯拉从黑魆魆的隔壁房间里嚷道："很可能是一只猫或者是一只狗在房间里，或者说不定是一条火腿呢。"

"你们回床上休息去吧，肯定已经累坏了。"我对艾米莉亚和马里奥说道，"如果有必要，我马上叫你们过来。"

艾米莉亚和马里奥摇摇头。"老年人睡眠少。"艾米莉亚说。马里奥拿起我的手亲吻起来，这是一种友谊和同情的姿态，使我忍不住又一次泪水涟涟。他拿起小牌子写着什么，但仅仅是写给艾米莉亚看的。她看着上面的字，微笑着，亲吻他。我突然知道——知道得一清二楚——何谓爱情。

深夜，突然铃声大作。艾米莉亚接电话的速度比我还要迅捷，但这次是有人拨错号码了。我当然没有合上眼睛，可我至少躺着，而艾米莉亚和马里奥坐在旁边的椅子上，把大腿伸到我的床上。

忽然之间，我再也忍受不了了。"哪怕你们说我疯了也行，"我说，"可我老是听到我儿子在黑夜里又哭又叫。我这就到那间房间里去，看看贝拉是否就在那里。柯拉拿到钱回到这里可能需要两天时间，到那时我肯定已经疯了。"

"我也会疯了，"艾米莉亚说，"我和你一起过去。顶多把我们打死。"

我们穿上了靴子。马里奥不赞成这么做，可同样穿上了他的鞋子。柯拉跌跌撞撞地从隔壁房间里出来了。"怎么了？他打过电话了吗？你们为何不叫醒我？"她迷迷糊糊地问道。

"我们到那间可疑的阁楼房间去，"我说，"我必须这么做。"

柯拉认为这么行动是错误的，若是看见但丁，那就太过危险了。"那他就会被迫杀死我们了。"她说。

马里奥写道：我们突袭他。

我们带着比波，蹑手蹑脚地沿着黑乎乎的旅馆过道，走到后楼梯，从那里可以通往阁楼。尽管我已经惊慌失措了，但无所事事地闲着更难受。我们没有说话，试图避免踩出旧楼梯的嘎吱声，结果还是没做到。艾米莉亚随身带了个手电筒，它在运送唐的前一个长眠之处时已经派过很好的用场。我们站在门口，比波重新异乎寻常地嗅着门下面的裂缝，呼哧呼哧地将它的气息吹到这个陌生的房间里，以便通过回流的空气向住在里面的人发出信号。它稍稍摇了下尾巴，对艾米莉亚而言，这一信息确凿无疑地证明，比波的最好朋友和玩伴就在门后面。

"这把锁肯定被闩上了，"柯拉说，"我们既没有万能钥匙，也没有带上工具。"

马里奥摇了摇头，给她看一把小螺丝刀。

艾米莉亚将手搭在门把手上，门把手马上松动了。门没有锁上。"蒂娜吗？"声音从里面传出来。艾米莉亚用女孩嘹亮的嗓音果断地说道："是的！"然后打开门，打开灯。

在一张窄小的床上躺着贝拉和一个陌生男子，只见后者一跃而起，举起手枪。一切就在迅雷不及掩耳之势之中发生了：我冲向我的孩子，马里奥冲向那名男子，床板在我们四人的力量之下发出噼啪声，突然一声枪响。贝拉在睡觉，我紧紧地抱住他，一骨碌跳了起来，可马上跌倒在比波身上，它也想在这里插上一脚。有一瞬间，我像是昏厥了一样。

艾米莉亚抓住手枪，马里奥想必是想从男子手中夺取这把武器。他始终趴在但丁身上，用全身的重量将他死死压在了这张倒塌的床上。

柯拉给夜班门卫打电话。"请立即将大楼门关上，只让警官进来。请给值班室打个电话，让人到停车场去将一辆'菲亚特'汽车挪动一下位置，并且逮捕一个拿着望远镜的男子。另外，我们阁楼这里需要几名警察和一名大夫！"

我从危险地带爬了出来，看到马里奥流血了。柯拉拿一只枕头压住但丁的脸，帮着一起制服这个负隅顽抗的敲诈者。

"你要是不安静下来，我们就杀死你。"她说。

艾米莉亚拿着武器一动不动地站在我们这个受害者面前。

柯拉用德语说道："我想我们完全不必惊动警察，我对歹徒有着偏爱，可偷小孩实在太过分了。"

我带上了浑身湿漉漉的贝拉和比波站在过道里，因为我绝对不想待在这个房间里，可另一方面我也不想离开帮助我的人。警察来得不是太快，咔嚓一声给凶手套上了手铐。一场无休止的空谈开始了。

马里奥受伤了。我们到后来才获悉，他的小牌子挽救了他的生命，也可以说是艾米莉亚间接地救了他的命。她在圣诞节时送给他一份很实用的礼物：一块崭新的牌子，它的正面可供语言障碍的人用颜料笔写上句子。为了能装上那块牌子，她在他的两件夹克衫上缝上了很大的口袋。

但丁的子弹从那块牌子上弹了回来，然后改变了它的运行轨迹，最终落到了马里奥的胳膊上。大夫给他进行了包扎，说他伤势虽然没有生命危险，但必须到医院进行治疗才行。可怜的马里奥被送往医院。他两眼闪闪发光，他是今晚的英雄。艾米莉亚轮番亲吻他和贝拉，夸奖她那条聪明的小狗，并且一同去了医院。

旅馆的大半人马都出动了，人们穿着睡衣或晨服闲站着交谈。那个但丁自然有着另外的名字，和那名女服务员很熟悉。可蒂娜和那个来自佛罗伦萨的堂兄弟鲁杰罗一样没有责任。这两个人不明就里地成了提供情报的人。蒂娜当天就被释放了，回到了父母身边。但丁被柯拉称为"迪勒但丁"[1]，他对本次的绑架行动准备得不够充分，到了第二天才为自己和贝拉找到了一个合适的临时住处。可这一点我们慢慢才知道。

那天夜里，我们还睡上了几个小时，贝拉睡在我右边，比波在我左边。艾米莉亚到清晨才乘坐出租车从医院回来。马里奥成功地接受了手术，需要静养。

中午十二点整我们吃早餐，一个同情我们遭遇的女服务员将饭菜送到了我们房间。柯拉说道："我很遗憾，这个可怜的迪勒但丁。没有钱，没有工作，也不适合做暴徒的职业。他应该去上大学！我得看看是否能为他做点儿什么事……顺便说一句，那小伙子挺英俊的。"

"对这种人我不会有怜悯之心，"艾米莉亚说道，"他拐走我们的贝拉，给他服用了大量的安眠药，他对马里奥开枪。"

"未必可以这么说，手枪也会走火，"我说，"这个很容易发生，我知道。"

"我们这下可省下很多钱了呢，"柯拉说，"我们应该犒劳一下自己。艾米莉亚，你想要什么？"

"我想要一副太阳眼镜，今天的太阳太刺眼了。"

"我答应你的要求，你真的是我们的第三个同盟军。"柯拉说。于是我们到了卫生用品商店，买了三副很怪异的猫眼太阳眼镜。

"玛雅，你想要什么？"

---

1　Diledante，和德语中意为"半瓶醋"的 Dilettant 发音接近。

"一个很大的冰淇淋。"

　　阳光照耀着，人们可以坐在外面了。铁架子上一座由圣诞红做成的大金字塔，将这个消夏别墅变成了暖房。意大利妇女穿上了皮大衣借以炫耀。小男孩们在玩气球，一个享有特权的男孩得到了一辆电动踏板车作为圣诞礼物。

　　我们去吃冰淇淋，喂给依然睡意蒙眬的贝拉和忠诚的比波吃，直至他们俩快要撑破肚子为止。"完了！"我儿子突然嚷道，用拳头敲击着桌子，害得巧克力冰淇淋溅到了我们的耳朵上。

# 16
# 白热

有些日子里，我醒来时心情不错。我感觉自己轻松、自由、快乐而充满感激，发现人生真是奇妙的馈赠。很遗憾，也有些日子里，我真的以为自己继承了母亲消沉的生活态度。小时候，自杀的念头给我亲切和宽慰。另一方面，我也相信，只要贝拉还需要我，我绝不会对他撒手不管。

柯拉不知道我情绪上的波动。她几乎总是情绪很好，但她还是理解我那段日子为何忧郁的前因后果。不错，她是唯一能够看穿我心思的人。

所有的小女孩都喜欢玩过家家的游戏。我觉得仿佛自己一直在玩着这种游戏。我的血亲家庭已经不存在了，为此我创造了一个新的家庭：柯拉是父亲，我是母亲，贝拉是孩子。我们的父母和贝拉的祖父母是艾米莉亚和马里奥。柯拉很胜任自己的角色，她负责一日三餐的日常开销。当然，我通过导游这一工作也赚了一些钱，可以支付我购买衣服的费用。可是，保险、税款、暖气费、汽车、食品以及艾米莉亚的工资都是由柯拉承担的。

倘若一个局外人描述柯拉的话，那么一个富有女人味的妇女形象就会浮现在人们面前。可是她有着完全男性的一面：她的支配地位和性冷淡。她尽情享受着自己的优势，而一旦我的抑郁症发作了，她就会过来拯救我。是的，恰恰这种拯救者的姿态使她在我们的游戏中成为父亲，可我怀疑她是否能避免我的生身父亲曾经犯过的错。

可是，就连柯拉也对我做过这样那样的事情，也许这同样属于小女孩的游戏吧。

贝拉被绑架并获得解救之后，我们觉得需要立即返回佛罗伦萨，可是我们想等到马里奥出院后再走。我们在旅馆里被彻底宠坏了。那些黑手党故乡的人证明自己是富有同情心的人，想方设法地让我们忘记那次恐怖经历。我们常常坐在太阳下，开着凯迪拉克车到医院，推着童车到希腊剧院看戏。和其他许多游客一样，我们把自己的名字刻在龙舌兰叶子上，尽管一块牌子上写着"严禁在植物上刻字"。一名俄罗斯人在一条商业街的中央拉手风琴，一名中年妇女在音乐的伴奏下唱起了俄罗斯民歌《黑眼睛》和《卡林卡》。我们被他们的乐声和歌声深深打动，贝拉将钱扔进俄罗斯人的帽子里。

我们坐在旅馆房间里，打开电视看。艾米莉亚喜欢电视三台"歌剧俱乐部"节目，稍稍发胖的男子们在节目里演唱意大利作曲家多尼采蒂的歌剧。

在陶尔米纳的小巷里开车是需要绝技的，就连柯拉也对驾车不感兴趣了。停车场被堵得死死的，因为被夹在中间，我们常常无法使用那辆宽敞型汽车。

四天后马里奥出院了，可暂时还得保护好自己那只仍有疾患的胳膊，要想开车是不可能的。

柯拉得了流感。"我想回家，毕竟我得继续画画，"她说，"我不适合无所事事。"

"嗯，这一次的系列又是什么呀？"我半是玩笑半是恐惧地问。

"如果画个《裸露的玛雅》系列，你们觉得如何？"她一本正经地说，"你也知道，现代绘画中的经典作品很吸引我。而尤迪特系列已经结束。"


我们决定让马里奥用我的机票飞回去，他将和发烧的柯拉同机出发。我则和艾米莉亚一起把车开回家去。我还有什么别的办法呢？汽车旅行列车冬天不开行。艾米莉亚建议我道："让小宝贝和柯拉一起坐飞机吧，开车很累人。"

尽管我真的对长途旅行感到心惊胆战，但我绝对不想再让我儿子哪怕只单独待上一天。我把马里奥和柯拉送到机场。令我大为惊讶的是，她像一只正在孵蛋的母鸡一样处变不惊。"开车小心点！和但丁认识以后，你很容易激动！绝对不要让搭车的人上车！这是钱，不，也不是太多。我倒是希望你们多住上一个晚上然后……"

我们紧紧地相拥在一起。艾米莉亚和马里奥已经在旅馆里深情地告过别，虽说过不了几天我们又将重逢。

第二天，我们启程了，从墨西拿搭乘轮渡到雷焦卡拉布里亚。我开车，艾米莉亚和贝拉、比波一起坐在后排。虽然她现在拥有了驾照，也并非是一个缺乏天赋的初学者，但很快就感到困倦了，即便她驾车，也绝不可能超过半小时。下午五点，天黑了下来，我们不想再开下去，于是在一个不算太好的旅馆里歇了脚，要了一个双人房间，然后去吃饭。晚上，我们不打算再出门，免得把贝拉交给比波照料，于是早早地上了床。

　　"噢，艾米莉亚，也许我成了一个过分为孩子操心的母亲……这肯定不对！"

　　"经过如此沉重的打击之后，这也是很正常的事，"艾米莉亚安慰我，"我们大家至今都还心有余悸呢。"

　　那天夜里，有人砸破了凯迪拉克的一扇侧窗玻璃。被偷走的东西不多，因为我们把行李带到了房间里。一条羊毛毯子不见了，还有我的一架小照相机和艾米莉亚一只装着食品的购物袋也被偷掉了。维修工场里的人说，这种美国车辆可用的侧窗玻璃必须从罗马预订。"那需要多长时间呢？"我问道。

　　"看情况吧，顶多三天时间。"

　　我给柯拉打电话。"我们该怎么办？是等上三天，还是把车子放在这里，然后坐火车回家呢？如果坐火车，那我们还得过来把车开回去。"

　　"假如你们在旅馆里过得不是太差和闷得慌的话，就在那里待上三天吧，"她说，"这种天气没有车窗玻璃，你们也无法开车。对了，约纳斯来过电话，愚蠢的是，我给他说了贝拉被绑架的事。他激动得要命，我先警告你一下！"

"哎呀，柯拉，你不应该说这种事啊……"

"是啊，我知道，可这事现在已经发生了。那你们就待在旅馆里继续无聊吧。我很忙，刚刚开始创作一幅新的作品。顺便说一下，马里奥把阳台弄得真漂亮，谁也不会告诉我，唐居然是躺在一个没有欢乐的铺石路面之下！我已经完全陶醉了，春天的时候我们一定要好好利用这块地方！"

艾米莉亚从我手里一把夺走电话听筒。"马里奥在你这里吗？"

"没有，我在机场叫了辆出租车，让他在自己家门口下了车。目前他还没法干活，他得养好身体才行。你们需要钱修理汽车吗？"

第二天，外面在下雨，我们在那个可怕的房间里闷得发慌，那个车间主任给我们带来坏消息，说是预订的车窗玻璃要一周后才能运过来，因为罗马那里也没有存货了。我愤怒至极。我们也可以临时把玻璃锁起来，那个人说，好在也只是侧窗玻璃而已。我同意他的建议，于是让他们将一块可以遮挡风雨的塑料罩子贴在窗户前。我放弃了修理，想回到佛罗伦萨再解决。

我再给柯拉打电话，但没有人接。

我不想再住一个晚上了，其实那次绑架之夜之后，我就对旅馆房间彻底腻烦了。尽管离回到自己家里还有一段路程，但我想睡在自己的床上，不希望再一次为一扇被砸破的窗，甚至一个被拐走的孩子而感到悲痛。


深夜，我们抵达佛罗伦萨。我劳累过度，同时又兴奋过度。

艾米莉亚良心上有点过意不去，因为她几乎没有帮我开车。"你赶紧去睡吧，"她提议道，"我带贝拉睡觉去，去拿好箱子，你什么都不用管了。"

我接受了她的提议。

大楼里漆黑一片，柯拉肯定睡了。我脱下衣服，刷牙，然后打开我那间卧室的窗子。我突然很想和柯拉说一声我们已经平安回家。她一定可以重新安然入睡。

我蹑手蹑脚地潜入她的房间，打开灯。她睡得很死，红头发蜷曲在枕头上方。我被打动了，不想这时候再去叫醒她。

恰恰就在我想关灯的时候，我发现在她身旁还有一绺黑发。是唐！我用手揉了下自己的眼睛，以驱除这种幻觉，然后又一次朝那边窥探，难道是鲁杰罗吗？

灯光唤醒了柯拉。她从床上坐起来，笑起来睡眼惺忪，同时又很阴险。她从被窝里钻出来的时候，那条被子从和她同床的那个人身上滑了下来，我认出睡得正香的人正是约纳斯。

柯拉揉了揉眼睛。"你们已经回来了吗？"她傻傻地问道。我像一座大理石雕像般一动不动地站在那里。"啊，原来是这样，"她冷笑着说道，"你瞧，我做这一切都是出于教育的原因……"

我"砰"的一声关上房门，跑进厨房，扑到一张椅子上号啕大哭。尽管时间很晚了，艾米莉亚还是把换洗的衣服装满洗衣机，她不喜欢将太多要洗涤的衣物堆集起来。"孩子，怎么啦？你已经够累的了。"她说，然后抚摸我的头发。

"约纳斯和柯拉一起躺在床上。"我啜泣着说。

艾米莉亚不小心把贝拉的牛仔裤掉到了地上。"什么？"

"你已经听得很清楚了！"

她坐到我身边。"柯拉是一个坏女孩。"她说。

我继续哭泣。"你还有两粒剧毒药丸吗？"我问。

"那当然，岂止两粒呀。"她态度友好地回答。

我打开冰箱，发现新鲜的血肠和肝肠，那是缺乏想象力的约纳斯每次看望亲戚朋友都要随身携带的小礼物。因为正值圣诞节，他还带来了一大杯鹅油。

"马上到楼上去，"我训斥艾米莉亚，"给我拿两粒胶囊过来！我会给这对狗男女做上肝肠片早餐，这个可不是那么好做的。"

"当然没问题，我的小宝贝，我马上拿来四粒，你正好也可以对我和马里奥下手。"

我怒气冲冲地看着她。"我不开玩笑。我喜欢你和马里奥，我不会给你们服用毒药的。"

"你也喜欢柯拉和约纳斯，"她说，"否则你就不会那么激动了。一个人不可能杀死自己喜欢的每一个人。"

我号啕大哭。

艾米莉亚抚摸我的后背，我感觉真惬意。"过来，上床睡觉去吧。你太累了。明天一切都会两样。约纳斯究竟干吗要过来呢？"

"我不知道，不过我想是因为柯拉在电话里和他说起过但丁的事。也许他想把我和孩子接回家吧。"

艾米莉亚去睡觉了，我没听从她的劝告，仍旧待在厨房里不走。我怒不可遏地将肝肠抹到艾米莉亚很讨厌吃的黑森林农夫面包片上。一看到菜刀，我的心里顿生恶念。应该搞死那个虚伪的女友和不忠诚的丈夫。我教会她怎么偷东西，可她居然偷我的男人！我把菜刀砸到木桌上。

可后来，我的心里产生了可怕的怀疑，约纳斯完全可能第二天一早带着我的儿子消失。我拿着菜刀来到马路上。约纳斯的车就停在邻居家前面，为何我刚才回来的时候竟然没看到呢？我把刀扎进右边的后轮胎里。这么干真爽。我一再重复这样的暴行。其他三只轮子我没去动它们。现在约纳斯必须换上一只轮胎之后才能走人，无法神不知鬼不觉地偷偷溜掉了。

用刀扎完轮胎后，我上了床，可还不想马上睡觉。我试图让自己明白，我曾经也欺骗过约纳斯，我不希望再让他做我的丈夫，在这次事件之后我也可以指责他的自以为是，但现在我们谁也不欠谁了。哪怕他和村里的所有姑娘睡觉，我也会无动于衷，但和我最好的女友做这种事，这是我难以原谅的。我也同样对柯拉恨之入骨。她拥有任何男子都没问题，为何偏偏找一个自己不爱的约纳斯呢？为何她要如此侮辱他呢？很明显，一旦无法忠于自己的原则，他一定会羞愧难当的。难道是柯拉担心，在西西里岛绑架事件的沉重打击之后，我不想回到德国的约纳斯身边吗？在心惊胆战之中，我多次表达过上述念头。很可能如果我重新考虑这些计划，她会加以抵制的。

越来越血腥的画面出现在我面前：柯拉和约纳斯躺在唐旁边那些贵重的铺路石块下面，马里奥将他们埋葬得小心谨慎。我感觉自己降了身份、遭了背叛、受了欺骗。我必须报仇雪恨。

究竟是死刑还是无期徒刑比较合适呢？

突然，我想到了一个新的版本：我明天早上无法躺在他们俩身边睡觉，我要么穿着透明的衬衫，要么作为裸露身子的玛雅更好一些。"亲爱的柯拉，你是想按照弗朗西斯科·戈雅[1]的方式画我吧！亲爱的约纳斯，是我在这里，你那满怀期待的妻子……"

我那虔诚的丈夫一定会羞死，柯拉一定会笑死。

我真想把一桶冰水倒到那两个熟睡的人身上，用硫酸毁了柯拉的画作，再把唐挖出来扔到他们的床上。如果没有冰水，也可以考虑用汽油。只要点上火，就可以让这个巫婆连同这个伪君子和这栋粉红色别墅一起下地狱。难道我今天晚上就应该驾车离去，带上我的孩子逃往德国，而让这对狗男女沉浸于他们的幸福之中吗？我是不是应该给他们留下一封告别信，让他们意志消沉？从前有人叫我大象，因为我喜欢蛮横无理地对待我的对手。最折磨我的人是我的血亲，可只有柯拉在那个晚上惹得我如此火冒三丈。

她是不是在我不在的时候画过画了？或者，这两天一直和约纳斯在床上颠鸾倒凤？我离开了被我弄得乱七八糟的床铺，悄没声息地来到了画室。令我惊讶的是，画室里放着一棵来自黑森林的小圣诞树，树上装饰着稻草做的星星、红苹果和蜂蜜蜡烛。一切都弥漫着大自然的气息，上面没有锡箔纸窄条，也没有西西里岛上那种通电的塑料星星。约纳斯喜欢朴实无华和

---

1 弗朗西斯科·戈雅（Francisco José de Goya y Lucientes，1746～1828）：西班牙画家，西方美术史上浪漫主义艺术的先驱，代表作品有《国王的一家》、《裸体的玛哈》、《宗教裁判所》等。

让人深思的东西。这个盆景想必是他给贝拉带来的吧。我摘下婚戒，将它挂在那棵绿色圣诞树上。

柯拉画的速写在地上随处可见。她画了约纳斯和他的周围世界：在他旁边有小圣诞树和德国肝肠。在所有三张速写画中，他的神情以夸张的方式被展露得一览无余：英俊而天真，勤奋而舒缓，虔诚而渴望。柯拉真是个天才。

画中的肝肠让我重新有了食欲，尽管这种肝肠里面总是含有太多的调料。我幽灵一般穿过房屋，在厨房里将第二只面包塞进嘴里。这种油腻的东西会让你长出脓疱来，我听天由命地想，经历了和但丁针锋相对的那次精神和肉体的重压之后，我的皮肤看上去意外地受了损伤。我在浴室间里发现自己脸上有红斑，眼睛肿胀，头发一绺一绺下垂着。我拿起柯拉的夜用润肤膏，这是日本最昂贵的奢侈品，专门给皮肤过敏的人使用。我恶狠狠地将润肤膏涂抹到自己脸颊上，将半瓶香水（这是她最喜欢的香水）洒到我那件湿透了的睡衣上，把整瓶润肤膏倒在富有青春艺术风格的地砖上。然后，我想到了一个更为阴险的念头，于是拿来鹅油，将这种有着洋葱味的鹅油装满那些日用和夜用润肤膏瓶子。空气里的味道马上暴露了真相，我马上在浴室里喷上香水，直至瓶子倒空为止。柯拉曾经说过，这间浴室是她的梦想，现在当它和猪窝无异时，我感觉自己舒服多了。

我发誓以后经济上不再依赖柯拉。我想用自己的双手赚钱，甚至想到再也不去干偷窃的勾当了。做导游尽管不能大富大贵，但给自己买些润肤膏还是绰绰有余的。

直至将近天亮时分，我才入睡，可是噩梦连连，油腻的肝肠、极其难闻的气味和充满精神创伤的经历一再激发出新的噩梦。一声尖锐刺耳的吼叫正和这些噩梦相对应，我从床上一骨碌爬起来，在半梦半醒中飞奔出去。贝拉！我母亲的本能在说话。

那声吼叫是从浴室里传来的。我在创纪录的时间里赶到了那里，比我学校里百米赛跑冲刺还要快。我用力一跃，倒在柯拉旁边那些涂上了润肤膏的地砖上，于是地砖变成了滑行的铁轨，我又疼又怕地吼叫起来。

艾米莉亚抱着贝拉，约纳斯穿着内裤也一起过来了。他们不明白发生了什么。一名卫生员在浴室里给我们打了一针止痛针，我们随即被送往医院。拍片之后发现，柯拉大腿骨折，而我则是手臂骨折。

在病房里我们躺在紧挨着的病床上，彼此都在呻吟。艾米莉亚每天来看望我们。约纳斯带着贝拉回家了，他母亲终于可以见到自己的孙子了。他含泪答应两周后把贝拉带回来。另外，我想让他把那只青瓷色盘子带过来，他也答应了。


"今天我得和你们说件事，"有一次过来看我们时，艾米莉亚说道，"等你们康复以后，我准备不在你们这里住了。"

"你这是什么意思？"我们俩异口同声地问道。

"我想和马里奥搬到一起住。"

我们大吃一惊。"艾米莉亚，你想结婚啦！衷心祝贺！"

"孩子们，你们也太老套了吧，住在一起未必要马上结婚呀！”

不过她说得对，我想。

柯拉问：“不知道马里奥是否有兴趣搬到我们的粉红色别墅里来？”

艾米莉亚对此表示怀疑。“我想他不会和三个女人住在同一个屋檐下……”

“你把贝拉和比波给忘了。”我说。艾米莉亚请我们给她一些考虑的时间。

她走后，我在柯拉上了石膏的大腿上画了一颗心，并且有点笨手笨脚地用左手在她的大腿中央写上了“马里奥＋艾米莉亚”。

柯拉在旁边画了个美丽的爱神。

第二天，艾米莉亚向我们提出了条件。“那间阁楼应该扩建加大才行。另外你们得答应我，再也别和同一个男人……”她脸涨得通红。

我们都笑了起来，答应了她的请求。这可是当真的。

# 17
## 珍珠白

　　我和柯拉问过很多人喜欢什么颜色的问题。我们现在知道，男人们通常会回避上述的谈话，觉得我们真是愚蠢的小姑娘。约纳斯就是一个典型例子。弗里德里希也不确定自己究竟喜欢哪一种颜色，说是他脑子里还有更为重要的事情要考虑。我早就得知，柯拉的母亲偏爱波斯粉红，而令我吃惊的是，教授说他喜欢青瓷色。马里奥指了指他那条棕色裤子，那是一种毫无想象力的泥土的颜色。柯拉在翠鸟蓝和祖母绿之间摇摆不定。艾米莉亚喜欢一种温暖的红色，她觉得这是一种"慈母般"的颜色。我自己最喜欢的颜色是珍珠白。艾米莉亚对比不予认同。"这不行，"她说，"这又不是颜色。"

　　当然是，我向她保证，所有的颜色，也就是全部的七色彩虹都包含在珍珠白里。我拥有珍珠贝和海蜗牛，这些贝壳的内层被蒙上了神秘的柔光，那种柔光在所有的颜色里都会呈现出彩虹色，犹如蝴蝶的翅膀或者暴风雨来临时的云彩那样银色和粉红色相间。我最喜欢的贝壳不是在海边，而是在一家纪念品小商店里找到的。它不是来自地中海，而是来自南太平洋。有时候我会对着这枚贝壳沉思默想，因为在我看来，它是所有人生谜团完美的化身。很多画家都在爱神维纳斯身上点缀上珍珠，因为她诞生在海洋里的一只贝壳中。人类的耳朵也和贝壳相似，若是大自然同样给耳朵装饰上珍珠白的光泽，那就更美了。穆斯林给男人的墓地柱子装饰上缠礼拜帽，给女人的墓地柱子装饰上贝壳。

柯拉站在我的收藏品面前嘲弄地笑了一下。

马里奥给我做了一只书架。他从某些秘密渠道给我带来了十二根袖珍柱子，相当肯定的是，这些柱子出自某一幢很体面的别墅的阳台。鲁杰罗最近一段时间经常在这里露面，他是想把自己最新的女友展示给柯拉看。他给我裁了一些玻璃板，它们可以安全地搁在那些彼此稍稍隔开的大理石柱子上。这个陈列柜集中了我的全部宝藏，偷来的、找来的、收藏的以及买来的，统统都在里面。

我打量我最喜欢的贝壳时，心里感到高兴的是，自己不用决定某一种颜色，而是选择整个调色板。我觉得调色板的多种多样性仿佛就是丰富多彩的人生的象征。一个画家如何能放弃这样的多姿多彩，而仅仅局限于黑白红三色呢！

我偶尔会对父亲生活狭窄和无力施展个人的才华深表同情。我在亨宁的墓地拿走了我最喜欢的贝壳，父亲的骨灰就安葬在那里的一个小角落里。此刻，躺在白色塑料百合旁边的是那枚贝壳而不是一块石块，这些百合是艾米莉亚出于合适的理由存放在这里的。贝拉自然想拿走那枚贝壳，我突然发觉了这一点，赶紧说道："不，它是外公的！"

"外公？"我孩子问道。

我给了他一个吻，然后我们踏上了归程。我们总是途经一座院子，院子里有一棵古老的柳树。它那浅绿色的树枝悬挂在围墙上面，我走过时希望有一株嫩枝温柔地擦到我的头上。一旦错过了围墙和人行道之间的正确位置，我就会掉转头来，再尝试第二次（当然只在无人注意到我的时候）。我想象着父亲、母亲或是卡罗在抚摸我的头发，很可惜这是他们从未做过的事。

回家的路尽管并不遥远，可在我面前还是有一段漫长的路途要走。目的很难达到，但并不陌生：我想原谅死去的父母。

## 图书在版编目（CIP）数据

情人的骨灰 /（德）英格丽特·诺尔 著；沈锡良译.
-- 北京：作家出版社，2015.1
（悬疑世界文库）
ISBN 978-7-5063-7763-8

Ⅰ.①情… Ⅱ.①英… ②沈… Ⅲ.①长篇小说 –
德国 – 现代 Ⅳ.①I516.45

中国版本图书馆CIP数据核字（2014）第310377号

## 情人的骨灰

出 品 人：葛笑政
作　　者：[德] 英格丽特·诺尔
译　　者：沈锡良
责任编辑：汉　睿　朱　燕　翟婧婧
特约编辑：沈贤亭　瞿　瑞
装帧设计：潘伊蒙
出版发行：作家出版社
社　　址：北京农展馆南里10号　　邮　　编：100125
电话传真：86-10-65930756（出版发行部）
　　　　　86-10-65004079（总编室）
　　　　　86-10-65015116（邮购部）
E-mail:zuojia@zuojia.net.cn
http://www.haozuojia.com（作家在线）
印　　刷：北京中科印刷有限公司
成品尺寸：142×210
字　　数：170千
印　　张：8.5
版　　次：2015年1月第1版
印　　次：2015年1月第1次印刷
ISBN　978-7-5063-7763-8
定　　价：29.00元

悬疑世界文库

蔡骏策划

悬疑世界打造

英格丽特·诺尔《情人的骨灰》

骨灰飞扬　情人之殇　谋杀因子　高能释放

悬疑世界文库

中国类型小说殿堂卷帙

[悬疑世界文库] 魅惑解锁

时间从此分叉

万象森罗　叠伏如谜

爱与恨正在演绎无数可能

悬疑无界　故事无常

敬请期待

文库推荐

## 《偷窥一百二十天》（精装）蔡骏 著

黑天鹅般迷人的崔善，
一觉醒来，发觉自己被推入二十层烂尾楼顶的露天围墙里，
逃脱不得又求救无门。计算着被囚禁的日子，她想尽办法要活下去。
第十五天，饥寒索命，一场暴雨又夺走她腹中的胎儿。
奄息绝望之际，她发现一位拒绝现身的神秘人X在偷窥自己……
中国著名悬疑作家蔡骏的最新长篇，悬疑世界文库首发作品。
故事延续了蔡骏一贯天马行空的想象，引人入胜的悬念及严密的逻辑性，
并向当下社会热点问题发问。
乍看匪夷所思的故事、虚妄猎奇的人物，其实现实生活中早有踪迹！

**扫码即听，蔡骏亲口朗读七个段落，
更可以听喜马拉雅全本朗读！**

## 《谋杀似水年华》（新版）蔡骏 著

大雨滂沱的夏夜，南明高级中学对面的杂货店发生了一起离奇的谋杀案。
唯一的目击证人是死者十三岁的儿子。
十五年后，案件尚未告破，负责此案的刑警因公殉职。
在筹备葬礼的过程中，警察的女儿田小麦意外发现父亲遗留的工作手册，
提及十五年前那桩谋杀案的凶器……
年华纷纷跌落，真凶逍遥法外，徒留无限怅惘和一丝最后的希望！
一个女孩与她的少年，如何跨越十五年的时间鸿沟，挖掘被埋葬的爱情，
追寻谋杀似水年华的真正凶手？
蔡骏第一部社会派悬疑小说经典重版，不容错过！

文库推荐

## 《如果世界只有我和你》哥舒意 著

如果在末日，我和你。

一个爱与守护的故事。一本让男人也会流泪的书。

末日地震后，城市沦为一座孤岛。

三十岁的男人和六岁的男孩儿被留在世界中心的孤岛上。

一个是普通的失败的上班族宅男。一个是缺失父爱又失去妈妈的孤独男孩儿。

在孤岛，相依相爱，而离别汹汹而至。

他们要如何对抗这个覆灭的世界？我又该怎么守护你？

如果明天一切都结束了，什么是梦想？什么是幸福？什么是爱？

每个人都是一座孤岛，但孤独源自爱。

## 哥舒意"爱的三部曲"第一部
## 为爱而生

## 《蓝宝石》凑佳苗（日）著，王蕴洁 译

一份少女时代的生日礼物，一生珍视的爱人记忆，却覆上了抹不去的阴影。

蓝宝石不只是代表爱情的礼物，更是错失爱人的遗憾。

它美，因为寄托着爱意。

然而它黑暗，背负着命定的不幸。

猫眼石、月光石、钻石……七颗宝石皆是情感的暗号。

我们在这里交换暗号后面的秘密，有温情、残酷、伤感、追忆……

世界上没有哪两颗宝石是一样的，正如这些故事也各自通向七座不同的城堡。

无法言说的秘密，隐秘羞耻的欲望，环环相扣的恨意，令人唏嘘的报恩……

璀璨光芒背后的悲喜情仇，都在这本独一无二的《蓝宝石》中。

# 《天机》
## （全四季）
## 2015新版即将上市！

# 《沉睡之城》 《罗刹之国》
# 《空城之夜》 《末日审判》

## 七天七夜夺命惊魂，
## 谁能逃出死亡之城？

悬疑教父蔡骏超长篇经典巨制，
8年累计销量突破350万本！
有声版首次推出，
喜马拉雅专业声优全本朗读！

## 全四季豪华套装同步上市！